俺が淫魔術で奴隷ハーレムを作る話
③
著
黒水蛇
Kuromizuhebi
イラスト
誉
homare

淫魔術を駆使して異世界で人間・魔族・天使が暮らせる国造りを目指す。
藤村《ふじむら》統夜《とうや》
人間
元セクリアト教のシスター。現在は心身のすべてを統夜に捧げている。嘘を見抜く真偽の眼を無自覚に所有している。
アンジェ
人間
身長:152cm
B:83cm（Eカップ）・W:53cm・H:74cm
統夜の最初の従者にしてメイド。統夜に連れまわされていくことで生来の明るさを取り戻しつつある。
ノエル
半魔族（竜族）
身長:154cm
B:74cm（Bカップ）・W:51cm・H:76cm

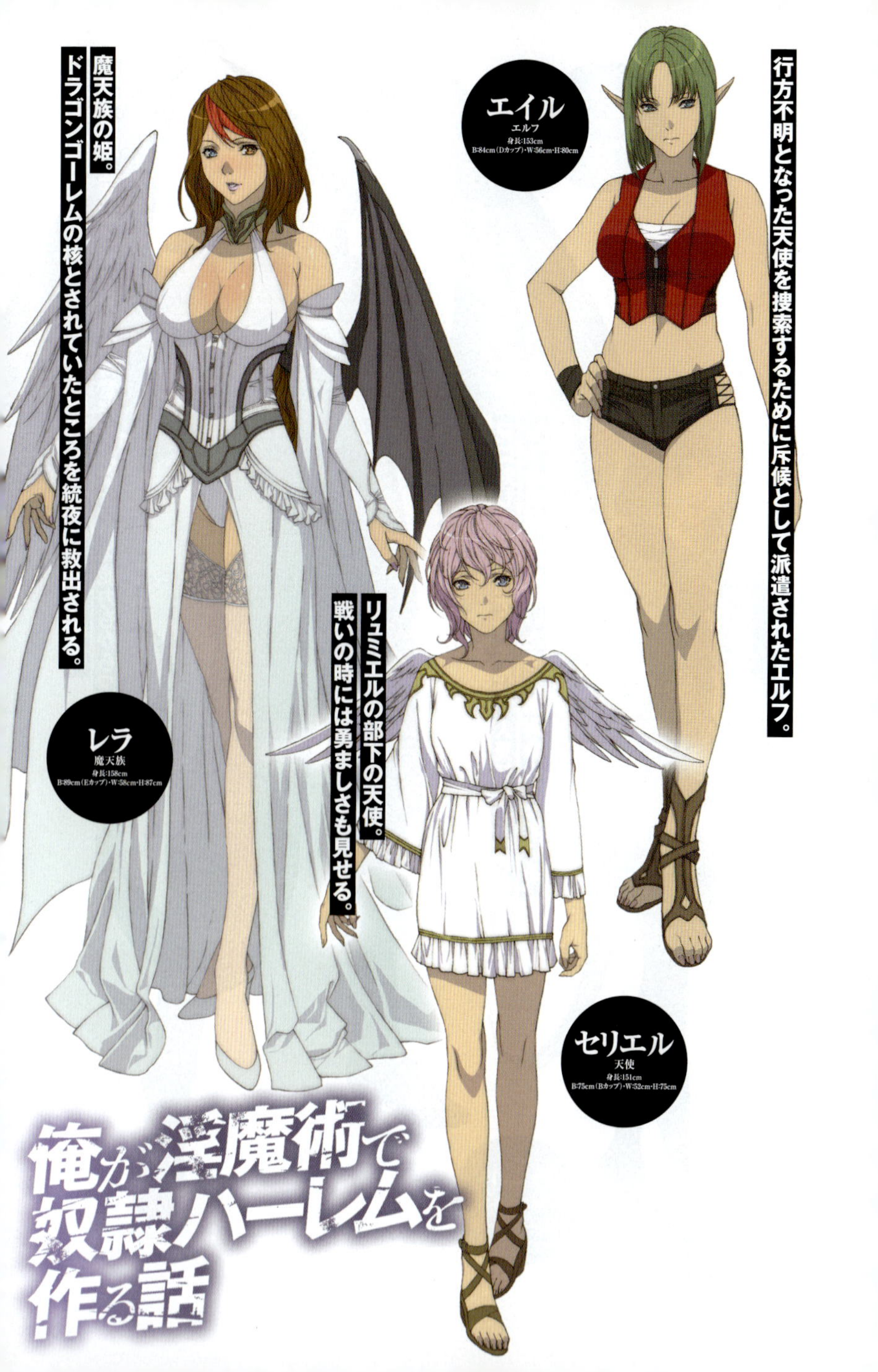
行方不明となった天使を捜索するために斥候として派遣されたエルフ。
エイル
エルフ
身長:153cm
B:84cm（Dカップ）・W:56cm・H:80cm
魔天族の姫。
ドラゴンゴーレムの核とされていたところを統夜に救出される。
レラ
魔天族
身長:158cm
B:89cm（Eカップ）・W:58cm・H:87cm
リュミエルの部下の天使。
戦いの時には勇ましさも見せる。
セリエル
天使
身長:151cm
B:75cm（Bカップ）・W:52cm・H:75cm
俺が淫魔術で奴隷ハーレムを作る話

ジーク
魔族（竜族）
豪快で大雑把……なようで実態は繊細で用心深い。クーリの兄。
謀略・作戦立案など頭脳労働は得意だが、魔力も身体能力もからっきし。
兄に対しては快活で甘えん坊。人見知りの傾向がある。
ジークの妹。翼が無いため差別対象になっている。
クーリ
魔族（竜族）
身長:148cm
B:87cm（Fカップ）・W:55cm・H:80cm

俺が淫魔術で奴隷ハーレムを作る話 3

CONTENTS

ノクスノベルス

序章　フィーネとの決戦、竜の力

寝ても覚めてもずっと私の頭から離れてくれない者がいる。

腹違いの妹であるノエルを連れ去った憎い男、統夜《とうや》。私が、人間界で活動するための魔力を回収させるために異世界から召喚してしまった黒髪の人間だ。

幾度となく彼を殺す場面を頭に思い描いてきたが、今日、ようやくその空想を現実にできそうだ。

自然と口元に笑みが浮かんでしまう。

本当はもっと早く……魔族に協力する見返りとしてノエルを奴隷にしたい、と統夜が言い出した時点で排除してしまいたかった。

だが魔竜族の王としての私は魔族至上主義者。ノエルのような人間と魔族の混血である半魔は、魔族が人間如《ごと》きに心を奪われた恥ずべき存在だとして長い間奴隷のように扱ってきた。

私がノエルを特別扱いすれば野心を持つ魔族……特に『獣王』あたりに付け入る隙を与えてしまう。庇《かば》うわけにはいかなかった。

苦肉の策として、私は統夜をロクハ村近の拠点へ送り込むという選択をする。

ロクハ村は魔族と敵対する天使を崇拝するセクリアト教の支配下にあり容易には制圧できない。

さらに拠点とする施設は元々私の別荘であり、快適に過ごす準備がしてあった。

そのため、統夜は居心地のいい拠点から出られずに魔力の回収期限を迎えるか、無理をして殺されるかするだろうと考えていたのだ。

しかし、統夜はその予想を覆《くつがえ》し、一〇日も経たないうちにロクハ村のシスターを奴隷へと堕《お》とし魔力を回収する成果を上げてしまう。

このままではノエルを取り返せない、と焦った私は従姉妹《いとこ》である淫魔族のテッタへと相談。ロクハ村の守護天使であったリュミエルに統夜のことを暴露し襲撃させた。

だがこれも統夜は天使たちを一人も逃さず捕獲する成果を上げてみせる。

魔族にとって有益な成果を上げていく統夜を、私は安易に排除できなくなってしまう。

テッタまで統夜に協力的になってしまい悶々《もんもん》とした日々を私が送る中、動きがあったのは昨夜のこと。

行方不明となった部隊を探すべく、天使と人間の混血児であるエルフたちへ各地の調査を命じたのだ。

本来は魔族の側に居るはずの天使と魔族の混血児……魔天族にまで協力させて。

自分たちの存在が天使たちに知られると困る統夜は、調査にきたエルフと魔天族を捕獲した。

そして、調教して味方としたエルフは天使たちの情報網を混乱させるための工作員として利用することにしたようだった。

一方、魔天族にはなにか天使に従わなければならない事情があったらしく、統夜は解決のために魔天領へ出向くことになる。

その動きを統夜に貸し与えていた腕輪を通じて知った私は、ロナに精鋭部隊の出撃準備をするよう命じた。当初はロクハ村を襲撃するためではなく、統夜が殺された場合に備えてのこと。ロクハ村にある統夜の成果物を、天使どもに奪われる前に回収するためだった。

状況が変わったのは、ノエルが黒く強大な竜の力に目覚めたと感じたとき。

最近になってノエルが黒い魔力に覚醒する兆候を感じていた私は、この瞬間を待ちわびていた。

ノエルが私と同じ黒い魔力を扱えるようになったら統夜の手から取り戻そう、と、私は決めていたからだ。

半端者であっても、魔の王に匹敵できるほどの力があるならば周囲の反応は変わる。ノエルが虐《しいた》げられることは、もうなくなるだろう。

それに、統夜がこのまま力を付けていけば、遠からず私の手には負えなくなると感じていた。

統夜の拠点であるロクハ村の戦力が手薄になっている今が、彼を排除する絶好の機会。

そしてロナに準備させていた部隊を動かし……今に至るわけだ。


本当は統夜が帰還する前にロクハ村を制圧し、迎え撃つ形としたかった。

しかし、予想以上にロクハ村の戦力は充実していたらしい。

空を舞う堕天使たち、そして周囲の森から湧き出すように襲撃してくる魔物の群れに私が送り込んだ魔族たちは苦戦しているようだ。ロナからの報告によれば、私の親衛隊だった部隊長たちは分断され全員捕縛《ほばく》されてしまったらしい。

策士であるテッタがあちらにいるとはいえ、情けないことだ。

魔族とはどうあるべきか手本を見せてやらなければならないだろう。

私はまず、挨拶がわりに黒い魔力を用いた『竜爪』の一撃で山を削り飛ばす。

理力が満ちるこの空間でも、黒い魔力であれば威力は落ちない。

少々勿体無《もったいな》いが、統夜が出てこなければこのまま拠点を消し飛ばすつもりだった。

慌てて堕天使たちが空から私を取り囲む。

ただ、先ほどの一撃を恐れてか距離はかなり開いていた。

「無理な攻撃は……禁物ですっ！　回避に専念しても……かまいま、せん！　大丈夫……です！

いつも通りやれば大丈夫……です！」

黒い翼の堕天使たちが舞う中で一人だけ、翼に白さを残す天使がいた。

桃色の髪のその天使は堕天使たちを指揮しているようだ。

あれはリュミエル部隊の生き残りで……たしか名前はセリエル、だったか。統夜の奴隷だったはずだ。

彼女は、理力で作り出した黄金の槍を私に向けて射出《しゃしゅつ》してきた。

怯《おび》えた表情を浮かべているが、それでもまだ私に立ち向かおうとする気概は評価できる。

だが……。

「貴様たち天使はいつもそうだな。羽虫のように飛び回り目障《めざわ》りな攻撃しかしない！　『竜爪』！」

私は黒い魔力を両手に宿すと、放たれた槍ごとセリエルを薙《な》ぎ払うために腕を振る。

彼女も統夜の『成果』の一つ。死なない程度に手加減はした。

それでも、黒き竜の爪は回避したはずのセリエルを吹き飛ばすほどの威力がある。

体勢を崩したセリエルに追撃を放とうとする私を邪魔するように、周囲の森から狼の魔物たちが飛びかかってきた。部下の魔物がかなりの数を排除しているはずだが、まだでてくるか。

「しつこい奴らめ！　『竜尾』！」

私は黒い魔力を背中へと集中させ、漆黒の尾を形成する。

そしてムチのように尾を振るい、飛びかかってきた狼たちを吹き飛ばし地面へ叩きつけた。

魔物相手に手加減などする必要はない。一撃で絶命した狼たちは瘴気《しょうき》へと還《かえ》り、散っていく。

「さあ、どうした？　こんなものでは私は止められんぞ」

私はにやりと凶悪そうな笑みを浮かべる。

天使の軍と戦うのに比べれば、この程度どうということはない。

「流石《さすが》……最強の魔竜王、です。貴女《あなた》がいなければ……魔族領の制圧はとっくに完了していた……

と、いわれるだけのことは……あります。でも……まだまだ、ですっ！」

私が狼たちに気を取られている間に、セリエルは態勢を整えていたらしい。

彼女が周囲の堕天使たちと協力して編んだ理術は、天空に無数の光の槍を生み出していた。

美しく輝くそれらは、星々の光のようにも見える。

これは、天使たちの切り札の一つか。魔族軍を何度も壊滅状態に追い込んでいる忌々《いまいま》しい理術だ。

「いって……くださいっ！」

セリエルが手を振り下ろすと同時に、私へ向けて一斉に黄金に光り輝く槍が降り注いでくる。

竜の爪や竜の尾で捌《さば》ききれる量ではなく、直撃すれば私とて無事ではすまないだろう。

「無駄だ。『竜翼』！」

だが、防御に専念してしまえば、問題ない。

私は、翼から黒い魔力を広げるとそのまま身体を覆った。

そして、何十、何百と降り注ぐ槍の雨を漆黒《しっこく》の翼で受け止めていく。

私の周囲には土煙が舞い上がり、視界が効かなくなっていく。

「やりましたか⁉」

「いいえ、まだ……だと思います。でも少しは……消耗しているはず、です」

攻撃が途切れると、上空からセリエルたちの声が聞こえてくる。

土煙の立ち込める中では、私の姿が見えていないのだろう。

なるほど、私に黒い魔力を使わせて消耗させるつもりだったか。

確かに黒の魔力の扱いに慣れていないノエルを見ていれば、私に有効な手段だと勘違いするだろう。

「ふん。くだらん。これで終わりか？　ならば、こちらからいくぞ？」

漆黒の翼を広げ、土埃を吹き飛ばす。

服が少々汚れてしまったものの、私には怪我一つない。

「そん……な。息も乱れて……ない……？」

セリエルが呆然とした表情を浮かべた。

空を舞う堕天使たちからは怯えが伝わってくる。

確かに黒の魔力は扱いが難しく、制御するだけでも大きく体力を消耗する。だが、それは最初だけだ。

慣れてしまえばこの程度、多少の疲れを感じるくらいで済む。

「……なんというか、本格的にどうしろって感じだな。フィーネ」

「ほう、いつの間に私を呼び捨てにできるほど偉くなったのだ？　ようやく現れたか」

土煙が舞い上がっている最中に、近づいていたのだろう。

視線を声の方へ向ければ、晴れていく視界の中でこちらへ歩いてくる統夜が見える。

――ああ、ようやく逢えた。

知らず口元が緩《ゆる》んでしまう。

ただ、あれだけ私の力を見せつけたのに、余裕のある笑みを浮かべているのは気に入らない。

すぐにその余裕、消してやろうと心に決める。

「切り捨てたのはそちらだろう？　上司じゃなくなったからには、気を使う必要も無いしな」

「ならば、死ね」

統夜はテッタに似て狡猾《こうかつ》だ。私に対抗する策を用意したからこそ、姿を見せたのだろう。

だからこそ私は、統夜が何かする前に決着を付けるつもりだった。

全身に赤い魔力を巡らせて身体能力を強化した私は、一瞬で統夜との距離を詰めると右腕で胸を貫いた。統夜の背中まで突き抜けた私の手の中には、どくんどくんと脈打つ心臓がある。

躊躇《ちゅうちょ》なく私はそれを握りつぶした。

……だが、なにか手応えがおかしい。

「やっぱり、フィーネと生身で対面してたら即死確定だったか。全然反応できなかったぞ」

心臓を潰されたはずの統夜は、余裕の笑みを浮かべていた。

さらに私の腕は何かに締め付けられ、統夜から引き抜けなくなってしまう。

「……ちいっ。身代わりか！」

「ああ、俺は臆病者なんでな！」

こいつはおそらく、自在に形を変えられるスライム系の使い魔だろう。

中心核を潰さなければ倒せない厄介な相手だ。

しかもこのスライムの体液は媚薬化《びやくか》しているようで、返り血を浴びた身体が疼《うず》いてきてしまう。

使われたのは『甘い雫』のはずだが魔力で中和できない。

さらに、私を捕獲しようとしているのか、黒い触手のようなものが伸びてくる。

「く……う……。小賢《こざか》しい手を……。散れっ！　『竜爪』！」

とっさに黒い魔力を腕に纏《まと》わせて、スライムを吹き飛ばす。

ばしゃっと、黒い粘液が周囲に飛び散り、私は自由を取り戻した。

だが、いつもどおりの魔力制御ができずに膝をついてしまう。

ロナが心配そうに駆け寄ってきた。

「フィーネ様！　大丈夫ですか？」

「ああ、問題は無い。それより統夜が近くに居るはずだ。早く本体を探しだせ。……この屈辱。楽に殺してやろうと思っていたが……八つ裂きにしてくれる」

人間などに発情させられてしまうとは不覚だ。しかも、相手が統夜なんて……。

忌々しい過去が頭を過《よぎ》るが頭を振って追い出し、腰砕けになりながらもふらふらと立ち上がった。

「おお、怖い。怖い。これは見つかるわけにはいかないな」

飛び散った黒い粘液が集まり、統夜の形を作っていく。

核を潰しそこねたか。

だが、かなり体積を削ることはできたようで、半透明で不完全な姿だった。動きも鈍い。

「ふん。しぶといな。だが、すぐにその口、黙らせてくれる」

ロナから目を離した私は、統夜のスライムの残骸にトドメを刺すべく近づいていく。

「なあ、フィーネ。その前に一ついいか？『トロイの木馬』って知っているか？」

「はぁ？　なんだそれは。そんなもの、知るわけ……」

くだらない時間稼ぎに付き合う気はない。統夜の言葉を戯言《ざれごと》と切り捨てて残骸を踏みつぶそうとした矢先、私の身体に異変が起きる。

「は、ぁっ……。な……なにっ……!?　なんだこれはっ……！」

突如、魂を揺さぶられるような快感が下腹部の奥……子宮から湧き上がってきたのだ。

瞬《また》く間に全身が熱を帯び、汗が滲《にじ》んでいく。

さらに膝に力が入らなくなり、再び地面に手をついてしまう。

「今……です！　もう……一度っ！」

私が状況を理解する前に、堕天使たちが再び理術を編み上げたようだ。

黄金に輝く槍が再び私に降り注いでくる。

「くっ……『竜翼』！」

私は火照《ほて》る身体に鞭を打ち、黒の魔力を翼に集中させて身を守る。

しかし、子宮から湧き上がる快感に集中力を乱された私は黒い魔力を制御しきれない。

竜の翼は不安定に揺らめき、攻撃の通過を許してしまう。

服が引き裂かれ、肌が裂けていく。

「うぁっ！　あぁぁっ！　あぁぁぁぁっ！」

「いけない！　ロナっ！　無事っ……えっ……」

私の耳に届くロナの悲鳴。今の攻撃からロナまでは守れていない。慌ててロナの無事を確認するために、土煙を吹き飛ばす。

次の瞬間、私の目に飛び込んできた光景は信じられないものだった。

私の心が受け入れられず、理解を拒んで思考が停止してしまうほどに。


ロナは……黒いスライムに脚を左右に大きく開かされた姿で犯されていた。抵抗するどころか自ら身を任せ、前後の穴にスライムを受け入れているようだった。

つい先ほどまで凛々《りり》しく頼りがいのある武官だったはずなのに……。

今のロナは、快楽に蕩《とろ》けた表情を浮かべる雌《めす》になり果てていた。

「ふぃーね、さまぁ。ごめんな、さい。ろなぁ……。ごしゅじんさまにぃ、ダメにされちゃって、ましたぁ……。あっ！　ふあぁぁぁっ！　イクっ！　イキ、ますっ！　あぁぁぁっ！　ふぃ、ふぃーね、さまも、いっしょにぃっ！」

「あ……あぁ……、ロ、ロナ……」

目の前の光景に、先ほどから私の集中力をかき乱している快感は、ロナが感じているものなのだと理解させられてしまう。

隷属《れいぞく》している者が第三者に屈服し魂を委《ゆだ》ねた場合、第三者は主の魂へと直接干渉できるようになる。

こうして私以外の誰かに屈服したロナに与えられる快感が、私の魂を揺さぶっているように。

今、ロナがご主人様と呼んでいる相手はおそらく……。

「……と、統夜ぁぁあああ!!!」

私は、怒りの感情に任せて吠えた。

ノエルだけでは飽き足らず、ロナまでも。

テッタもおそらくは共犯者であろう。

……許さない。

「もういい、もういいわ。こんな場所。もういらない。まとめて吹き飛ばしてやるわ!!」

黒の魔力を体力の限界まで引き出していく。

従姉妹だからと、テッタに手心を加えようとしたのが間違いだった。

手加減は、もう必要ない。

役に立たたない部下も、奪われたロナも、この村も、もういらない。

あの男を殺せればそれでいい。

獣のように四つん這《ば》いになり黒の魔力を喉《のど》へと集中させて、テッタが居るはずの拠点を睨《にら》みつけた。

翼を大きく広げ……。

「『竜の……』」

「『竜の咆哮《ほうこう》』!!」

力を解放しようとしたその瞬間、だった。

横手から漆黒の奔流《ほんりゅう》が、襲いかかってきたのは。

「なぁっ……!? くっ……『竜翼』!!」

咄嗟《とっさ》に私は、集中した黒の魔力を守りに回した。

竜の翼と漆黒の奔流がぶつかり合い、せめぎ合う。

今まで幾多の攻撃を受け止めてきた絶対の守りが、軋《きし》み悲鳴を上げていく。

どうやら、教会の近くに統夜は潜んでいたらしい。

視線を向ければ、黒い服の両手を竜の頭に変形させた統夜がいた。

「ぐぅっ！ ぐぅぅぅぅっ!!」

「俺は、この力にまだ慣れてなくてな。フィーネと違って、コレを使うには時間が必要だったんだよ」

「どうして、どうしてその魔術をお前が使える！」

私が知る限り、黒い魔力は選ばれた一部の魔族しか扱えない。

魔竜族で黒い魔力を使えたのは父だけ。その血を引くノエルならまだ理解できる。

それが……ただの人間である統夜が使った。

しかも彼が使ったのは、黒い魔力を用いた術の中で最も制御が難しいものだ。

心の動揺が抑えられず、集中できない。さらに身体の奥底から湧き上がる快感にも思考をかき乱されてしまう。

竜の翼がゆらぎ、ひび割れ、崩れていくのを止められない。

「フィーネ。お前が使っている力の正体は『瘴気』を使った魔術、だろ？ 紛らわしいから俺は

『魔法』と呼んでいるがな。理屈がわかれば……再現するのはそんなに難しくなかったぞ」

「うそだ、うそだ、うそだ、うそだぁっ!!」

統夜が力に慣れていないのであれば、体力は長く持たないはずだ。

それまで耐えきれれば、勝ち目は残っている。

必死で竜の翼を支える。

「フィーネ。魔族は力が全て、だったな……。だから……力でねじ伏せさせてもらう！　そうしなければ誇《ほこ》り高いお前の心は折れないだろうから、な！」

「まけ……るかぁ！　ニンゲン……なんかに、まけて、たまる、かぁっ！　かあさまを、あんな目にあわせたニンゲン、なんか、にぃっ！」

母様《かあさま》の最期を思い出し、私は涙を流しながらも自分を奮い立たせる。

だが、いつまで経っても統夜から放たれる力の奔流が止まらない。

統夜の顔色は悪く、もう立っているのがやっとのはずなのに……。

一瞬、統夜の中にある赤や青、金色の魂が彼を支えているように見えた。

ひび割れた翼がとうとう砕《くだ》け散ってしまう。

「っ！　きゃぁぁぁぁぁぁっ！」

次の瞬間、私は吹き飛ばされ地面をごろごろと転がっていく。

直撃していれば、おそらく私の命はなかった。最後の最後で、統夜が手心を加えたのだろう。

服は破けてボロボロ。

引き裂かれた長いスカートからは下着が見え、私の控えめな乳房まで露《あら》わになってしまっている。

体力も魔力も尽きてしまい、全身の痛みで文字通り指一本動かせそうになかった。

「うそ……うそ……。人間なんかに……、人間なんかに……、負けた」

「フィーネが万全なら、こっちが負けていたけどな。卑怯な手を散々使って、身体と心をここまで消耗させてようやく、だ。さすがだよ。フィーネ」

統夜のスライムが首輪のように首へ巻き付き、私が魔力を扱えないように封じていく。

敗北に打ちひしがれている私には、抵抗しようとする気も起きなかった。

「だが、お前が俺に負けたと天使に知られれば、これを好機とみて人間界にある魔族領を一気に制圧しようとするかもな。それに魔界にも魔竜族の領土を狙っている連中が居るんだろ？」

「だ、ダメ！　それはダメ……お願いっ！　これ以上父様が残してくれた領地を奪われたくないの！」

統夜に指摘されて、私は我に返る。

すでに、状況を打破する力は私に残っておらず、部下の魔族たちも制圧されてしまったようだ。

私の敗北を目にして勝ち目がないと思ったのかもしれない。

父様がずっと守ってきた領地を奪われたくない私は、王としての顔を捨てて統夜に懇願するしかなかった。

「ノエルを解放しろ、フィーネ。それで領地のほうはなんとかしてやる」

「……っ！」

統夜の要求に、私は視線を泳がせてしまう。

ノエルと領地、どちらを取るのか。

確かにノエルは私にとって、とても大切なものだ。

けれど……。

「……わかった、わ」

ここで私が意地を張っても、きっとみんな不幸になってしまうだけだろう。

……なにより、ノエルの心はすでに私から離れてしまっているのだから。

私は小さな呟きとともに、ノエルの魂を隷属状態から解放した。

それを見届けた統夜は、小さな黒髪の妖精に伝言を頼んでいるようだった。

後は統夜に任せるしかない。

「フェアムにテッタへの伝言は頼んだし後は任せて大丈夫だろ。さて、とフィーネ。これからお前を屈服させてやる。覚悟しろよ？」

「え……!?　ま、まさか……。嘘よね。こんな所でしないわよね!?　きゃぁっ！　や、やめてっ！」

此処《ここ》は外。しかも、誰に見られていてもおかしくない。

しかし、そんなことは関係ないとばかりに、私は統夜に組み伏せられてしまった。

意外と逞《たくま》しい統夜の身体に、どきんっと胸が高鳴ってしまう。

私は悲鳴を上げ、首を横に振って必死で嫌がる。せめて、場所を変えて欲しかった。

「なあ、フィーネ。人間に処女を奪われた淫魔は、二度とその人間からは離れられないらしいな」

「それ、はっ、んぷっ……ちゅっ。んっ。じゅるっ……」

耳元で囁《ささや》かれた言葉に、ぞくりと身体を震わせる。

そのまま私は統夜の唇を受け入れてしまった。舌を絡め取られ吸い上げられてしまう。

（こんな、こんな所で感じてはいけないのに……、人間のモノなどになりたくないのに……）

身体の芯が疼き、火照りが強くなっていく。

さらに、ロナから伝わってくる快楽の信号が、私の子宮を責め立てる。

唇も塞《ふさ》がれ……絡んで来る舌を拒むことができない。

（あ……、と、とける……とけちゃう……。あたまのなか……ぐちゃぐちゃのどろどろ……）

私は、組み伏せられ強引に唇を奪われているのに興奮していた。むしろ、淫魔としての本能も竜族としての本能も、自分を無理やり蹂躙《じゅうりん》できるような強い雄《おす》……統夜が欲しい、と求めてしまっている。

「んっ！　んちゅ、じゅるっじゅるっ……ちゅ……ぴちゅ……はむっ……ちゅ……」

統夜の指が私の太ももを滑っていく。

びくんっと身体を震わせた私は反射的に太ももを閉じようとしたけれど、統夜の足が股の間にあっては無理だった。下着に覆われた私の大切な場所が、統夜の指の餌食《えじき》になってしまう。

ぐちゅぅ……と濡れた音と共に湧き上がる快感が、足の指先にまで駆け抜けていく。

「マ○コはもうトロトロじゃないか。そんなに俺のチ○ポが待ち遠しいのか？」

「い、言うなぁ！　そんな、そんなことあるわけ……ふぁっ……ふあぁぁぁっ!!」

意地悪な統夜の言葉に、私は耳の先まで熱を帯びてしまう。

さらに統夜の指は下着をかき分けて中へと侵入し、私の浅い場所をぐちょぐちょとかき混ぜていく。

それは身体の芯に響くような快感だった。私の腰が勝手に浮き上がり、びくびくっと震えてしまう。

（部下たちが……、みんなが見ているかもしれないのに。こんなに、キモチ、イイなんて……）

「ふぁっ、あぁっ！　それ、ダメっ！　ダメよ！　そんなこと、されたらっ！　あぁっ！　わ、私、私っ……も、もうっ……！　あぁぁぁぁっ」

こんな所で絶頂したくない、と必死で堪《こら》える私は、何か摑《つか》むものを求めて地面を掻《か》きむしり足をジタバタと暴れさせてしまう。

我慢しようとすればするほど、子宮の疼きは強まってしまう。

「乳首もこんなにツンって尖《とが》ってるじゃないか、寂しそうだな」

「くぅ……や、やめなさいっ……！　ひぅぅぅっ！　や、ぁっ！　そ、そんなことをしてはダメぇっ！」

私の乳首は身体の興奮を反映して、虐《いじ》めてくださいと言わんばかりにツンっと尖ってしまっていた。

統夜がそれを見逃すはずもなく……舌で優しく舐《な》めあげていく。

ただでさえ絶頂を我慢している私が弾け飛んでしまいそうなほど、ビリビリとした快感が乳首から全身を駆け巡ってしまう。

もう、限界……。

でも、ニンゲンの男にイカされるのは、どうしても嫌だった。

「と、とめてぇっ……！　も、もうっ……ダ、ダメェ！　いやあぁっ！　いやぁぁぁっ！　イキたく、ないっ！　イキたくないっ！　やめてっ‼　あ……。ふ……ぁ……？」

もうあと一歩で絶頂を迎えてしまう、というところで統夜の手が止まる。

ひくひく震える絶頂寸前だったマ〇コからは、白濁した本気汁がこぽりと溢《あふ》れ出していた。

安堵と共に、疑問が浮かぶ。

「な……なんで……？」

「止めて、と言ったのはフィーネだろ？　あそこまで嫌がられたらな」

統夜が囁きながら、私の耳を舐《ねぶ》っていく。

さらに統夜の指は、硬くなった私の乳首に愛液を塗りつけていく。

ぬらぬらとした乳首の感触に、身体の興奮は収まりそうにない。

かと言って柔らかな刺激では、絶頂に至ることもできそうにない。

「フィーネ。まだお前の心は折れてないみたいだからな。自分から処女を捧げ俺の奴隷に堕ちたいというまではオアズケ、だ。お前の敗北を見せつけるには、これで十分だろうし」

「くぅぅ……」

今も私の魂にはロナが感じている快感が伝わっている。快楽に身を任せる幸せも。

けれど、今の私はその感情に身を任せるのが……怖い。

「それに、オアズケしたらフィーネの身体は強制的に発情してしまうんだろ？　どこまで耐えられるか。見てやるからな」

「あっ……」

淫魔の飢え。それは食料である精気を求めて身体が強制的に発情してしまう状態だ。

脳裏をある光景が過っていく。

避けられない未来を想像した私は、自分の身体を不安げに抱きしめる。

だが、私の股間からは、何かを期待するように白濁した愛液がこぷりと溢れ出していたのだった……。

＊＊＊＊＊

拠点にある牢屋へとフィーネを拘束する頃、ロクハ村は落ち着きを取り戻していた。

フィーネの部下である魔族たちも含め、怪我人たちの治療が行われている。

ヴァゲイトの街に潜入していたコガネとエイル、そしてヨゾラも帰還し、治療の手伝いをしていた。

作戦は成功したようで、エイルの仲間であるエルフたちどころか、セクリアト教の教会に監禁されていた人々も一緒に転移で連れてきている。俺が考えていたよりかなり早い。

コガネたちに話を聞きたかったが、俺にはそれよりも優先することがあった。

俺は今、アムに抱き上げられて空を飛んでいる。

ノエルが監禁されている屋敷に向かっているのだ。

正直に言えば、怖い。

だが、人間と魔族のハーフであるノエルは、多くの魔族にとって嫌悪の対象。

フィーネの敗北による影響で混乱が起きてしまえば、巻き込まれる可能性が高かった。

テッタが予《あらかじ》め手を回し、混乱を抑えてくれているとはいえ予断は許さない状況。

一刻も早くノエルを迎えに行きたかったのだ。

幸いにも俺が到着したとき、屋敷はテッタの協力者が纏めており混乱は起きていなかった。

逸《はや》る気持ちを抑え、ノエルの待つ部屋の扉を叩く。

「迎えに来たぞ。ノエル」

「……待っていました。統夜さん」

俺が扉を開くと、笑顔のノエルが腕の中に飛び込んで来た。

俺は約束を果たし……この腕にノエルを抱きしめることができたのだった。

第一話　本当の隷属

廊下を進むその少女の背中には、竜族の証《あかし》であるコウモリのような翼が生えていた。

だが、成人した竜族の証である鱗《うろこ》は背中に生えていない。尾てい骨から伸びる尾もまだ短い。角もまだ目立たないほど小さく、ポニーテールに纏められた真紅の髪の中に埋もれている。乳房もほんのりと膨らみを帯びているだけ。陰毛も生えていない。

じんわりと汗の滲む裸体を曝け出すその少女は……。

「気分はどうだ？　フィーネ」

「……最悪、よ。は、ぅ……。んっ、ぁっ……」

全ての服を剝ぎ取られ生まれたままの姿のフィーネだった。現在は獣のような四つん這いの体勢で廊下を歩くことを強要されている。しかも、普段は強気な光を宿す真紅の瞳を目隠しで覆われて。頼りにできるのは統夜の声と引っ張られる首輪の鎖、そして音だけだ。

そんなフィーネの股間には半透明のスライムがへばりつき、マ○コとア○ルを広げている。覗《のぞ》きこめば、ヒクヒクと蠢《うごめ》き蜜を溢れさせている処女膜の残る膣内、そして綺麗にされた腸内の様子が丸見えだった。

羞恥《しゅうち》に真っ赤に顔を染めているフィーネだが、魔力が封じられている現状ではスライムを股間から引き剝がすこともできない。

さらに、フィーネを悩ませているのが、子宮から伝わってくる魂を揺さぶる快感だ。

ロナが快楽に溺《おぼ》れ続けている証。

フィーネは絶頂に至れず、止むことのない快感に延々と悶《もだ》えさせられているのである。

「ノエルに会いたいんだろ。我慢しろ。良かったな。ノエルもフィーネに会いたいと言ってくれて」

「だからといって、こんな格好なんて……ん、くっ。強く引っ張らないで！　ちゃんと自分で、歩くわ」

フィーネがノエルの無事を確認するために会わせてほしい、と統夜に頼んだのがことの始まり。

一旦《いったん》返事を保留した統夜が、フィーネをノエルに会わせるために出した条件が今の状況だった。

フィーネは首輪を引かれる苦しさに、歩みを再開させた。

人間のペットにまで堕ちたように思えるフィーネの姿は、拠点に暮らす大勢の住民に見られている。

天使、人間、堕天使、そして……部下だった魔族すら誰もフィーネを助けようとはしない。

それどころか、どこか羨《うらや》ましそうな視線を送る者すらいる。

見えなくとも気配を感じているのか、背中の翼が時折ふるふると震えていた。

(こんな、こんなに屈辱的なのに……)

見下していたはずの人間に従わされる屈辱をフィーネは感じている。

だが、フィーネの子宮から湧き上がる快感は、それらを悦《よろこ》びとして記憶と身体に刻み込んでいく。

「ほら、早く歩かないと、いつまで経っても着かないぞ」

「わ、わかっているわ。急《せ》かさないで」

「じっくり見られたいなら別だけどな？　人間に敗北した惨めな竜姫の姿を」

「そんなこと、あるわけ無いでしょう！」

フィーネはのろのろと歩いて行く。

スライムに開かれたマ◯コの奥は、白濁した愛液で満たされてしまっていると気付かぬままで。

＊＊＊＊＊

「ノエル。入るぞ。フィーネも一緒だ」

「はい。統夜さん。良いですよ。準備はできています」

「はぁ……、はぁ……」

俺はノックをしてから扉を開けると、ノエルの待つ部屋に入っていく。

牢屋から此処《ここ》まで歩いてきたフィーネは、四つん這いだったこともあり随分と消耗しているようだった。

フィーネの身体を抱き上げた俺は、逃げられないように首輪から伸びる鎖を壁へ繋ぐ。さらに、フィーネが手を使えないよう、バンザイさせる格好で拘束した。

そこまでしてようやく、フィーネの目隠しを外してやる。

「……こうして落ち着いて話をするのは、久しぶりですね。姉さん」

「ノエル、貴女……どうして、そんな格好を……？」

フィーネが真紅の目を見開き、息を飲む。

ノエルが身に着けていたのは、純白の花嫁衣装だった。清楚なノエルにはよく似合っている。

「私が、改めて統夜さんのモノになるのに相応しい格好になりたい、って言ったらテッタさんが用意してくれたんです。どうですか？　姉さん」

ノエルは少し恥ずかしそうにはにかむと、くるりとその場で一回転してみせる。ノエルには翼があるので、背中は大胆に開いたデザインとなっていた。

だが、フィーネは目を見開いたまま、魚のように口をぱくぱくさせるだけだった。

「綺麗《きれい》だぞ、ノエル。ノエルは全てを捧げて俺のモノになるこの姿を、フィーネに見せたかったんだよな？」

「はい。そうです。統夜さん。私は……もう姉さんの人形じゃないって、見せたかったんです」

ノエルは俺を見つめると、こくんと頷いた。

俺はノエルに近づくと優しく抱き寄せ、頬を撫《な》でていく。

素直に抱き寄せられたノエルの頬は赤く染まり、何かを期待するように目を潤《うる》ませている。

「や、止めて……そんなの、見せないで……それに、人形だなんて……。私は、ノエルのことを思って……」

大切にしていた妹を奪われる瞬間を見せつけられるという事実。そして、その妹が見せた確かな拒絶に涙を浮かべたフィーネが、イヤイヤと首を横に振る。

「姉さんは、私に何もさせてくれませんでした。気がついたら、私はなにもできない役立たずで……。でも、統夜さんはそんな私を必要としてくれました。それだけじゃなく、いろいろなものを見せて、教えてくれて……。本当に……本当にすごく感謝しているんです」

ノエルは俺の服をぎゅっと握りしめ、まっすぐに紫水晶の瞳を向けて自分の心を伝えてくれる。

「あ、あぁ……ただ、私はノエルを守ろうと……でも……そんな……」

フィーネは本気でノエルのために、と行動していたのかもしれない。だが、それはノエルの精神を追い込む結果となっていた。呆然とするフィーネは、この事実を初めて知ったのだろう。

フィーネの心は俺に敗北したときよりも、打ちのめされているのかもしれない。

「私……統夜さんに初めてすべてを捧げたときの感覚が忘れられなくて、処女膜の再生を試してみたんです。うまくいくかわかりませんでしたけれど……成功、しました。もう一度、奪ってください。統夜さん」

さすがに恥ずかしかったのか、ノエルは顔を紅に染めて目を伏せた。

「俺に純潔を捧げる姿まで姉に見せたいなんて、酷い妹だな。だが……もう一度ノエルの処女膜を破れると思うと嬉《うれ》しいぞ。もう一度、処女を奪って俺のモノにしてやる」

「お願いします、統夜さん。私のすべてを奪ってください。乱暴に蹂躙してしまってもかまいません。……身も心も支配されて、統夜さんの色に染め上げられたいです。私を奴隷にして……ください。んっ……」

ノエルが懇願する。その紫水晶の瞳には、もうフィーネは映っていないようだった。

俺が顔を近づけると、ノエルは目を閉じて身体の力を抜いていく。

そのまま、唇が重なる。俺が舌を差し込んでいくと、ノエルの舌は奉仕するように俺に絡みついてくる。

「ああ、いやぁっ！　見せないでっ！　聞かせないでぇっ！」

フィーネには追い打ちを掛けるように、ノエルの感覚を繋げてやる。

「ぁ……、あぁっ……！　これは……？」

びくんっとフィーネの身体が跳ねた。どうやら上手くいったようだな。

「んっ……ふぁ……統夜さん。ん。ちゅ……」

「ノエル……望みどおりに染めてやるからな」

俺は霊術で、淫魔術『淫《みだ》らの指』を発動する。

今のノエルになら淫魔術を使わなくても十分な快感を与えてやれるが、今回はノエルにとって特別な日。

いつも以上に可愛がってやりたかった。

ノエルを抱き寄せたまま、指先で背中を撫でていく。

「ふぁぁっ……!?　んはぁっ！　と、統夜さん……。わ、わたし、いつもより敏感に……なっちゃって、ます。ふぁっ！　あぁぁっ！　あぁっ！　すごく……どきどき、して……き、きもち、いいです」

「そんなに、俺の奴隷になるのが楽しみか？　可愛いな。ノエル」

俺の背中へと手を回したノエルが、しっかりとしがみついてくる。

俺はノエルの可愛い反応を楽しみながらも指先に意識を集中させ、ノエルの体内にある力の流れを読み取っていく。そして、敏感な場所を探り当てると、霊力を流し込んでやる。

「きゃふっ!?　ふあぁぁっ！　あ、あぁっ！　そこっ！　ふぁぁぁっ！　い、いいっ！　わたし……も、もうっ、もうダメになっちゃっ……、き、きちゃい、ますっ！　統夜、さぁん！　ふあぁぁぁっ！」

「あぁぁっ……うそっ……撫でられてるだけ、なのにっ……、あぁぁぁぁっ！」

ノエルは軽いアクメを迎えたようで、身体をびくびくっと震わせながらしっかりと俺にしがみついている。感覚を共有するフィーネもまた身体を襲う快感に身を捩《よじ》っているようだ。

「ノエル、何回でも達して構わないぞ。俺がノエルを貪《むさぼ》り尽くすまで、気絶しても起こしてやるからな」

「あぁ……うれしい……。して、ください。統夜さんのモノじゃない場所なんて一箇所も残っていないって魂に刻み込まれてしまうくらい……してください。んぅ……ん……」

蕩けた瞳で懇願するノエル。興奮した俺はやや強引にノエルの唇に吸い付いた。

アクメを迎えたばかりのノエルの身体はまだ敏感なのだろう。キスだけでもびくんっと身体が跳ねる。

ノエルを逃さないようにしっかりと頭を押さえた俺は、舌を絡め取り吸い上げていく。

「んっ、んんっ……！　んぅぅっ!!」

敏感になったノエルは、もう絶頂が近づいているようだった。翼が広がり、ふるふると震えている。

十分にキスを堪能した俺は、ドレスの上からでもわかるほどに勃起した乳首を探り当てると、きゅうっと霊力を込めた指で摘《つま》み上げてしまう。

「んんんんっ!!」

「はぁっ……ひんっ!!　ふあぁぁぁぁっ！　あぁっ！　こ、んなっ……、こんな、にぃ……、あぁあぁぁあっ！」

壁に繋がれたフィーネが絶叫とともにびくびくっと背中を仰《の》け反《ぞ》らせ、腰を浮かせてしまう。

ノエルも同時に達してしまったようで、ひくん、ひくんっと身体を震わせている。

そろそろノエルが立っているのは限界だろう。俺はベッドの上にノエルを仰向けに寝かせてやる。

そして、ドレスの胸元をズラすと、小振りだが形の良いノエルの乳房を露出させた。

強めに乳房をこね回してやるとノエルとフィーネの喉から、同時に、甲高く甘い声が溢れ出していく。

フィーネが悶える声を聞くのもいいが、そろそろノエルにだけ集中したい。

俺はスライムに、フィーネの口へチ○ポ触手をしゃぶらせるように命令する。

「んぐっ⁉　……んぶっっ……じゅぶっ……。んぅっ！　んじゅっ……」

突然口の中に触手をねじ込まれたフィーネは、目を見開いて頭を左右に振る。だが、その程度では振りほどけない。この触手チ○ポは俺のモノと同じ形のはずだ。予習をしていてもらおうか。

「はぁ……ん……、はぁ……統夜さ……ふぁっ！」

ノエルに集中できるようになった俺は、さらに時間をかけて全身を愛撫し、幾度もアクメさせてやった。

しばらくすると、汗を吸った白い花嫁衣装がじっとりとノエルの肌に張り付き、透けていく。

そろそろ頃合いだろう。いよいよメインディッシュを頂くことにする。

まず、ノエルをうつ伏せにさせて腰を持ち上げさせた。そして、ふわりと広がる白いドレスを捲《めく》り上げれば、形のいい尻肉とたっぷりと愛液を吸ってマ○コに張り付くショーツが露わになる。

ストッキングに包まれている脚もセクシーだ。

「うぅ……。統夜さん。この格好は……恥ずかしいです」

「我慢してくれ、ノエルの処女膜が再生しているなら、俺も確かめてみたいからな」

「は、はい……」

顔を赤く染めたノエルがふるふると身体を震わせた。羞恥心を捨てきれないノエルが愛《いと》おしい。

俺はショーツを脱がせてしまうと、指でノエルのマ○コを開いた。白濁した愛液がつぅーっと太ももを伝い……奥に再生したのであろう処女膜が見える。

「本当に処女膜が元通りになってるな。コレを俺に破いてほしいんだろ？」

「は、はい……。その……すごく痛かったんですけど……、統夜さんに身体を征服されてしまったような感覚が……すごく良かったんです」

そういえば、ノエルは処女膜を破られて絶頂していたな。

獣に蹂躙されるようなその格好で待つノエルの瞳は期待に潤んでいた。

俺はノエルが逃げられないように背後からのしかかると、チ○ポをマ○コに宛《あて》がう。

それだけで、ノエルのマ○コは期待にヒクヒクと震えていく。

最初はゆっくりと先端を入れていく。

「あっ……ああっ……統夜さんがはいってきます。あ、あぁ……はっ……はっ……はっ……」

つん、つんっと処女膜にチ○ポが触れる度に、びくんっとノエルの身体が震える。今か今かと待ちわびるノエルの心臓が、うるさいくらいにドキドキと高鳴っているのがわかった。

「さあ……イクぞ、ノエル！」

「あっ!?　ああぁぁぁぁぁぁぁぁっ!!　あああああああっ!!」

ぶちぶちとノエルの処女膜を引き裂いた俺は、そのまま一気に奥まで貫いた。

そして、反射的に逃げようとするノエルの身体を押さえつけ、更に奥まで侵入して征服する。

ぱたぱたと翼をはためかせるノエルは、口元から涎《よだれ》を垂らしながら身体を痙攣《けいれん》させていた。

「あっ……あぁっ……！　わた、まえより、ずっと、すご……あぁぁぁっ！　とうや、さ……ふあぁぁぁぁっ！　いっ！　いっちゃ……ま……あぁぁぁぁぁぁぁっ!!　だ……ぁっ！」

「あぁ、ノエルのマ〇コもイイぞ。もっともっとしてやるから、なっ！」

待ち焦がれた快感を与えられたノエルは、まともな単語を口にするのも難しいようだった。

その代わり、俺のチンポを歓迎するように絡みつく膣肉が悦びを表現していた。

俺はさらに快感を与えてやろうと、すでに陥落済みだったノエルの子宮口にチ〇ポをねじ込んでいく。

「……!!　………!!」

ノエルは与えられた快感が強すぎたのか、白目を剝《む》き、身体の痙攣が止まらなくなってしまう。

すぐに霊術でノエルに活力を送り……意識を引き戻してやる。

「あっ、はぁっ！　はぁっ！　こんな、すご……。こ、こわれちゃ、ます……。わ、わらひ……こわれちゃ……あ、ぁぁっ！　で、でも……ほし……、とうや、さ……も、もっと、もっと、ほしい、ですっ」

「ノエル、もっと欲しいんだな？　俺に壊されて俺の色に染められたいんだなっ！」

俺の問いかけに、ノエルがこくこくと頷いたのを確認して、俺はさらなる奥までチ〇ポをねじ込もうと腰を突き動かしていく。奥を突き上げるたびにノエルは絶頂を繰り返しているようだ。

「あぁぁぁっ！　あたま、ひびきま……。びりびり、しび、れぇて、まぁ……っ‼　わ、わたし、とうやさんに、ぃ……こわ、されてぇ……しあわ、せぇ……ですっ、も、もっと、そめて……そめて、くださ……」

ノエルの肉ヒダは俺のチ○ポに絡みつき、精液がほしいとねだってくる。

ペースを上げると、じゅぶじゅぶと水音が響き、絡みつくノエルの中は最高に気持ちがいい。

だが俺はそろそろ限界だった。

「ああ、安心しろ、ちゃんと染めてやるよ。ノエルもちゃんと俺に染まるんだぞ？　さあ、精液、注いでやるぞ。欲しいか？　ノエル、精液欲しいか？」

「あ、あぁ……く、ください……ほしい……です。とうや、さんのこども……ほしい、ですっ！　はらませ、て、くださ……あ、あぁぁぁぁぁぁっ！」

「ああ、孕《はら》めよ、ノエルっ！」

我慢せず、俺の子供を求めるノエルの子宮へと、たっぷり精液を注ぎ込んでいく。

大きく背中をのけぞらせたノエルはそのまま前に倒れ込み、ぐったりと脱力した。

びく、びくっとノエルは痙攣しているが、まだ終わりにはしない。

「はぁ……あ、とうやさん、いっぱいです。ふぁ、あぁ……幸せ……です。あっ……？」

俺はノエルの呼吸が落ち着くのを待って、鱗に覆われた背中の中心の近くをゆっくりと撫でた。

幸せそうに表情を蕩けさせていたノエルが、びくっと身体を震わせて身体を緊張させていく。

「なあ、ノエル。ココに何があるか知ってるか？」

「と、統夜さん……そこはダメ、です。逆鱗……なんです。すごく、敏感、で……触られたら、怒りたくなっちゃう場所……なんです。あぁ。でも……統夜さんに、なら……」

先ほどの絶頂の名残《なごり》か、ノエルの口調はどこかたどたどしい。

怯えたように頭を左右に振ったが……表情は期待しているようにも見えた。

「ああ、ノエルを征服するなら、避けては通れない場所、だろ？」

「それ、は……、あっ！　～～～～～～～～!!」

俺はチ○ポでノエルを貫いたまま、霊力を宿した指で逆鱗を摘み上げた。

目を見開いたノエルは、声にならない声を上げながら舌を突き出して絶頂を迎えてしまったようだ。

そのまま指で逆鱗を優しく愛撫しながら、霊力を注ぎ込んでいく。それだけで、ノエルの膣はきゅぅっと俺のチ○ポへ絡みつき痙攣を繰り返している。

「ノエル、俺がお前の主だ」

俺は逆鱗へ触れたまま、ノエルの魂に干渉する。

逆鱗に触れても怒りに飲まれることができず、好き放題にされて支配されるなど、本来の魔竜族にとってはこの上ない屈辱だろう。

だが、ノエルの魂は嬉しそうに俺のところへと飛び込んできた。誰にも触られてはならないはずの場所を俺に捧げられたのが嬉しかったのかもしれない。

「誓え、ノエル」

「あっ……はひっ！　わ、私……ノルニエル・マステリア・ドラグオルは、生涯を統夜さんに……愛しい旦那さまへ捧げると、誓います。ずっと、ずっと……お傍に置いて……ください。愛して……ます」

ノエルの真名《まな》が、改めて俺に捧げられた。隷属の魔術を起動させ……しっかりと魂が結びつく。本当の意味でノエルを手に入れた瞬間だった。

トドメに俺はノエルの子宮へと、再び精液を注ぎ込みノエルを絶頂させてやる。

俺がチ○ポを引き抜いたとき、絶頂を重ねたノエルはぴくりとも動けなくなっていた。

そんなノエルの首に青い首輪を巻いてやる。

きゅっと締め付けると、それだけでもノエルは達したようで、ぶるっと身体を震わせる。

「これで、ノエルは本当の意味で俺のものだ」

「はい……。今までより、ずっとずっと近くに統夜さんを感じます。安心できて……なんだか幸せです」

「それにしても、ノエルの一番の弱点が背中だった、とはな」

「はぁっ……あっ……。それは……統夜さんだから……です。逆鱗なんて、他の誰にも触らせたりしませんから」

「可愛いことを言うな。もっとかわいがってやろうか？」

「はい。お願いします……。私が死んでしまうのではないかと思うくらい可愛がってください」

ノエルが満面の笑みを浮かべた。

純白だった花嫁衣装は、破瓜の血と精液で染まっていた。

だがそれは、ノエルが俺の色に染め上げられた証でもあるようで……決して脱ごうとはしないのだった。

第二話　フィーネの過去

あの後もしばらく俺とノエルは身体を重ね、快楽を貪りあった。

そしてノエルが体力の限界で眠りに落ちたのを確認した俺は、触手を咥《くわ》えさせ放置していたフィーネへと近づいていく。

「ふぐっ……ん、ちゅ、は、ん……れろ、ん……ふぁ……ん。ちゅぅ……」

フィーネはすっかり触手を味わうのに夢中になっているようだった。

フィーネは何度も絶頂の感覚を味わっていただろう。だが、それは所詮《しょせん》他人の感覚。

フィーネ自身の肉体では絶頂を迎えられてはいないはずだ。

その証拠に、両脚は大きく開かれ、ひくんとマ○コを物欲しげに震わせている。

まるで誰かに犯されるのを待ち望んでいるようだった。

「いい顔になったな、フィーネ」

「……!?　けほっ、はっ、あっ……?」

口から触手を引き抜いてやると、フィーネは明らかに発情し、潤んだ瞳で俺を見つめた。

頬も朱色に染まっている。

ただ……その視線は虚《うつ》ろで……どこか様子がおかしい。

「……わ、わたしは……だかないの？　かあさまみたいに……しないの？」

涙を零《こぼ》しながらフィーネが呟《つぶや》く。口調もどこか幼い。

「そうだな、フィーネが抱いて欲しいとオネダリしたら、してやるぞ」

「……い、いえない。ゆ、ゆるして……」

おまけに、発情した身体も限界だろうに、決して自分から快楽を求めようとしていない。

このまま責め続ければおそらく、堕ちるより先にフィーネの精神が限界を迎える。

それは俺の望むところではない。

俺は誇り高いフィーネが、自らの意志で敗北し快楽を求める姿が見たいのだ。心が死んでは意味がない。少し休ませたほうがいいだろう。

「ダメだな。許してやらない。とはいえ少し疲れただろ。休憩だ」

フィーネは竜族としては力で俺に敗北し、淫魔としてはロナを快楽で奪われ負けている。

これほどまでに頑《かたく》ななのは何か理由がありそうだ。

「あ、あぁ……。わたし……わたし……、このままじゃ、おかしくなる。もしかして……かあさまみたいに……飢えて殺されてしまうの？」

「それは、フィーネ次第だな。素直になればちゃんと抱いてやる」

「うぅ……いやぁ……」

力なく首を横に振り、フィーネは拒絶の意志を見せる。

それにしても、フィーネの母親は餓死させられた、か。

それが人間や天使の手によるものであれば魔族至上主義になったのも納得がいく。

根底にその憎しみがあるならこのままだと難しいかもしれないな。

ノエルの寝顔を見ながら、俺は少し調べてみることにしたのだった。

＊＊＊＊＊

フィーネの過去を聞きだすには誰に尋ねればいいか考えてみたが……、一番知っていそうなのはテッタだと判断した。テッタはフィーネの従姉妹で実年齢も近かったはずだ。

フィーネのことはどうしようかと考えたがノエルの部屋に置いて来た。

ノエルと一緒に居たほうが、フィーネは落ち着くだろうと考えたのだ。

「テッタ、起きているか？　ちょっと聞きたいことが……」

「はい……どな……って、と、トーヤ!?　ちょ、ちょっとまっててっ！」

コンコン、とノックしたテッタの部屋からどたばたと音がする。

程なくして薄く化粧をしたテッタが扉を開いた。

「め、めずらしいね……こんな時間にいきなり訪ねて来るなんて。あの……、もしかして……」

「期待させたところで悪いんだが……、フィーネの過去について聞きたいことがあってな」

「ん……、フィーネちゃんについて、かぁ……。まぁいいや、中に入って。お茶でもだすよ」

「悪いな、テッタ。ちゃんと後で可愛がってやる」

フィーネのことを聞きに来た、と聞いて肩を落としたテッタの頭を撫でてやる。

ぷく、と膨らんだ頬がそれでふにゃりと緩んだのがわかった。

夜這《よば》いに来たのかと、あわてて化粧まで整えて出迎えてみたら……となれば気を悪くするのも当然か。

ちゃんと埋め合わせはしてやらないといけないな。

そう思いながら視線をずらすと、机の上にはこれからの情勢の予測などがびっしりと書かれた紙が広がっている。こういう努力をしている姿を、テッタは普段見せようとしない。

今回は片付ける暇もないほどに慌てていたのだろう。

「がんばっているみたいだな」

「あっ！　う、うん。まあね。相手の思惑通りに動かされたのが悔しくって……」

テッタはイタズラが見つかった子供のような表情を浮かべて頬を掻《か》いた。

「フィーネの暮らしていた領地については落ち着いたのか？」

「あ、うん。フィーネちゃんはトーヤに敗北して皆の前で陵辱《りょうじょく》されたでしょ。それでは当主に相応《ふさわ》しくないと判断されて追放処分になったよ。マステリア領の当主は最近、天使相手に戦果を上げている親戚が引き継ぐことになったの。ロクハ村の周辺もマステリア領にしてもらえることになったから、ようやく落ち着けるかな」

「……おいおい、早すぎるだろ。さすがに昨日の今日というのは……」

そこまで言いかけてふと思い浮かんだことがある。

テッタの実家はたしか穏健派だったはず。

魔界における魔族至上主義の一派の力を削《そ》ぐ工作の一環だったと考えるなら……。

「フィーネに人間を召喚して魔力を集めさせたらどうか、って唆《そそのか》したのお前だろ、テッタ」

「……てへ、お父さんのアイディアなんだけどね」

俺は若干呆れたように言いながら、ベッドに腰掛けたテッタの隣へ座る。

顔を赤くして距離を置こうとするテッタの肩は、引き寄せておこう。

「あの、ごめんね……。トーヤ、大変だったでしょ。この世界に呼び出されて……」

「いや……、そのおかげで俺の命は助かった。それに、今はこうして無事に過ごせているんだ。怒るわけないだろ」

「そ、そう……？　それなら、ちょっと安心した、かな……」

安堵の息を吐き、テッタは恥ずかしそうにしながらも体重を預けてくれる。

髪の毛を撫でてやると気持ちよさそうに目を閉じた。

「それで、フィーネなんだが……過去に何があった？　ノエルが俺のものになるところを見せ付けてやったんだが……」

「あー、うん。ちょっとそれは不味《まず》かったかも。フィーネちゃんの様子がおかしくなっちゃったんでしょ。先にそのあたりきちんと説明しておけばよかったね」

テッタがフィーネの過去について話し始める。

フィーネが淫魔の血を引いているにも拘《かか》わらずノエル以上に幼い姿であることにも関わっているらしい。

「フィーネちゃんって昔からあんな感じでね。身体は小さくても力は並の魔族より強かったし、怖いもの知らずだったし。ただ……それが災いして人間に捕まっちゃったことがあったんだよね」

「人間に？　魔族領でか？」

「うん。五、六〇年くらい前のことだったかな？　あの頃はまだ魔族と人間の仲もここまで悪くはなっていなくて、人の行き来もあったんだよ」

「へぇ……。そんな時代もあったんだな」

その時代が続いていれば、魔族が此処まで追い詰められることはなかったんだろうな。

「うん。魔族もうまく人間を利用して天使を捕らえさせて見返りに魔力を与えたり、ね。っと話がそれたね。誘拐されたフィーネちゃんを両親が探したんだけども……今度はフィーネちゃんのお母さんが行方不明になっちゃって……」

「そうだね。フィーネを人質に取られたか罠にハマったか、か」

フィーネの母親はあまり淫魔らしくない穏やかな性格だったらしい。

それが災いしたのだろう。俺は様子のおかしくなったフィーネの呟きを思い出した。

「……飢え死にか」

「うん。『串刺し公』って淫魔処刑用の器具に繋がれて……ね。淫魔って飢えると性欲が止まらなくなるから、長い鉄の棒を使われたりすると……自分でも止められないんだよ」

快楽を求めるうちに自ら串刺しになってしまうのだろう。

かなり残酷な処刑方法といえる。

「その様子をフィーネは見せ付けられたのか……」

「うん。犯人は天使の祝福を受けた人間だったみたいでね。今にして思えば、天使の策だったんだろうけれど……。怒り狂ったフィーネのお父さんは人間に報復を始めたんだ。当時は凄かったよ。文字通り最強の魔竜王だったんだもん。誰にも止められない。同じ魔族でも人間と仲良くしようとすればフィーネのお父さんは容赦《ようしゃ》なく攻め滅ぼした」

その影響でフィーネは魔族至上主義の思想に染まり、人間と魔族の仲は断絶。

天使は一気に人間界での勢力を広げた、というわけか。

「フィーネちゃんはそのとき以来、成長が止まったままなんだ。処女こそ奪われなかったみたいだけど陵辱は受けちゃったんだろうね。あたしたちって一度経験しちゃうと成長が止まっちゃうから……」

「ちょうど俺たちが見せつけたのはそのトラウマを刺激した……ってことか」

テッタは頷いた。

「更に悪いことに……、フィーネちゃんのお父さんはその後、人間の勇者と聖女に封印されてしまうんだけど……一〇年ほど前に封印は解除されて戻ってきたんだ。人間との間に生まれた子供を連れて。裏切られた、って思ったんだろうね。フィーネちゃんはそのお父さんを……手にかけちゃったんだ」

「…………もしかして、その子供っていうのは……」

「そう、それがノエルちゃん。ノエルちゃんって血の繋がりは無いはずなのにフィーネちゃんのお母さんに似ていたんだよね。髪の色は違うんだけど……」

「そうか。だから、フィーネは人間の血を引くノエルのことを殺せなかった。そして、母親の代わりに護ろうとしていたんだな」

そうなると、むしろフィーネの精神はよく持ちこたえたものだと思ってしまう。

護りたかったノエルは俺に奪われ……しかも自分は人間に敗れて調教されて。

結果として、その手にかけた父親と似たような道を歩んでいることになる。俺を受け入れてしまったら何のために父親を殺したのかわからなくなるから拒絶していると考えるのが自然か。

「うん。こんなところじゃないかな？」

「助かった。テッタ」

どこか甘えるようにしているテッタへと口付けた。

身体の力を抜いて口づけを受け入れるテッタを抱き寄せ……俺の膝の上に乗せてやる。

「トーヤ……して……くれるの？」

「当然だな。テッタ。いい子にはご褒美《ほうび》をあげるものだろう？」

頬を染めて身をよじらせるテッタへと囁いた。

テッタは嬉しそうに頷き……俺の手に自分の手を重ねる。

服の上からそっと手を滑らせて乳房を撫で……乳首に触れると既にそこは固く勃起していた。

「テッタ。淫魔がこんなに簡単に感じていいのか？」

「トーヤが相手ならいいの。んっ……ふぁっ……そう……トーヤが相手だから……アタシもこんなになっているんだからね、あっ、んっ。ちゅ……んむ……ちゅる……はむ……」

唇を重ねながら乳房をふにふにと揉んでやる。

背後から抱きしめているためか、テッタはこちらへと体重を預けて楽にしていた。

服をズラしてやると、テッタの凶悪に大きくて形の良いおっぱいが露わになる。

母乳体質のテッタの乳首は、既に乳を滲ませていた。

きゅうっと乳首を絞り上げるようにしてやれば、テッタの身体はびくびくっと震えてしまう。

「あんっ……トーヤ、アタシとするときには……おっぱい……好きだよね。ふぁっっ！　やっ……！　でるっ！　お乳でちゃうっ……」

「どちらかと言えば母乳を出させるのが好きかな？」

「ト、トーヤの変態ぃぃっ！　ふぁぁっ……！　それダメェっ……」

両手でおっぱいをこね回し、時折乳首をきゅぅっと絞り上げてやる。

それを何度か繰り返してやるとぴゅぅっと乳首から母乳が吹き出してしまう。

テッタの瞳は蕩けて潤み……、俺の膝の上でピッタリと閉じていた脚は左右に開いていく。

「その変態におっぱいを好き勝手にされて……。こうして脚を開いてチ○ポ欲しがっているのは誰だ？」

「そ、そんな言い方……恥ずかしいよ。うぅ……トーヤ……ご主人サマに負けたダメ淫魔のアタシ、です」

テッタは素直に負けを認めると……何もつけていないスカートの中を俺に見せつける。

その顔は真っ赤になっていた。

俺は左右に開かれたテッタの内ももをゆっくりと撫でてやる。

むず痒《がゆ》さにか、テッタの脚がかくかくと震えた。

「じらしちゃ……じらしちゃいやだよぉ……ほしい、ほしいのっ……トーヤご主人サマのおチ○ポくださいぃぃいっ……あぁぁんっ!!」

堪えきれずにオネダリするテッタに取り出したチ○ポをプレゼントしてやった。

テッタの中は相変わらずうねるように絡みつく最高のマ○コだ。

俺がチ○ポを入れてやっただけで嬉しそうに涎を垂らすテッタは……かくかくと身体を痙攣させて軽く達してしまっている。

「トーヤのおチ○ポ、熱いっ。ぁっ……アタシのおマ○コ……もうトーヤ専用っ……トーヤ以外じゃイクこともできないのっ……。奥……来たぁ！　奥まで来たぁ……！」

悦びの声とともにきゅうっと締めあげてくるテッタの膣肉。その感触を楽しみながら膣の奥をコツンコツンと叩いてやれば……、テッタは絶頂を迎えてしまったようだった。

俺に体重を預け、びくびくっと大きく背中をのけぞらせていく。

「そこ、もっとゴリゴリってぇっ……いいのっ。してぇっ……もっとぉ……！」

テッタが、蕩けた雌の声で本能のままに叫んだ。

俺もその声に興奮し、更にチ○ポを奥までねじ込んだ。

子宮口がこじ開けられ、子宮まで突き上げていく。

「あぁぁぁぁっ！　くるっ、すごいのくる！　……トーヤのおチ○ポにまた屈服しちゃう!!　あぁぁぁあっ!!」

「つく……、ああ、イケよ、ダメ淫魔。人間チ○ポにドはまりした奴隷淫魔に、精液くれてやる」

「イクっ……イクっ……いきますっ！　いくから、精液くださぃっ！　子宮破裂するまで、注いでちょうだい！」

再び絶頂を迎えたテッタの膣肉が俺のチ○ポに絡みつき、ぎゅうぎゅうと締め上げる。

俺もその締め上げに応えてやるように、子宮へ精液を叩きつけてやった。

がくんがくんっと激しく痙攣を繰り返したテッタは、やがて力が抜けたようにぐったりと俺に体重を預けていく。ぴくっ……ぴくっと投げ出された手足は思い出したように痙攣を繰り返していた。

「トーヤぁ……アタシ……子供孕んだら……産んでも……良い？」

「ああ、良いぞ。その代わりちゃんと育てるんだぞ」

「……うん。うれしい……よ。トーヤみたいな……いい男になれば、良いなぁ……」

テッタのことだから、実はもう妊娠していたとか妊娠薬を飲んでいるとかありそうだがな。

甘えてくるテッタに、俺はもうしばらく付き合うことにしたのだった。

＊＊＊＊＊

統夜がテッタに話を聞きにいったちょうどその頃……。

ノエルとフィーネは二人きりで部屋にいた。

休憩ができたためか、フィーネは落ち着きを取り戻している。

「恥ずかしい姿を見せたわね。……ノエル。一つだけ聞かせて」

「なんですか？　姉さん」

「今は……幸せなのね？」

「……はい。幸せです」

ノエルは一瞬キョトンとした後……破瓜の血で赤く彩られた花嫁衣装のまま迷うことなく言い切った。

「姉さんも素直になればいい、と思いますけれど。惹《ひ》かれているんでしょう？　統夜さんに……」

壁に拘束されたままのフィーネは身体をひくひくと震わせている。

頬も朱に染まり、乳首も硬く勃起してしまっているのが一目でわかる。

触れてすらいないクリ○リスも大きくなっているのが見て取れた。

下着の変わりにスライムがいなければ恐らく床は水浸しであっただろう。

それほどまでに発情しているにも拘わらず、フィーネは頑なだった。

「……怖いのよ」

「何がですか？」

「……統夜に私が今まで生きてきて積み重ねたものを否定されてしまいそうで……怖いの。このまだときっと……私は、私を保てなくなるわ」

弱音を漏らすフィーネに、誇り高い竜族の王の面影はない。ただの怯える少女だった。

す……とノエルは近づいてフィーネの身体を抱きしめる。

「ダメなんですか？　今までの姉さんを捨ててしまうのは」

「許されるわけないでしょう！　だって……だって……私は……ノエルを護れてなんて、無かった。それにノエルの……」

「誰が許さない……なんて言いましたか？　確かに……姉さんに人形みたいに扱われるのは嫌、とは言いましたけれど……」

「え……？」

「私は……姉さんを許します。それじゃ……ダメなんですか？」

「………」

フィーネの瞳は揺らいでいた。

迷い……揺れていた。

「……私は姉さんにも幸せになって貰いたい、と思います。普通の幸せとはまた違うとは思いますけれど。ダメ……ですか？」

「……彼は……統夜は……この呪わしい私のすべてを受け止められると思う？」

「……はい。統夜さんなら、きっと」

堕ちた妹とこれから堕ちて行く姉。

二人は統夜が戻ってくるまでの間ずっと抱きしめあい……やがて眠りの中へと誘われていったのだった。

第三話　許し

俺がノエルの部屋へ戻ってきたとき、ノエルとフィーネは抱きしめあって眠っていた。

どちらかといえばフィーネがノエルに甘えているように見えるのはその容姿のためだろう。

俺は苦笑しながら二人に毛布をかけてやる。

フィーネの身体は発情しきっているはずだが眠れているのはノエルの影響が大きいだろう。

「母を死なせ、父を殺し……か」

覆水盆《ふくすい》に帰らず。

フィーネの過去は変えようがないし、俺がトラウマを刺激した事実も揺るがない。

なら、この状況でできる手を考えるだけだ。

フィーネが陵辱されていたとすれば……使われていたのは口かア○ルか……だろうな。

その記憶を癒《いや》してやるか……それとも罪悪感を感じながらそれでも抗《あらが》えない快楽で押し流してやるか。

考えを巡らせながら、安らかな表情で眠るフィーネを見てふと思いつく。

今なら夢術が使えるな、と。

俺はベッドに腰掛けるとノエルを通じてフィーネの夢に干渉する。

直接干渉しないのは、身内であるノエルを間に置いたほうが抵抗しないだろうと考えたからだ。

その考えは正しかったようで、霊術で夢へ干渉したというのに驚くほど抵抗がない。

俺はゆっくりと目を閉じて、夢の中に干渉していく。

今のフィーネならきっと……。

＊＊＊＊＊

これは夢だ。

私にはすぐにわかった。

時々見る、悪夢。

縛られている私の目の前で、母様が人間たちに陵辱されている。

力を封じられた私が人質になっていたため、母様は無抵抗で陵辱を受け入れていた。

でも、結局、母様は人間に屈服し、イカされてしまう。

そして私は……。

「いやぁっ……お尻ほじほじしないでっ……、そこはいやぁっ！」

母様の目の前で調教されてしまっていた。

最初は、母様が身代わりになるから私には手を出さないという約束だったのに……。

「あぁっ……フィーネ……ごめんなさいっ。いぐっ……娘にアクメ見られてぇっ……!!　またいくっ！　ああっ……ほしいっ……精液ほしぃ!!　お願いですっ！　娘を差し出しますからっ、精液くださいっ。くださいっ!!」

男たちは異常だった。

どんなに性交を重ねても絶頂する様子も精液を出す様子もない。

精気を得られない母様は本能に負けて発情し……。最後には私を人間たちに差し出してしまった。

「かあさ……んぐっ……んむぅっ!!」

「さあ、お前も早くケツ穴アクメを覚えろよ。そうしたらお前も俺たちの奴隷だ」

「おら、しっかりしゃぶれ。しっかり精液出さないと……お前の母親が死んじまうぞ」

「んぐっ……んぐぅぅっ!!」

最初、男たちが行う数々の行為に私は嫌悪しか感じていなかった。

だが徐々に目覚める淫魔の本能により、私の身体は陵辱を受け入れ始めてしまっていた。

ア○ルだって指でほぐされていくうちに気持ちいいと感じてしまっている。

助けが来てほしい。

早く、早く……そうしないと……。

「へへ、……この淫魔そろそろダメみたいだな」

「ああ、もうそろそろおかしくなる頃合いだな。おい、あれを持って来い」

私の目の前に、人間の腕ほど太い鉄の杭《くい》が設置された。

……母様が無理やり立たされて、尖った先端を股間で飲み込まされてしまう。両足首が鎖で繋がれてしまえば、もう母様が自力で逃れる手段は無かった。

(やめてっ……!　やめてぇぇ!!)

「あぁっ……ほしい……ほしいんですぅ……」

母様が雌の顔で腰を振る。

それは、膣がぼろぼろになっても子宮がずたずたにされても……そのまま腰を落として串刺しにされてしまうまで止まらなかった。

忌々しい淫魔の本能が、止めてくれなかったのだ。

私はその姿を見せ付けられながら……、尻穴をかき混ぜられる快感を覚えさせられ、……口でチ○ポをしゃぶる方法を覚えさせられていた。

快楽を得てはいけないと思えば思うほど、私の身体は敏感になってしまっていた。

そして……母様の処刑を終えた男たちが私を取り囲む。

私は母様に捨てられた。

力を封じられた私は無力で、なにもできなくて……。

あれ、この後……は……？

一瞬、違和感を覚えた次の瞬間、男たちの首が跳ね飛ばされる。

血しぶきを上げながら倒れた男と入れ替わるように、誰かが立っていた。

「だれ……？」

「さて……な」

男の人の声だ。私はこの人を知っているような……？

私が首をかしげている間に男の人は母様の拘束を解き、目を閉じて寝かせてくれた。

それから、私に向き直る。私は思わずびく、と怯えてしまった。

男には濃い魔力が纏わりついている。きっと、魔族だ。

「聞いていた通り、か。大丈夫か？」

「あ、ありがとう、ございます」

助けられた、とほっとすると同時に……身体が疼いていると自覚してしまう。

人間たちに目覚めさせられた本能が、雄のニオイを感じて訴えてくるのだ。

精液が、ほしい。彼の濃厚な精液が欲しい、と。

「お、お願いが……あるの……」

「なんだ？」

「私、淫魔なの。今……発情して……ご飯がほしくて仕方がないの。こんなお願いなんて恥知らずだけど……」

こんな、こんなときにすら浅ましく精液を求めてしまう身体。

母様が死んだ目の前だというのに精を求めてしまうことにひどく罪悪感を感じていた。

恐る恐る男を見ると……どこか笑みを浮かべているように見える。ぞくっと背中が震えた。

「処女か？」

私は頷く。

淫魔の処女を奪われるということはその奪った相手には絶対服従を意味する。

普通なら身体の成熟時期にあわせて家族が奪うものだけれど……私の身体はまだ未成熟だった。

「それなら、ア○ルを犯してやるしかないな」

「う……うん」

どうすればいいのだろうか、と戸惑う私に彼は四つん這いになるように指示をした。

精液が欲しい私は、素直に従う。

「力を抜けよ。ほぐしてやる」

「ぁっ……つ、つめたっ……ひぁっ！」

にゅるり、と何かで覆われた指はスムーズに私のア○ルに入り込んでくる。

にゅるにゅるはそのまま腸の奥まで侵入してきて……。

「はぁっ……あぁぁっ!!」

「ずいぶんと柔らかいな。これなら問題なさそうだな。ここがいいのか？」

「い、いわないで……。あぁっ！　そ、そこだめっ……びりびりするっ……!!」

乱暴に私を弄《もてあそ》ぶだけだった男たちとは違って……彼の指は私の中を丁寧に探ってくる。

四つん這いにされて恥ずかしくて……目の前には……。

そう思った矢先に視界が闇に包まれる。

「周りのことは気にするな。今は発情してしまっているんだろう？　それを解消することだけを考えろ」

私は……素直にこくん、と頷いた。

視界が闇に覆われたことで指の動きに意識が集中してしまう。的確に急所を責める彼の指の動きは、指先までしびれるくらいに気持ちがいい。

「あっ、はぁっ！　い、いぃ……。気持ちいいのっ！　もっと、して……もっとしてぇ!!」

「そんなに気持ちがいいか？」

「はいっ！　いいのっ……！　指でほじられると……あたまびりびりして、おかしくなるぅ！」

いつしか私は、彼が与えてくれる快楽に没頭していた。

マ○コには指一本触れられていないのに、とろとろと蜜が溢れだしてしまい、太ももを流れ落ちていく。

やわらかく蕩けてしまった尻穴はもっと大きなモノを欲するようになってしまう。

「どうした？　チ○ポ、欲しくなったか？」

「ほ、ほしい……。おチ○ポ……お尻の穴にほしいの……」

もっと、もっと、とねだるように腰を上げ……誘うように尻を振ってしまう。

「ここはア○ル……、だ。言ってみろ。私をア○ル奴隷にしてくださいって」

「う。うぅ……。わ、私をア○ル奴隷にして……、おチ○ポでア○ルほじってほしい……。く、くださいぃっ」

顔から火がでそうなほど恥ずかしい宣言をしてしまう。

でも、それは、ぞくぞくって背筋を駆け上る快感でもあった。

指が離れる気配がする。次に何をされるのか期待して、どきどきと心臓の鼓動がうるさく響く。

「お前が精液を欲しがっているのは淫魔の本能だ。だから気持ち良くても仕方ないし、イッてしまっても恥じることじゃない。好きなだけ快感に溺れてしまえ。それは自然なことなんだからな」

「あ……は、はい……」

蕩けた頭に、じんわりと彼の言葉が染み込んでくる。本能なんだから快楽に溺れてもいいんだ、って。

そして……すっかり柔らかくほぐされてしまったア○ルにおチ○ポの先端が入り込む。

征服されてしまう、と思った。背筋をぞくぞくっと快感が駆け上る。

「いくぞ。フィーネ」

「えっ……!?　あっ、ふぁっ！　あっ……うぁぁぁぁぁ」

どうして私の名前を知っているのか……と疑問が浮かぶ前より早く、彼のチ○ポが私の腸の奥に入り込んでくる。なにか塗られているのか、にゅるにゅるっとしたチ○ポの感触に私は……。

「あぁっ、ふ、ふとぉっ……！　あぁぁっ、奥ぅ……ふ、ふかいぃぃっ！　あひぅっ！」

私は、舌を突き出しながら目いっぱいに翼を広げて奥の奥までチ○ポを受け入れてしまう。

彼のチ○ポに子宮の裏側を抉《えぐ》られて、痺《しび》れるような快感が駆け巡る。

きゅぅっと力を込めて締め上げると、私の中に入っているチ○ポの形がわかってしまう。

「はぁっ！　くるっ！　びりびりぃって、くるぅっ!!　そこっ……そこいい！　いいのっ！」

視界が閉ざされている分、意識は私の中にあるチ○ポに向けられてしまう。彼が動き、快感を与えてくれるほどにその形が私の身体に刻み込まれていく。

「初めてのア○ルセックスはどうだ。フィーネ。最高だろう？」

「さ、さいこう、なのぉっ！　あ、あぁっ……。おチ○ポきもちいいっ……！　ア○ル奴隷になるのきもちいいよぉっ……!!」

私は尻穴に刻み込まれる快感に溺れていく。子宮口を裏側からゴリゴリされるたびに、指先まで痺れて背中を仰け反らせた。

腰を支えている脚は生まれたての小鹿のようにふるふると震え、おマ○コから溢れ出してしまう愛液が止まらない。こうして体温を感じながら身体を重ねていると、幸せだと思えてしまう。

だんだんと彼の動きが激しくなってきた。

ぴくぴくっとチ○ポが震えているのがわかる。本能が祭した。

「あ、き、きちゃう……。しゃせぇ、きてぇ！　精液きてぇ！　腸内種付けしてぇっ!!　わたしに……種付けアクメ教えてぇ……!!　きゃふぅっ！」

「ああ、いくぞ、覚えろよ……。種付けアクメ覚えろよ！　くっ、でる！　でるぞっ！」

「はいっ。はいっ……！　ごりごりされてるぅっ！　あぁっ……！　くるっ……くるくるっ！　あっ、き、きたぁっ！　あついの、きたぁぁぁっ！　イ、イクっ！　わ、わたしア○ル奴隷にされて……イックウウウウ!!」

がくがくがくっと脚を震わせながら、きゅぅっとおチ○ポを締め上げる。

私は……精液を注ぎ込まれる幸せを感じながら……天国に旅立ってしまいそうな強烈なアクメをしてしまう。背中がかってに反り返り……身体の痙攣が止まらない。翼も広げたままぷるぷると震えていた。

ぶっといチ○ポの幸せな感触が、身体と心に刻み込まれてしまう。

「あへぇ……ぁあっ……」

ぐったりと身体が弛緩《しかん》する。ようやく精気を得られたことで、私の火照りは治まっていく。

身体を引き起こされて……私は彼の腕の中にすっぽりと収まってしまったらしい。

心地よい匂いに安堵しながら冷静になった私は、思い出してしまう。

「あ、ああ……。わ、私……、私……。今、お母さん……殺されて。それなのに……」

心が軋《きし》む。母の遺体の目の前で快感を貪っていた事実に、強烈な罪悪感が湧き上がった。

自分の身体が嫌いに……。

「こんな状況でも雄を求めてしまう自分が、嫌いになったか？」

「………」

私は頷く。

発情してしまったら本能に逆らえない身体なんて、嫌だ。

最初は私を守ろうとしてくれた母様だって、発情した本能に逆らえずに私を見捨てた。

私もいずれ、本能に負けて大切なモノを捨ててしまう日が来るのかもしれないと思えば恐怖しかない。

それならいっそ……。

「なら、このまま、本当に俺の奴隷になってしまうか？　そうすれば本能の赴《おもむ》くまま快楽に溺れる日々を過ごすだけでいい」

「そ、それは……」

何も考えずに流されるまま、肉欲に溺れる日々を送る。とても甘美な誘惑だった。

優しそうな彼が主であれば私を大切にしてくれる予感もある。

けれど……私は首を横に振る。

「ううん。それは……嫌、よ」

「どうしてだ？」

「母様は……確かに最後には本能に飲まれてしまった。けれど……ずっと私の身代わりになって限界を超えるまで陵辱を引き受けてくれたから、貴方《あなた》が間に合って……私はこうして踏みとどまれた。ここで私が考えることをやめたら、母様のがんばりが、本当に無意味になってしまう気がするの」

ぎゅっと彼の手を握る。彼に包まれていると酷く安心してしまう。

「それなら、受け入れろ。本能を肯定しろ。たとえ殺された肉親の前だったとしても、快楽を求め肉欲に溺れてしまうのは淫魔としては当然なんだ。性交を食事とする種族なんだからな。悪いことじゃない」

「……許されない、わ。そんなの……」

私はふるふると首を横に振る。私が純血の淫魔だったのならこんなに悩まなかったかもしれない。でも、私のもう一つの血……竜の血が許されないことだと訴えかけていた。

「なら……フィーネ、お前は自分の母親を許せるか？　本能に負けてフィーネを捨てたんだろ？」

「母様を……？」

考えてみれば、母様は私に向けてごめんなさい、と言っていた。

許しを請いながら、本能に負けてしまった。

どこまでも追い詰められ、私を捨てて自らの快楽を優先してしまった母様を……。

「うん。私、許せるわ……。母様は私を愛してくれたもの」

母様が私を愛してくれたのは間違いない。それに、本能に抗おうとする苦しさも身をもって体験したのだから……仕方がないのだと思える。

「なら、フィーネの母親を許したように、フィーネ、お前自身を許してやれ。そうしなければフィーネの母親が愛したものを、命を賭《と》して守ろうとしたものを許さないことになる」

「あ……、それは……」

彼の言う通りだった。私が自分を嫌い、許さずに責め続けるのなら……母様が愛し守ろうとしたものを嫌い拒絶しているのと変わらない。

母様の想いを踏みにじるなんて、したくなかった。

「……許して、いいの？　私を……許していいの？」

なにか、こみ上げてきて自然と涙が溢れ出していく。

ずっと、ずっと、自分を許しちゃいけないと思っていたのに。

思わず、彼の胸に顔を埋《うず》めぎゅっと抱きしめてしまう。

「ああ、俺も許してやるからな」

優しい声と共に、髪の毛が撫でられる。

罪悪感は今も深く深く刻み込まれている。でも、私の心はずっと軽くなっていた。

今は……この身体を、本能を、受け入れて……もっと愛するべきだと思える。

それが……母様の残した想いを大切にすることに繋がるのだから。

だから……。

「ありがとう。あ、あの……お願いがあるの。私、まだお腹が空いていて……その……ほしい、の」

「ああ、いいぞ。フィーネ愛してやる」

彼が耳元で優しく囁き……動いてくれる。

この快楽を受け入れていい。淫乱な私を許してしまっていい。

そう思える度に、なぜか、涙が溢れていく。

「あぁあああっ!!」

彼に抱かれる喜びに心を満たされてしまいながら……、私は涙を流し続けたのだった。

第四話　止まらない疼き

「はっ……」

いつの間にか私は眠ってしまっていたらしい。

隣ではノエルが安らかな寝息を立て眠っていた。

なにか夢を見ていた気がするけれど、思い出せそうにない。

身体の疼きは治まらず、ますます強くなっている。

本格的な、『飢え』が始まってしまっているのだろう。

おそらく、このまま私が意地を張り続ければ、母様のように快楽を得ることしか考えられない獣になり……二度と戻れなくなる。

こんな状況でも眠れたのは……ノエルが傍に居てくれたからだろう。

「許されて……いいの？」

私が最も嫌悪していたのは……私自身。

母様を殺された憎しみを乗り越えて人間と再び共存しようとしていた父様を殺した癖に……人間である統夜に心惹かれ、求めてしまっているような恥知らず。

きっと、統夜に抱かれてしまったら……幸せと悦びを感じてしまう。

そんなの許されないと思っていた。

……でも、ノエルはそんな私を許すと……幸せになってほしい、と言ってくれた。

それに……今は不思議と、統夜を求めてしまう私を許しても良いのだ、と思える。

……本能には抗えなかった母様を、私は許せるのだから。

火照る身体を捩ると、私とノエルの身体に毛布がかけられていたことに気づく。

誰が……と視線をめぐらせれば、統夜が……居た。

とくんっと胸が高鳴った。

「目が覚めたか、フィーネ……。俺のものになる気になったか？」

「と、統夜……、わ、わたしは……わたしは……」

どれほどの快楽を得られるのかノエルを通じて前もって教えられた身体は、どうしようもなく統夜を求めてしまっている。

統夜を拒み続けるのは、もう限界だった。

許されるの、なら……。この本能に流されてもいいのなら……。

「好きに……、すればいいわ……」

一歩、自分から踏み出してしまった。

強まる疼きに、私はもう、止まれなくなる。

「私の身体を……好きにすれば良いじゃない！」

声が震えてしまうのは、恐れのためか。それとも……期待のためか。

彼の瞳を睨んだつもりだけれど、きっと娼婦のような媚《こ》びた視線を送ってしまっている。

それほどまでに、統夜を求める私が、止まらない。

「……悔しいけれどもう、私自身でも止められないのよ……。貴方のモノに、してほしくてしかたがないの。でも……私の心は、まだ私のモノよ。……心までは屈服してやらないんだから」

あくまでも本能に抗えないだけだ、と統夜に主張する。

本当は心も……統夜に惹かれてしまっているのに。

「……姉さんったら……。統夜さん、姉さんをお願いしますね」

そんな私の声で、ノエルは目を覚ましたようだ。私の心中を察しているのか微笑みを浮かべたノエルは、毛布を手にしてそっと離れていく。

もう、私と統夜の間には何もない。

「好きにしていいんだな？」

「……ええ。私の身体は統夜のモノよ。処女も好きにしていい。統夜から二度と離れられなくなっても構わないわ。我慢が……できないんだもの」

統夜が私の裸体をじっくりと舐め回すように見つめている。

恥ずかしさに、肌にじっとりとした汗が滲んでいく。

私の顔は耳まで真っ赤になってしまっていると自覚できるくらい、火照っていた。

膨らみかけのまま成長を止めてしまった乳首は明らかに充血し、固く膨らんでしまう。

子宮が疼く。身体の奥から湧き出す蜜が柔肉を蕩けさせて、彼を迎え入れる準備を整えていた。

統夜を挑発するように、私は脚をM字に開いていく。

「その言葉、後悔するなよ？」

「……覚悟を決めてのこと、よ……。後悔はしないわ」

おそらくこれが、統夜の最後通告だ。

私は、ごくん、と息を飲みこみ……頷いた。

それを確認した統夜が口元に笑みを浮かべた。

下着のように股間を覆っていたスライムが立ち去り、私のおマ○コがひさしぶりに空気に触れてしまう。

「ひぅ……っ」

それだけでびくんっと腰が跳ねてしまうほど、私の身体は敏感になっていた。

ノエルが見つめる中、私は天井に貼り付いたスライムに両手を絡め取られ、持ち上げられてしまう。

体内の魔力を封じられた私の力は人間の少女と変わらない。抵抗できなかった。

無理やり立たされた私は脚に力が入らず、ふるふると子鹿のように震わせていた。

統夜の視線を感じる。

「なにをするの？」

「好きにして良い、といわれたからな。俺好みのもっと敏感な身体にしてやろうと思って」

「もう、十分おかしくなりそうなくらい、敏感になってるわよ。や、やっ！」

これ以上敏感にされてしまう恐怖と期待に胸を高鳴らせる私に、統夜は目隠しをした。

視界が闇に覆われてしまう。

「覚悟しろよ。フィーネを生まれ変わらせてやる」

「ひぅっ！」

耳元で統夜が囁いて……ぞくぞくと震えてしまう。

そして、私の背中を探るように、統夜の指が滑っていく。

視界が封じられている私は、些細な刺激も強烈な愛撫のように感じられる。

聞こえてくる音と皮膚の刺激に、全ての神経が向けられてしまうのだ。

「綺麗な背中だ。ノエルと違って鱗は生えてないんだな」

「あ、んぅぅっ！　ふぁ……は、はぁぁっ！」

当然だ。逆鱗は魔竜族が成熟したときに生えてくるもの。

ノエルと違って成長を止めてしまった私には存在しない。だから私は、油断をしてしまっていた。

「あ……？　な、なにを……？　ひっ、いぃぃぃぃぃぃっ⁉」

つぷん……っと背中になにか刺さったような軽い違和感を覚えるまでは。

次の瞬間、世界が激変した。

あらゆる刺激が快感へと変わり、私の頭を灼《や》いていく。

全身の性感帯が強引に目覚めさせられ、剝き出しになってしまったかのようだった。

「な、なにを……なにをしたのっ⁉　あひっ！　あぁぁぁぁっ‼　ひっ、ひぁぁぁぁぁぁぁっ‼」

背中を撫でられてしまうと、ノエルが逆鱗を愛撫されたときと同じ……いいえ、それ以上の快楽となって私の脳を揺さぶっていく。

身体に力の入らない私は、天井のスライムに体重を預けながらあられもない声を上げてしまう。

「ノエルの身体を調べてわかったんだが……、竜の逆鱗っていうのは鱗じゃなくかなり高度な感覚器官のようだな。硬い鱗で覆われている竜は肌の感覚が鈍いらしいから、それを補うセンサーの役割をしているんじゃないかって俺は考えてる」

「ひっ！　い、いまだめっ……！　びんかんすぎるからっ！　ひぃっ！　イっ……イっちゃうっ！」

統夜の声が耳に響き……私の腋《わき》を生暖い舌が這っていく。

変態じみた場所なのに、脳が蕩けそうなほど気持ちイイ……。

さらに統夜の指が、胸やお尻のような明確な性感帯を避けて這い回っていく。

その全てが気持ちいい私は、さらに刺激を求めるようにクイッと尻肉を持ち上げてしまう。

「身体の成熟と共に硬い鱗が肌を覆うようになったら生えてくる……ってことは、だ」

「や、やぁっ！　ダメぇ！　ほ、ほんとに……イっちゃう！　こ、こんな、い、やぁぁぁっ！　あっ……」

もう限界だ……と思った瞬間、統夜の動きが止まる。

私は荒く息を吐きながら、敏感すぎる自分の身体に怯えていた。

「生まれたときから、逆鱗そのものは身体の中にあるんじゃないかって考えたんだが、正解だったようだな。フィーネ、お前の身体の中で眠っていた逆鱗を起こさせてもらったぞ」

「はぁっ……、はぁっ……、ど……どうやって……？」

「それは秘密だ。眠っている感覚を目覚めさせるのが得意な奴に教えてもらった、と言っておこう。フィーネの場合は敏感な肌のまま、さらに感覚を敏感にする逆鱗が生えてしまったんだ。慣れるまでは……すごいだろうな」

「そんな……。まさか、ずっとこのままじゃ……ふぁぁぁぁ!?」

統夜の指が私の角を引っかく。小さく未熟な角を引っかかれる感覚も快感となって襲ってくる。

歓喜の声を上げる私はあっという間に絶頂を迎えてしまいそうになり……また寸前で止められる。

「そうかもしれないが……好きにしろといったのはフィーネだぞ。このまま足の裏でイカせてやろうか？」

「はっ、あぁ……。いやぁ……。お、おねがいよ。ふつうに……ふつうに……してほしいのよ」

「ならフィーネ。どこで……奴隷にされたい？」

耳元で囁く統夜の声で頭を過ったのは、ア○ルを犯されて……おかしくされたあの記憶。

あのときのように統夜に抱かれてしまったら……と考えた次の瞬間、片足を持ち上げられてしまう。

そして、ぴちゃ、ぴちゃと……ア○ルを舐められてしまう。

先ほどまでスライムが入り込み、綺麗にしていたのはこのためだったのだろう。

「あ……それは……それはっ……あ、そこ、ちがっ！」

「違わないだろう、フィーネ。このア○ル随分使い込んでるんじゃないか？」

「っ……！　そ……それは……、そう……よ。尻穴で……感じてしまうのよ……」

マゾヒスティックな願望を見透かされているような気がして、素直にさせられてしまう。逆らえない。

舌が入り込むおぞましくも甘美な感覚に尻穴を窄《すぼ》めてしまう。頭の芯がぴりぴりする。

おマ○コも虐めて欲しくて涎のような蜜を溢れさせてしまっていた。

身体の芯の……子宮の飢餓感が強まっていく。

「も、もう、いじわるしないでぇっ！　ほ、ほしいの。お、おくまでほしい！　ア○ルに、してぇ！」

とうとう、私は自分からオネダリしてしまう。

このまま焦《じ》らされ続けてしまうくらいなら、あのときのようにア○ル奴隷に堕ちてしまいたかった。

それに、まだ処女を捧げるのには抵抗があった。

「チ○ポか？」

「そう、チ○ポっ……奥までチ○ポで犯して欲しいっ！」

本能に突き動かされるままに前のめりに身体を預け……お尻を突き出した。

獣みたいに後ろから激しくしてほしかったのだ。

「き、きて……」

「ああ、いくぞ……」

処女を奪われるより先に尻穴を犯される。犯してもらえる。

どきどきと高まる鼓動。

そして……入ってくる、にゅるりとしたものに包まれている統夜のチ○ポ。

知らないはずのそれは……私が初めて奴隷に堕ちてもいいと思ったチ○ポと同じだった。

一息で奥まで入ってくるそれを……私は歓喜と共に迎えいれた。

「ひぁっ……んおぉぉぉぉ!!　イグっ……イグっ！　お、ちるっ！　おちるぅぅぅっ！　あああああっ！」

逆鱗にまで快感が響き、私はあっけなく屈服して絶頂を迎えてしまう。

ぷしゃぁぁぁっと潮を吹いてしまった。

だらしなく舌を伸ばし、身体を痙攣させながら絶頂と共に統夜に魔力を吸い上げられ、淫魔の本能が私の魂に統夜を逆らえない主だと刻み込んでいく……。

もう、私は統夜以外からは精気を貰えない身体になってしまったのだ。

「フィーネ、まだ、入れたばかりだぞ。俺のチ○ポ、ちゃんと覚えろ、よ」

「ま、まって……あぁぁっ！　ま、まってぇっ！　い、いった、ばか……あぁぁぁっ！　な、んで……。わたしのからだ、このおチ○ポ、しってるの……？　わかるの……？　ご、ゴシュジンサマだって、わかっちゃうの……？　あぁぁぁぁぁっ！」

私が絶頂を迎えている最中なのに、統夜は容赦なく私の腸を抉り、かき混ぜ、往復し、再び絶頂へと導いていく。

私の身体は、統夜が主なのだと思い出すように歓喜していた。

「いぐぅっ……きもちいいっ……これ、むりよぉ……我慢するなんて……むりよぉっ!!　ああぁぁあっ……もうっ……いってるの、アクメしてるのっ……敏感なのっ！　止めてっ……ぁあっ……もどれないのっ……とまらないのっ……おかしくなるっ……きもちよすぎてばかになっちゃぅぅっ……!!」

「呼吸するだけでアクメする身体にするのもいいかもな」

呼吸器も敏感にされて……息をするだけでアクメする未来を想像していやいやと首を横に振る。

でも、頭をかき混ぜられるような衝撃と伝わってくる快楽の信号はあっさりと私を絶頂へと導いてしまう。

ロナはアクメを迎えた直後からしばらくは何も感じなくなる時間があるというけれど、私はそれない。すぐに感覚が戻ってきてしまう。絶頂の間でも絶え間なく送り込まれる快感に溺れ、戻れがない。

「そろそろいくぞ！　……精液注ぎ込んでやるからな」

「きてぇっ……きてぇっ……精液っ……ください っ！　ゴシュジンサマの精液くださいっ！　ほしいの！」

飢餓感《きがかん》にも突き動かされて、精液をオネダリして統夜のチ○ポを尻穴で絞り上げる。

壁越しに擦《こす》られてびりびり痺れる子宮も、精液を求めるように疼いていた。

「いぐっ……いぐぅっ!!　あああああっ!!」

「受け取れっ……尻穴で孕んで見せろっ!!」

先に私が絶頂する。魔力を吸い上げられながら……マグマみたいに熱く感じる精液を注ぎ込まれた。

身体に温かいものが満ちてくる。

「あ……ひ……ぃ……ふ……」

統夜が、ゆっくりとチ○ポを引き抜いていく。

身体の力が入らず舌を伸ばしながら肩で息をする私の尻穴から、とろとろと精液が溢れてしまう。

これで終わった……と思っていた。

「な……なんで？」

疼く。疼く。飢餓感が止まらない。

お腹の中が、こんなにも精液で満たされているのに……。

「成熟した淫魔はねぇ……、子宮に精液を注いで貰わないと満足できないんだよ？　知らなかった？　だから……身体が成熟したら処女を家族に奪ってもらうものなんだ。逆鱗が目覚めたから肉体が成熟したって認識されたんだろうね」

びくんっと身体が震える。……この声はテッタだ。いつの間に来たんだろう。

ううん。テッタだけじゃない。この部屋の中に何人も何人も集まっている。

視界は塞《ふさ》がれたままだけれど……逆鱗が目覚めた影響なのか、手に取るようにわかってしまう。

「そ、そんな。ご、ゴシュジンサマ……」

「フィーネからオネダリできなければ、する気はないぞ？　さあ、どうする？」

「そんな、ニンゲンに破瓜をオネダリする……なんて。そんな、魔族にあるまじきこと……ふぁっ……ぁあああっ……イクッっ……それ……イクっ！」

私の乳首を、統夜の指が撫でていく。

皆の見ている前なのに、それだけで私はなさけなくアクメしてしまう。

「ほ……ほし……ぃ……です……」

統夜は本当に……容赦がない。

統夜に尻穴奴隷にしてほしいとオネダリした時点で、私の魔族としての誇りは砕け散った。

それなのに、自分から破瓜を……人間への絶対服従を望ませるなんて。

でも、どれほど私が堕ちても態度が変わらない統夜に安堵している自分もいる。

魔族だったら、あっという間に掌《てのひら》を返しているだろう。

「し、しきゅうに……せいえき、く、ください……」

統夜に支配された身体は快楽に従順で、私の意志ではもうどうにもならない。

襲い来る快感に理性も流されていく。

此処まで追い詰められて、私はようやく自分の心に素直になれた。

「ご、ゴシュジンサマ……。わたしの処女膜を破って……し、子宮に……精液注ぎ込んで……ください。ゴシュジンサマに逆らえないように……して、ください。わ、わたし……ふぃ……フィリオーネ・マステリア・ドラグオルは、統夜ゴジュジンサマにすべてをささげます……。あげるから……ぜんぶ、あげるから……せいえき、ください……」

私は……統夜へと自らの真名を捧げ、奴隷になりたいと願ったのだった。

第五話　竜姫完墜

幼げな容貌のフィーネが自ら真名を告白する。

正直に言えば俺は驚いた。フィーネの処女を奪えても隷属するまではまだ時間がかかると思っていたからだ。だが、その動揺をここでみせるわけにはいかない。

「ああ、いいぞ。フィーネ。魂を捧げ、隷属したら子宮に精液を注ぎ込んでやる」

「わ、わかったわ。どのみち逆らえないのだから……好きに……。い、いいえ。お、お願いよ、ゴシュジンサマ私の魂を……受け取って……」

恥ずかしいのか、快楽を求めてなのか、妖《あや》しく揺れるスレンダーな身体は耳まで赤く染まっている。

俺はフィーネの胸へ手を添えると……その魂を隷属させるべく絡め取っていく。

抵抗なく俺に魂を捧げたフィーネへ隷属魔法を発動させた。

「これで、フィーネは俺のものだ」

フィーネを抱き寄せた俺は両手の拘束を解除して自由にしてやる。

そして、ほっそりとした首へきゅっと真紅の首輪を巻き、鎖を繋ぐ。

はぁっと熱を帯びた嬉しそうな吐息がフィーネの口から漏れた。

それから俺はフィーネの身体を部屋の出入り口へと向けると……目隠しを外してやった。

「あ……あぁ……」

フィーネの前に居たのは、彼女の部下だった魔族たち。

此処に居る魔族全員が、真名を告白し俺に隷属するフィーネの姿を見ていた。

目を見開いたフィーネの表情が、絶望に彩られる。

魔族たちは皆、蔑《さげす》みの表情でフィーネを見つめていたからだ。

「裏切ってしまったな。フィーネ。お前を信じてついてきてくれた連中を……」

「あぁ……、ひ……ひどい……、こんな……こんなの……あんまりよ」

フィーネの紅の瞳が俺を非難するように睨む。

しかし、俺に隷属したフィーネは逆らえない。耳を優しく舐めてやると表情が蕩けてしまう。

「俺に身体を差し出す、というのはこういうことだ。言っただろう？　後悔するなよ、と」

「……あっ」

俺は指をマ○コに這わせて……ゆっくりワレメに沿って撫でていく。

それだけでフィーネは達してしまったようでぶるぶるっと身体を震わせて仰け反らせた。

「だが、そんなのは些細なことじゃないか？　俺のチ○ポが欲しいんだろ？　なあ、フィーネ」

「そう……よ。こんなの……最低で最悪の気分にならないといけないはずなのに……、ドキドキするの。皆の前で屈服して、奴隷に堕ちてしまいたい……。ゴシュジンサマのおチ○ポで処女を奪われたくて……身体が蕩けてしまっているのよ！　うぅ……く、くやしいのに……」

部下の前で痴態を演じてしまったことも、淫魔の本能に溺れてしまった今のフィーネには興奮を煽《あお》るスパイスになってしまうようだ。

正面から近づいた俺がフィーネの右足を持ち上げると、くぱぁっと開いたマ○コからはとろとろと白濁した愛液が流れ落ちていく。そのワレメに俺のチ○ポを擦りつけてやるとびくっとフィーネの身体が震えた。

「ゆ、許さないわよ。私の身体も心も……こんなにめちゃくちゃにして……。許さないんだから……」

「ほう……？」

「だから……責任とって……ずっと……ずっと傍にいてもらうんだからっ……ひっくっ……こんな……こんな酷い人なのに……すきぃ……すき、なの……。すきに……なっちゃったのよ……」

俺を見つめるフィーネの瞳から、ぽろぽろと涙が溢れていく。

「わたしを……『魔竜王』でも『魔族』でもなく……『フィーネ』として見てくれるあなたが……すき。弱い人間なのに、わたしを真っ直ぐにみつめる貴方の目が忘れられなかった……。今も……私はこんなに堕ちたのに……貴方が私を見る目は変わらない。それが……嬉しいわ……。どこまで堕ちても許してくれるって思える……だから……貴方のモノになりたい……」

突然のフィーネの告白は、俺にとって不意打ちだった。

驚いて目を見開いた俺にフィーネは自分から唇を重ねてきた。そのまま皆に見せ付けるように俺に身体を預けて……舌を絡めてくる。

俺が反撃に舌を絡め取ると、それだけでフィーネは軽く達したのかびくびくっと身体を痙攣させた。

「ずっと、憎まれてたと思ってたけどな」

俺がまともにフィーネと顔を合わせたのは最初に召喚されたあの日だけだ。

フィーネも案外惚れっぽいのかもしれない。

「それは……憎かったわよ。私からノエルを奪ったんだもの……。それに……父様と同じように人間に惹かれてしまった、なんて認めるわけにはいかなかったわ。憎しみで目を逸らし続けていたけれど……こんなことになって……。今言いそびれたら、ずっと言えなくなってしまうから……」

顔を赤くしたフィーネが目を逸らした。可愛い反応に興奮が高まる。

俺はがちがちに固くなっているチ○ポの先端をゆっくりとフィーネのマ○コに宛がう。

ゆっくりと花弁が開き、飲み込んでいく。

「あ……ああっ……くる……熱い……どきどきする……」

「ああ、いくぞ。フィーネ。俺から離れられないようにしてやるからな。奴隷にしてやるよ」

フィーネが顔を真っ赤にしたまま、こくん、と頷く。

俺はそのまま一気に腰を奥まで突き入れた。

「ひっ……いっ……いぐぅぅうううううう!!」

「っく……うおっ!?　すごいな……」

つぅ……と破瓜の血がフィーネの脚を伝い、流れ落ちていく。

これで、フィーネはどんなに拒絶しようとも俺から逃げられない。本人に逃げる気は無いだろうが。

フィーネは破瓜で達してしまったようで、俺のチンポに淫魔特有の柔らかな膣肉が絡みついてくる。

小柄なフィーネの中は狭く、ごつんと奥までぶつかっても……チ○ポが入りきらない。

「ひきっ……！　いぐぅ！　……またっ……しびれぇっ……！　あたまぁ、どろどろにとけるぅ……とけちゃう……」

シーツを握りしめるフィーネはマ○コを見せつけるように大きく脚を開き、俺を受け入れていた。絶頂を繰り返しているのか、その太ももは痙攣を続けている。

どうにか俺から精液を搾り出そうとするフィーネの膣は、痙攣しながら懸命に絡みつき、絞り上げてくる。最高に気持ちいい。

「ああ、フィーネのマ○コも良いぞ。このまま、種付けしてやるから……しっかり孕めよ」

「あぁっ……こども……ほし……いっ……なかだしっ……たねつけ、してっ！　あぁぁっ！　そ、こぉっ！　つ、よいっ！　あぁぁぁ！」

種付けを求めるフィーネの心を反映するように、子宮口が少しずつ開き、チンポを受け入れていく。

ちゃんとイキ癖が付いてしまうように、何度も絶頂を迎えさせてやる。

「ああっ……しきゅー、ほしぃ……せーえきほしい……ゴシュジンサマ……ほしいの……ちょうだいぃ……」

「ああ、いいぞ。イクぞ、いくぞっ!!」

アクメしすぎたのか本当に限界なのか、フィーネの瞳がうつろで……そろそろ言動も妖しくなっている。

俺はトドメとばかりに深く強く突き入れ、子宮口をこじ開けてチ○ポを根本までフィーネに飲み込ませた。そのまま……たっぷりと精液を注ぎ込む。

「あっ……んきっっ〜〜〜〜〜〜!!」

フィーネの身体が仰け反ったまま……数十秒固まって……。それからがくがくっと思い出したように全身を痙攣させる。精液を絞り上げる淫魔の膣が俺のチ○ポを咥《くわ》え込み、離してくれない。

「あっ……はぁっ……へぁっ……はぁ……。」

「チ○ポ、最高か？」

「さ……さいこう……。おぼえたぁ……わたしのしきゅー。ゴシュジンサマ……きおくしたぁ……うれ、しぃ……。す、きぃ……。これから……も、してぇ……」

「ああ。当然だ。フィーネは俺の可愛い奴隷だからな」

俺が頭を撫でてやると視線が重なった。蕩けた瞳から、また涙が溢れ出していく。

「よ、よかった……。こわかったのっ……ほんとはっ……さいてーまぞくのわたしっ……すてられるんじゃないかとおもったっ……。こわくて……こくはく、できなかったの……」

「苦労してフィーネを俺のモノにしたんだ。捨てるわけないだろ」

呆れるように告げるとフィーネの顔は嬉しそうに崩れた。

「こわして。ゴシュジンサマ。だから……すきにだいて……。もっともっと、せーし、ください……」

「ああ。覚悟しろよ」

俺はその後、フィーネが気を失うまで子宮に精液を注ぎ込んでいく。

フィーネは快楽に溺れ、どこまでも幸せに堕ちていくようだった。

＊＊＊＊＊

「ん……はぁ……」

気絶したフィーネは痙攣を続けていた。

フィーネの背中の逆鱗に軽く輪をかけて……感覚を抑え込んでやる。

このままだと敏感になりすぎて本当におかしくなりかねない。

フィーネの処刑ともいえるような時間は終わり……、部屋からは俺の部下に連れられてフィーネの部下が去っていく。

俺がこうしてフィーネが陥落していく姿を見せつけたのは、フィーネを取り戻そうとする連中が現れないようにする狙いがあった。

彼らはフィーネに蔑みの視線を送ると同時に、あれほど強かった彼女が自ら堕ちていく姿に衝撃を受けていた。下手な動きをすれば次は我が身。警告としては十分だろう。

後に残ったのはノエルとテッタだ。

「ん……」

甘えてくる二人の髪の毛を撫でていると、フィーネが目を覚ました。

「……おはよう。ゴシュジンサマ……と言えばいいのかしら？　ずいぶんと酷いことをしてくれるじゃない」

目を覚ましたフィーネはすっかり元通りになったように見える。

ただ、俺を睨もうとして目線を逸らしてしまう姿は可愛い。

「ああ、そうだな。嫌いになったか？」

「……このくらいでゴシュジンサマを嫌いになれたら、苦労はしないわ。……まったくもう」

「姉さんもようやく素直になりましたね」

「ふふ。フィーネもこれで一人前の失格淫魔だね」

フィーネは視線を逸らした先にいるテッタの言葉を受け、目を丸くする。

「ゴシュジンサマを好きになってしまったのは予想していたけれど……テスタ、貴女まさか……」

「……恥ずかしながら……人間の統夜に……身も心も……全部捧げちゃってる」

テッタが目を伏せてもじもじしながら、頷《うなず》いた。

ノエルはフィーネの処女膜の痛みを治癒して……フィーネの子宮へ手を当てている。

「……テスタが陥落するんだもの……私が……堕ちないはずないわね」

「ふふ。昔の呼び方に戻ったね。フィーネちゃん」

フィーネとテッタは向かい合って笑みを浮かべ……そして俺に視線を向ける。

「……私は最低の女よ。母親の遺体の前でも快楽に溺れ……父親を殺し……妹の恋路まで邪魔して……。挙句……快楽に溺れて部下を……民を裏切るような……。それでもいいの？」

「それを承知でフィーネが欲しいと思ったんだよ。それに、問題があるようなら調教してやるだけだ」

「テスタみたいに？」

「ああ、そうだな」

「ちょ、ちょっと！　それじゃアタシがトーヤに調教されて性格変えられたみたいじゃない！」

イタズラっぽく笑う俺とフィーネにテッタが頬を膨らませる。

「変わったと思いますよ。テッタさん」

「ノエルちゃんまで……」

テッタがガク、っと手をつく。

「でも。前よりずっと素敵だと思います。なんだか綺麗になった気もしますし」

「……そうなのかな？」

「確かに……雰囲気が柔らかくなったと思うわよ」

どこかスッキリとしたようなフィーネが笑みを浮かべる。

「それで、テスタ。私はこれからどうすればいいのかしら。自分から人間の奴隷に堕ちることを望むような魔族にマステリア領の王なんてできないでしょうし」

「このまま、トーヤの奴隷だね。トーヤのために身も心も捧げて戦う従者、が良いんじゃないかな。ノエルちゃんみたいに」

「それが無難かしらね。ゴシュジンサマはこれからなにかと狙われそうだもの。護らせて貰うわ」

「頼りにさせて貰おうか。そういえば、マステリア領の次の王はもう決まってるんだったたな」

「うん。ジークっていう子。まだまだ若いんだけどね」

「ちょっとテスタ！　ジークって……本気なの⁉」

「当然。ほら、ちゃんと天使たちを相手に武勲《ぶくん》を上げてたじゃない。最近はジークくんとフィーネちゃん以外にそんな武勲を上げた人も居ないし」

「それはそうだけど……」

テッタの言葉にフィーネが頭を抱えた。

「何か問題があるのか？」

「……本人が弱いのよ。圧倒的にね。多分、トーヤでも勝てるんじゃないかしら。あ、もちろん二人とも素手、魔術なしで戦った場合によ？」

「そんなにか」

補助なしで戦ったとしたら誰にも勝てる気がしない俺と同等かそれ以下ってことか。

「でも、その分周りの人が助けてくれるし頭もいい子だよ。単体では最弱でも集団戦で戦うなら私より上手に立ち回るんじゃないかな？」

「……なら、今回の件はそいつのクーデターってことにしたほうがいいな。フィーネを倒せるほどの知略を持つなら天使も慎重になるだろう。しかもフィーネは健在で周囲には手駒となったように見せかければ……」

「今までのフィーネちゃんがやっていたバカみたいな力押しに戦略が加わる……か。うん。いい。いいよ。それ」

「……本人の前でそんな風に言わないで貰えるかしら」

今度はフィーネが頬を膨らませた。

宥《なだ》めるように頭を撫でてやると嬉しそうに目を細める。

おずおずとノエルも反対側に近づいてはぴとっとくっついてくる。

こちらも頭を優しく撫でてやることにした。

「フィーネの部下は希望するなら、そのジークって奴のところで働かせてやれ。人間に使われるよりは良いだろ」

「ふふ。どっちにしても自分より格下に見ている相手に仕えることになるとは思うんだけどね。うん。手配しておくよ。それなら魔天領も現状維持のままマステリア領に協力して革命を起こした、ということにできるね。たしか、ジークは堕天使も保護する立場だったはず……。うん。うまくいけば私たちの国の隠れ蓑《みの》にできるよ」

ジークが水面下で動いていたことにすれば、俺たちの存在を他国の目からごまかせるかもしれない。

その場合、他の魔族至上主義の国が黙っていそうにないが……受けるかどうかはそのジークって奴に任せればいい。

「ジークさんも大変ですね……。今までの統夜さんの頑張りを全部自分がやったことにされてしまって」

「魔族は実力主義だからね。知略でそこまでできる、という実績にすればむしろ有利に働くんじゃないかな？」

「私を倒した、ということにされるだけでも大したものだと思うのだけれど」

フィーネが苦笑をする。

そして……

＊＊＊＊＊

「……人を切り捨てたことによる衰退は明らかである！　これは魔族にとって間違った選択だった……」

後日、事後処理を終えた魔界。

一人の若い魔竜が、フィーネの住んでいた屋敷のバルコニーに立ち演説をしている。ジークだ。

俺はといえば全身を一回り大きなスライムスーツに身を包んだ『黒騎士』として参列していた。

対外的にはジークの配下の一人でフィーネを打ち破った者、という立場である。

フィーネは、敗北し奴隷に堕ちた者として胸をさらけ出したボンデージスーツに身を包み、その首には真紅の首輪が巻かれている。

羞恥に頬は染まっているものの、俺が傍にいるからか暴れる様子は見えない。

「私は、竜王となった。だが、おそらくはこう呼称されるだろう。『最弱の竜王』と。だが、それは恥ではない。なぜなら、『最弱』が『最強』を打ち破った実績がここにあるからである！」

打ち合わせ通り、俺がフィーネの髪を掴み持ち上げてその身体を民衆に見せつける。

痛みに顔を歪《ゆが》め、脚をじたばたとさせるフィーネの姿。

かつての最強は今は無力だと見せつけるためだ。

そのまま俺は後ろに下がり、フィーネを床に下ろす。

「悪かったな」

「……仕方がないわ」

フィーネは軽く目を閉じて気にしないでと告げた。

ジークは結局テッタの案を受け入れた。エルフの情報収集部隊を壊滅させ、魔天族を天使の支配から解放したのは全てジークの配下が挙げた成果、となったのだ。

実際、ジークは以前から現状を憂《うれ》いてクーデターを起こすつもりだったようである。

渡りに船、というやつか。

魔天領とマステリア領は表向き同盟国となった。実際には俺たちの国とマステリア領の同盟、ということになる。

ロクハ村の周辺地域はジークが制圧し、マステリア領の支配下となっている。

これなら天使も迂闊《うかつ》に俺たちの国へは攻め入ることができない。

実際にあの後、天使たちが領地を奪還しようと襲撃してきたがジークは見事な指揮で撃退してみせた。

ダークエルフと堕天使も部隊に組み込まれ、ジークの言葉に真実味を持たせることはできたと思う。

さらに、その出撃でフィーネの出番がなかったことも大きい。

ジークはその後、魔界の動乱に巻き込まれ『最弱の竜王』として魔界統一を成し遂げるのだが
……その話を語るのは別の機会になるだろう。

俺たちはジークを隠れ蓑にじっくりと力を蓄えることになる。

幸い、俺とジークの関係は良好となったことも好材料だ。

『エンデヒューマ』

そう名付けられた俺たちの国が表舞台に立つのは……もうしばらく先のことだった。

第六話　母娘双辱

ジークの演説から時間は少し遡《さかのぼ》る。

俺がフィーネを隷属させた翌日のこと。

俺の部屋を訪れたフィーネとノエルは、揃ってメイド服を着ていた。

ただ、フィーネは元々着ていたゴスロリ服をメイド服に改造したようで、ノエルの服よりフリルが多い。

「これからは、姉妹揃《そろ》って統夜様にお仕えしますね」

「か、勘違いしないことね。統夜に隷属させられて……仕方なく……よ」

フィーネは恥ずかしそうにもじもじとしているが、俺の隣に立つノエルは嬉しそうだ。

ノエルはさり気なく甘えるように身体を寄せてくるので頭を撫でてやる。

フィーネは、羨ましそうにノエルの姿を見つめていた。

「フィーネもして欲しいのか？」

「そ……そんなわけ……、ある……わ」

ぽんっと手を置かれると途端におとなしくなるフィーネ。こういうのもなかなか悪くない。

二人を連れて、先日改築された拠点の食堂へと向かう。

俺のハーレム用の食堂とロクハ村の皆が集まる食堂とが分けられたのだ。

作業をしたのは、魔天領の女王である堕天使のレム。

俺が落ち着かないだろうと配慮してくれてのことでありがたい。

「お疲れ様、ご主人様。大変だったね。ボクは前線に出してもらえなかったから……」

俺の奴隷の一人で、元セクリアト教のシスターであるアンジェは先に食堂で待っていてくれた。

ただ、アンジェの顔色はあまり良くなかった。妊娠の影響が出てきたのかもしれない。

「アンジェはちゃんとテッタのサポートをしてくれただろ。前線に立つだけが戦いじゃないさ。それより体調は大丈夫か？」

「うん。それでも、やっぱり落ち着かなくて。体調は問題ないよ」

俺が席に座るといつものように隣にノエルが座り、ノエルの反対側にアンジェが座る。

フィーネはノエルの隣に座った。

「おはようございます……統夜様……」

「おはようございます。トーヤ様」

続いて食堂に現れたのは天使のセリエル、そしてフィーネの従者であるロナだった。

ロナはフィーネのメイド服の姿をみて少し戸惑ったが……そのままフィーネの隣へと座る。

セリエルはアンジェの隣だ。

「……ロナ」

「フィーネ様、申し訳ありません。ロナは……トーヤ様に染められておりました。もう……この身はトーヤ様無しでは生きていけないのです。トーヤ様が許す範囲であれば、どのような罰でも……」

「ううん。もういいのよ、ロナ。私もゴシュジンサマなしでは生きていけない身体にされてしまったわ。だから……また、一緒にいてくれる？」

「はい！　ロナで良ければ喜んで。フィーネ様」

フィーネの敗北のきっかけとなったロナの裏切り。幸いフィーネはそんなロナを許しているようだった。

その後、ぎこちないながらも会話が進んでいる。少しずつ以前の関係に戻ってくれればいい。

二人の関係を壊した俺が考えるべきことじゃないとは思うが。

「おはよー。皆。あっ……トーヤの近くが空いてない。ええい、正面に座ってやるんだから」

「おはよう。テッタ。悪いが早い者勝ちだ」

「むぅー。アンジェちゃんの隣は次こそ狙うんだから！」

「……あたしも……この位置は……譲りません」

セリエルとテッタが密かに火花を散らしている。

アンジェはその様子をみて苦笑しているな。

「皆様、おはようございます」

「おはようございます。統夜様」

「おはようございますぅ……」

その後に入ってきたのは魔天族のレラとアム、そしてレラの母親であるレムである。

アムの肩には、彼女から生まれた黒髪の妖精フェアムが乗り、ふぁーっとあくびをしていた。

「おはよう。レム、レラ。アム。よく休めたか？」

「ええ、おかげさまで。今日から本格的にこの迷宮内に居住区を作らせていただこうと思いますわ」

「お母様、すごく張り切っているんです」

「こんなに活き活きとしているレム様を見たのは初めてですぅ」

ジークを隠れ蓑に、密かに勢力を拡大していくと決めた時点で問題が発生した。

これからも増え続けるであろう大勢の住民が、何処《どこ》に住むかである。

現在、すでに拠点としているフィーネの別荘には人は収まらない人数となっている。テッタがロクハ村の周辺に結界を展開しているがいつまでも結界を維持してもらうわけにはいかないし、手狭だ。

残る手段は、瘴気が蔓延《まんえん》し魔物が発生する『迷宮』の利用。幸いにも実際に『迷宮』を都市化させたことのあるレムが居る。テッタと相談しながら迷宮を整備していくつもりらしい。

また、レラは魔素があれば『空間魔法』という擬似的に青空などを再現する魔法を扱うことができるらしい。迷宮内に森や湖が存在する区画を作ることが可能らしいのだ。

レラをドラゴンゴーレムから救出するときの戦いで、急に足場が雪と氷に覆われた。あれも『空間魔法』だったのだろう。

「まさか……お母様も、統夜様をお慕いしているのですか？」

「そうかもしれないわね。レラが心惹かれる殿方、だもの」

そんなレラとレムが交わす母娘の会話に、テッタがまたライバルが増えた……なんて落ち込んでいる。

「さて、これで揃ったかな？　それでは……」

アンジェが太陽と大地への感謝の祈りを捧げ、食事が始まる。

アンジェはこの後、一般組の食堂に移動して朝の祈りを捧げる仕事をするらしい。

此処には居ない仲間はエルフのエイル。彼女は仲間のエルフたちと一緒に食事をしたい、と村人たちが集まる食堂に足を運んでいる。なんでも、コガネと一緒にヴァゲイトの街で活動した際、仲間の一人に不手際でひどい心の傷を負わせてしまったらしい。

俺にできることがあるかもしれないし、後でもう少し話を聞いてみよう。

コガネとヨゾラは加速空間に戻っている。ノエルが破壊したドラゴンゴーレムの研究をしたいらしい。

今回はシルクも加速空間に入っている。シルクはノエルの護衛が主な役割だったが、今はフィーネがノエルと一緒に居るので邪魔をしないように気を使ったのかもしれない。

また、今回捕獲した主犯格である二人の天使、ルナエルとサニエルも逃げられないように加速空間に入れられている。

レラを陵辱し続けて精神を追い込んでいたルナエルには俺がお仕置きする予定だ。できるだけ手を出さないように伝えているがどの程度守られているか。

ヴァゲイトの街でエルフの情報収集員を拷問していたサニエルは、かなりひどい目にあっているようだ。

特に男たちに人気があったエルフの少女たちを食い物にしていたとあっては恨みも籠もっていよう。

「……ご主人様。笑ってるね」

「統夜さん。なんだか良いですね。こういうのって」

「……少々賑やかすぎる気もするがな」

俺は苦笑するが……こうして賑やかな食事は悪くない。

エイルたちも加わればもっと賑やかになるだろう。

穏やかに朝の時間は過ぎていく。

＊＊＊＊＊

所用を済ませれば午前中はあっという間に過ぎ、午後になった。

俺はレムと一緒に迷宮の拡張を行っていた。

ノエルとは別行動で、サニエルの手で苗床にされていた人々を回復させる手伝いをしている。

レム指揮のもとで行われている迷宮の拡張は、かなり順調に進んでいる。さすがに経験者だ。迷宮の拡張に必要な魔力も十分な量備蓄されていたことも順調に作業が進んでいる要因である。

新しい迷宮都市は、商業区、工業区、農業区、そして居住区……と複数の区画に分かれて作られていく。

俺たちの拠点に使っていたフィーネの別荘は居住区の最下層に位置することになった。

加速空間に利用している区画が移動できるかは懸念材料だったが、区画まるごと移動させるのは特に問題なかった。ここは、フィーネの別荘の隣に配置される。

転移を行うことができないと地上への移動に不便だが、外部から攻め入られた場合を考慮すればしかたがないといえる。

「なんというか、すごいな」

「そうでしょう？　懐かしいですわね。魔天族の都もこのような迷宮都市から始まったんですわ」

此処はいざというときには魔天族全員が避難しても余裕を持って暮らせるようにするのだとか。

現状の住民としては、堕天使が魔天族の都から移り住んだ者とリュミエルの部下だった者を合わせておよそ三〇〇名。魔族がおよそ一〇〇名。魔天族がおよそ五〇〇名。それから人間がおおよそ一〇〇〇名。エルフたちがおよそ五〇名。と報告を受けている。

約二〇〇〇人くらいの集落になっているわけか。ちょっとした街の規模にまで膨らんでいる。

これから加速空間での出産もある。ますます人は増えていくだろう。

そうなると……

「食料の確保が大変だな……」

「しばらくは魔天族の都で生産している食料がありますから問題はありませんわ。私たちは全面的に統夜様の国へ支援をさせて頂きます」

「後が怖いな」

「あら、レラが愛する人ですもの。当然ですわ」

レムの言葉に俺は苦笑する。

レラは少し離れた場所で『空間魔法』を使い、迷宮に異空間を作り出していた。

そういえば、落ち着いたら二人まとめて可愛がってやる約束をしていたか。

一度、加速空間の様子も確認したい。

「そうだ。一時間ほど抜けることは可能か？　レラも一緒にな」

「はい。そのくらいであれば構いませんわ」

＊＊＊＊＊

こうして、俺はレムとレラを連れて加速空間に向かった。

この中にも魔天族の都のような擬似空間ができればかなり過ごしやすくなるだろう。

動物の飼育ができるようになれば、食肉も確保できる。

外界と切り離されているから、鳥インフルエンザのような被害の大きい疫病の心配も少ないしな。

頑張っているヨゾラとコガネへのご褒美《ほうび》、とも考えていた。

「おかえりなさいませ、主様」

「とーさま、おかえり」

加速空間に入れば、金色狐の亜人であるコガネが嬉しそうに抱きついて来た。

黒い不定形生物の亜人である黒髪のヨゾラも俺の隣へと立ち……身を寄せてくる。

俺はもふもふとしたコガネの狐耳の感触を楽しみ……ヨゾラの頭を撫でた。

少し離れた場所では白狐の亜人であるシルクがふーっと猫のように尻尾を逆立てて俺を威嚇《いかく》していた。

……シルクも狐のはずなんだが……。

「統夜様、お二人は？」

レムとレラはシルクとは面識がある。しかし、コガネとヨゾラとは初対面だ。

「コガネと申します。主様、どなたですか？」

「ゾラは……ヨゾラ。とーさまのつかいま」

ぺこ、とコガネがレムとレラへ頭を下げる。

ヨゾラも無表情ながらも頭を下げた。

「失礼しました。私はレムと申しますわ」

「レラと言います。統夜様に救われ……この身を捧げることを誓わせて頂きました。よろしくお願い致します」

「はい、よろしくお願いします。レム様、レラ様」

二人も丁寧に挨拶をする。

「様子はどうだ？」

「そうですね……。特に大きな問題はありません。そろそろリュミエルが出産時期なので外に連れだしたほうがいいかと思います。彼女に苦渋を舐めさせられた魔族も多いでしょうし」

コガネがすらすらと応える。

「リュミエル……とは、まさかあの天使リュミエルですか」

「ああ。ルナエルからリュミエルが行方不明になったとは聞いていなかったのか？」

「はい。まさか『神速』の天使が捕獲されていたとは……」

レムが驚いたように告げる。

時間加速能力による高速戦闘がリュミエルの持ち味だったか。

神速と呼ばれていたのも納得がいく。

「今は堕天使妊婦だ。俺の女にちょっかいを出したものでな」

「そうですか。統夜様のお子を……。でも、もうすぐ出産予定とは……早すぎませんか？」

レラの声はどこか羨ましそうな響きを帯びている。

「此処では外と時間の流れが違うからな。ここで一日過ごすとだいたい現実時間の一時間くらいになる」

「なるほど。すごい場所ですね……。これは統夜様が？」

「ああ。参考にできるものも多かったからな。此処も迷宮の中なんだが……俺のセンスではどうも殺風景でな」

「この中を拡張するのですね」

レラは興味深そうに中を見ている。

調教部屋、監禁部屋は殺風景で問題ない。

しかし日常生活を送る空間はもっと彩りがあるべきだろう。

「ああそうだ。できれば……」

こうして俺の希望を伝える。

この場所は最下層に移動したため、上の空間が使えるようになっていた。

レムの協力の元、現在の階層の上に、広さとしては直径五キロほどのドーム状の空間を拡張して作った。

続いてレラが『空間魔法』で広い湖のある森を創りだしていく。

地下空間でありながら青空が見える。ちゃんと時間の経過に従って昼から夜へと変化するという。

「うわぁ……すごいです！　こんなこともできるんですね！　後で教えてもらえますか？」

「はい。良いですよ」

術の研究家でもあるコガネが目を輝かせた。レラもそれに快く応じている。

開放的な空間にヨゾラも目を見開いてどこか嬉しそうだ。

早速コガネは、レラに教わりながら俺たちの住む部屋をその空間に生成している。

これで加速空間に住みやすくなった。何組かのエルフ、堕天使、魔天族に住んで家畜を育ててもらうことにしようか。人間は寿命の問題があるが……希望する者がいれば入ってもらってもいいかもしれない。

「結構な広さになったな」

「上の階層を気にしないで作れましたからね」

俺も感心している。

こういうやり方を知っていたのなら、迷宮内の設備を充実させようとしただろうな。

引きこもりになっていたかもしれないので、今日まで知らなかったのは幸いだったかもしれないが。

＊＊＊＊＊

コガネとヨゾラがシルクとクロガネを誘って新しくできた森の中を散策している間、俺とレム、レラは寝室へと移動した。レラもレムもすぐにその意図を察したのか頬を染めて付いてきてくれた。

二人は、期待に目を潤ませている。

「約束だからな。レムも、その気なんだろう？」

「はい。統夜様」

「……期待。していますわ」

ベッドの上に二人を座らせて俺は服を脱いでしまう。

二人は背中が大きく開いたドレスを着たままだ。

「あの……服を脱いだ方がいいのですか？」

「そうだな。そのままでも構わないぞ」

俺は先にレラの身体を正面から抱き寄せた。

そして抵抗はなく俺の腕に収まったレラへ口づけし、舌を差し込んでやる。応えるように舌を絡め返すレラの鼓動が伝わってくる。

ドレスをずらしてやると大きな乳房が露わになった。

天使たちに散々弄ばれていたためか、心なしか乳首が大きいように感じる。

その乳首を捏《こ》ね回してやるとびくっとレラの身体が震えていく。

「はぁっ。統夜様っ！　レラは……気持ちいいですっ。不思議です……媚薬なんて使われていないのに……今までで一番っ……ひぅっ……」

乳首を口に含み……乳首の先を突くように舌を這わせていく。勃起して固くなっている乳首の先端が広がり……舌先が少し入り込んだ。普通ではありえない状況だが……。

「ふぁっ……！　あの……レラは……身体を改造されているので……こんな、はしたない乳首に……」

「レラ、ごめんなさい。私《わたくし》が守れなかったばかりに……。んっ……」

どうやらレムも興奮してしまったらしい。レラの背後に回り込んで抱きしめると……唇を重ねていく。

その間に指をスライムで覆い傷つけないようにして……レラの乳首の中へと指を潜り込ませた。

「それなら、この乳首の中も、ちゃんと俺のモノにしてやらないとな。レラ」

「お願いします。統夜様……。レラの身体の隅々まで、統夜様のものにして、ください。ふぁっ……そこっ……しびれますっ！　入って……入って……入ってきてくださいっ」

母乳が愛液の代わりになるように身体を改造されてしまっているのだろう。

指に絡みついてく母乳を潤滑油にして奥まで指を差し入れ……ほぐしていく。

そんな娘の様子にレムも興奮しているようだ。

それなら、とレラの感覚をレムに共有させてやる。

「ふぁっ⁉　統夜様……、これは……？」

「レラと一緒に犯してやる。受け入れろ。レム」

レムがこくり、と頷いた。俺はレラの乳首の先端を広げ指で愛撫をしていく。

じゅぶじゅぶと母乳を溢れ出させながら身悶えるレラ。そしてレラを抱きしめながら快感を堪えている様子のレム。二人の表情を見つめながら丁寧に愛撫をしていった。

母乳が溢れ出すレムの乳首を見ていると、とある考えを思いつく。触手を使って小瓶棚から小瓶を取り出して見せた。

「レラ。これが何かわかるか？」

「……いいえ。なんでしょう？」

「天使どもが作った妊娠薬だ。これを使った状態で精液を浴びると……ほぼ間違いなく子を宿すらしい」

「ああ。お子を……頂けるのですか？　穢《けが》れたレラに……そんな贈り物を頂けるのですか？」

レラに薬を手渡すと躊躇なくそれを飲み込んだ。空の小瓶がベッドに転がる。

「あぁ……ください、統夜様。レラの子宮に、精子ください。犯して……孕ませてくださいっ」

レラのドレスを捲り上げてやると洪水のように愛液があふれていた。

一度、乳首から指を引き抜く。

「レラ、まずはナマのチ○ポをお前のマ○コに刻み込んでやるからな。子宮で覚えろよ」

「ああ……。嬉しい。こんな穢れたレラの身体で愉《たの》しんで頂けて……嬉しいですっ！」

散々陵辱されていた、というレラのマ○コはキレイな色をしていた。

ア○ルもひくっとひくつき期待をしているように見える。

そのまま……レラのマ○コへ俺のチ○ポをあてがい……ゆっくりと飲み込ませていく。

「あぁっ……！　入って……入ってきますっ！」

「これ……。私《わたくし》も……私も感じてしまいますわ！　んくぅ……」

レラの背後に居るレムへも感覚が伝わっているようだ。

思った以上に狭く、キツく絡みついてくるレラの膣をこじ開けて奥まで突き上げてやる。

「んひぃぃっ……！　あぁああっ！　すごっ……すごいんですっ！　な、なにっ⁉　……なんでこんなに気持ちいいんですかぁっ⁉　あぁぁぁっ。すぐ……くる！　きちゃいますっ……！」

「良いぞ。アクメしても……。アクメしまくって……俺のチ〇ポ以外で満足できなくなってしまえ……」

「します……。レラ……統夜様のチ〇ポで……アクメさせられますっ！　ひっ……イグッ……いぐぅっ……‼」

正面から抱き合ったレラの手が俺の背中に回されて爪を立てられる。

このくらいは簡単に治癒できるから構わない。

ぶるぶると背を震わせてアクメを迎えたレラへ追撃に腰を動かしてやる。

絡みついてくる膣肉が気持ちいい。

「あぁっ……ひっ！　びんかんっ……いま、レラびんかんですっ！　あ、ま、またアクメしますっ！　しちゃいますっ！　ひぅっ……統夜様のチ〇ポきゅぅきゅぅしめちゃいますっ！　いままでのチ〇ポなんてメじゃないんですっ‼　レラっ……レラこれが一番イイんですっ‼」

レラの脚は腰にしっかりと絡みついて離れそうにない。

こんこんっと奥をノックしてやると、あっさり子宮口が降りてくる。

さらにチ〇ポを受け入れた子宮口が歓迎するように締め付けてきた。

「ああ、俺のチ〇ポ締め付けて覚えろよ。レムも感じているだろ。娘がマ〇コに突っ込まれて感じまくっているの。どんな気分だ」

「はぁっ……すごく……いいの。おチ〇ポで奥まで犯されているのですわ。これが……ずっと欲しかったのですわっ……！　お、お願いします、統夜様っ！　わたくしにも……わたくしも……情けをっ……」

すっかり発情しているレムを放置するのもかわいそうだ。彼女は触手で犯してやることにする。

レムに繋げていたレラの感覚を断つと、二本の触手を伸ばして……。

「ひぃっ……!?　触手……触手チ○ポ頂けるのですかっ!?　あぁっ……きたっ！　中古マ○コにおチ○ポきましたぁっ……」

一本はレムの凶悪なほど豊満な乳房に巻きつけ、強調するように締めあげた。

もう一本は脚を広げさせて……すでに白濁した愛液が湧き出しているマ○コへと挿入してやる。

「すごいぃ……！　レラだめです。もうダメなんです。おチ○ポで犯されて幸せすぎてダメなんです……」

「ああっ……！　チ○ポっ、久しぶりぃっ!!　ああっ……雌になるっ！　めす、にぃっ……おもいだしてっ、れむ、めすどれいっ、めすどれいっ!!」

レムも興奮すると自分のことを名前で呼ぶようだな。

俺のモノと同じ形にした触手チ○ポで、レムの奥を突き上げた。かなり慣らされていたようで……レムの子宮口はあっさりと広がり、子宮まで触手を受け入れてしまう。

「しきゅ……きましたわぁっ！　あぁっ……！　さびしかったぁっ！　レムのしきゅういっぱいっ……！　チ○ポでいっぱいですわっ！　突き上げてぇ！　こわしてぇ！」

「ああっ……おかあさまが……。こんな、こんな雌の声で……。あぁっ！　い、いいのですね……。レラももっと乱れてもかまわないんですねっ！」

レラの興奮を伝えるように、絡みつき締め上げてくるマ○コの感覚に急速に限界が近づいてくる。

元より種付けをしてやるつもりなので遠慮はしない。

「行くぞ……レラ……しっかり種付けしてやるから……元気な子供を孕むんだぞ」

「くださいっ……孕ませセックス気持ちいいんですっ。幸せなんですっ……あぁぁああああっ……ずっと、ずっとお側にぃっ!! 好きぃ……好きですっ……統夜様っ……愛しておりますぅっ!!」

ぎゅうっと俺を抱きしめて精子をその子宮に受け入れるレラ。

俺の精子を逃さず受け止めようとアクメも迎え……愛を囁く。

「あぁっ……イキますっ……雌になりますっ……レム……メス豚になりますっ……いぐっ……いぎますっ……娘の種付け見せつけられながら……雌になってアクメしますっ！」

がくがくがくっとレムもまた絶頂を迎えた。触手から精液を流し込んでやると……更に激しく痙攣し……ぷしゃっと潮を吹きながらアクメしてしまう。

「あぁ……おかあさまぁ……。めすです。れらたち、めす、です……」

うっとりとした表情のレラから生チ○ポを引き抜き……そしてレムからも触手を引き抜いた。

二人のマ○コからこぽりと白濁が溢れだしていく。とても卑猥《ひわい》な光景だった。

美しい母娘が白濁に溺れる様子に笑みを浮かべつつ……俺はレラの頭を撫でてやる。

「はぁ、とうや、さまぁ……」

レラは甘えるように俺のほうへ擦り寄ってきた。

レムも俺を挟み込むように抱きついてくる。

たまにはいいか、とレラを抱き寄せ、レムに挟まれながら眠りに落ちる。

翌日、俺はレムの真名……レヴィネム・エルゴエスを聞かされ……少々慌てることになる。

ちなみに、苗字が異なるのはレラの真名は父方の名を継いでいるからなのだとか。

結局、母娘二代を隷属させ、俺は魔天族の王という立場も得ることになった。

後日、その話を聞いた、日々身体を持て余している親世代の堕天使たちに狙われることになるが
……さすがにそこまで節操無く種馬になる気はない。

苗床の間で密かに陵辱願望を満たす堕天使が増えたのは言うまでもない。

「傍において頂けるなら……レラは幸せです」

「多くは望みません。ただ、時々……その欲望を私にぶつけて頂けるだけで構わないのですわ」

二人はそう微笑み……愛人として……またテッタのような内政面で欠かせない人材として俺の傍に居ることになったのだった。

第七話　素直になれない白狐

加速空間内での翌日。

俺はレムとレラの母娘と共に、ぬるめのお湯に入浴していた。

狭かった浴室は、レムのお陰で一〇人くらいまとめて入っても平気そうなサイズに拡張されている。

こうしてみると、やはりレムの胸は大きい。レラも大きいのだがレムに比べると見劣りしてしまうのだ。

見比べてみるとレムの乳首は若干下向きに付いているが、レラは上向きに付いていた。

「……統夜様、そんなに見つめられると……恥ずかしいです」

「ふふ、殿方の視線を集めるのはいいことですわ。レラ。もっと見せて上げなさいな」

レムの言葉にレラはますます顔を赤くし、両手で乳房を押さえた。

その仕草がより乳房を強調して色っぽいのだがあえて言うのはやめておこう。

昨日は服を着たまま犯したので、二人の身体のラインがわかりにくかった。

今日は、じっくりと目で楽しませてもらっている。

「羞恥心をいつまでも捨てないのはいいことだと思うぞ、レラ」

「ふふ。統夜様はそのような相手を襲うのが好みなのかしらね」

「否定はしないな。レラの反応は可愛いからな」

「……統夜様」

レムのからかうような言葉に俺はそう答えた。レラは嬉しそうに俺の名を口の中で転がしていく。

レラの頭を撫でてやると恥ずかしそうにしながらも身を寄せてきた。

そんな俺たちの様子を窺《うかが》っている影が一つある。様子を窺っているどころかもぞもぞと動いている。

まだ、バレていないと思っているのだろうか。残念ながらバレバレだ。

「……それで、いつまでそこにいるつもりだ。シルク」

「ひっ……！」

遠隔で操作していたスライムをシルクの背後に移動させ……逃げ出そうとしていた彼女を捕獲する。

シルクは全裸だった。朝風呂に入ろうとしたら俺たちが先に居てどうしようかと迷っていた。

……という事情ならわざわざ捕まえたりしない。

「ぬ……ぬしさま、シルクにさわるな、なの！」

「シルク……さん？」

両手を後ろ手に拘束されてじたばたと脚をばたつかせてスライムに湯船まで運ばれるシルク。

真っ白な髪の狐少女は真紅の瞳で俺を睨んでいる。一見、嫌悪しているように見えるが……、そっくりな視線を先日見たばかりだ。すぐにシルクの心情を察する。

「触ると感じすぎるから困るんだろう、シルク。あそこで俺たちを見て自慰していたものな」

「な、そんな変態なこと、シルクがするわけ……ひぁっ……さわるな、やめて！　変態っ……！」

髪の毛を撫でてやるとぶるぶると震え……尻尾を撫でてやるとそれだけでびくびくっと仰け反ってしまっている。

レムとレラは苦笑を浮かべ……その様子を見ている。

「大変そうですね。統夜様。……その、私は席を外したほうがよろしいでしょうか？」

レラが不安そうに瞳を揺らす。

シルクの躾《しつけ》をするなら席を外したほうがいいと思ったのだろう。

「そうだな。ちょうど良い機会だからシルクに躾をしてやるつもりだが、一緒に可愛がられてみるか？　レム。レラ」

「な、何を勝手なことを言っているの！　シルクはごめんなの！　は、離すのっ！　犯されるのも孕まされるのも嫌、なの‼」

「……統夜様、レラが欲しいのであれば……いつでも求めてください。どんなときでも……誰の前であっても……この身体は、統夜様を受け入れる準備ができています」

「卑《いや》しいレムもかわいがっていただけるなんて……嬉しいですわ」

スライムに身体の動きを封じ込められながら必死で抵抗するシルクとは裏腹に陵辱への期待に瞳を潤ませるレムとレラ。

肥大化したスライムはレムとレラの身体をも取り込み、翼の先まで絡みついていく。

そして、シルクを挟み込むように二人の身体は移動した。

「そうだな。シルクはさびしくて……犯して孕ませて欲しくて仕方がないのだものな。レム、レラ。二人は俺が犯しているから……安心して身を任せるんだぞ」

「はい……ああ。感じます……統夜様のにおいと同じです……。安心します」

「……それが……どんなに乱暴にされるのか……と卑しいこの身体は期待してしまいますわ……どうか好きなように……なぶって……ほしいのですわ」

レムとレラを取り込んだスライムは……半透明の身体で二人の大きな胸を包み込み……両手を広げて取り込んで……脚を大きく開かせていく。

ぐにゅりと胸を揉みながら……すでに蕩けている様子のマ○コを割り開き、蜜をすすり始めたようだ。

「ほ……本気なの⁉　本気でシルクを犯す気なの⁉　やぁっ……こ、心の準備とかいろいろできてないのっ……こんな形でなんてっ……‼」

動きを封じられて慌てるシルクの姿は……コガネより一回り女として成長しているように見えた。少女から女になりつつある途上。乳房も膨らみ、身体のラインもより女らしく膨らみを帯びていく。

そんな様子が窺える。

スライムにしっかりと腕を押さえ込まれ、逃げられないシルクの胸を撫でてやる。

指先で軽く撫でるだけでびくっと劇的に反応した。

「ひゃぁっ……！　ダメ……ダメなの……。ぬ、ぬしさま、やめて。ホ、本当にダメなの……」

「昨日俺たちのセックスを見ていてオナニーしまくっていた奴が何を言う」

「……っ⁉」

シルクはあの後、こっそり覗きに来ていたようだ。コガネとヨゾラにも確認しているので間違いはない。

「ずっとこうして乱暴に犯されたかったんだろう？」

「し、シルクはそんな変態のはずはないの……！　て、適当なことを……ひぅぅぅっ!!　そ、そこダメェ!!　イクッ……！　シルクっ……シルクっ……」

シルクのマ○コに指を入れ……中をかき混ぜてやると白濁した愛液を溢れさせながらあっけなくシルクが絶頂寸前に追い詰められる。

そのまま、いかせてしまうはずがなく指を止めて引き抜いてしまう。

「ぁぁっ……！　ぬ、ぬしさま……。へ……へんたいっ！　ひあぁぁぁっ！　し……しっぽ……、ごしごしっ……!?　そ、そんなのっ……」

「シルクの尻尾はさわり心地がいいな。俺のチ○ポを洗うのにちょうどよさそうだ。使わせてもらうぞ」

「……!?　だ、ダメッ、シルクの尻尾、そんな風に扱っちゃだめなのっ！　ひぁぁぁぁっ!!　ち、チ○ポしごかれてるのっ!?　シルクの尻尾、チ○ポ擦られてるのっ!!　あひぃぃぃっ!!」

シルクの尻尾を摑んで俺のチ○ポにまきつけ……オナホ代わりに使ってやる。

尻尾は逃れようと力が籠もるが俺のチ○ポを擦ってやるとびくびくと先端が震えて……シルクの身体が仰け反っていく。シルクの乳首がつんっと硬くなりマ○コもほぐれ……蜜を溢れさせていくのがわかった。

その両隣ではレムとレラがスライムに犯されている。

「あぁっ……！　レラのおマ○コに統夜様のおチ○ポ入ってきていますっ！　……いっぱいっ……

いっぱいですっ。子宮までっ……ずんずん突き上げてきてっ！　……しびれますっ！　ああっ……覚えてます。これですっ……！　同じですっ!!　胸も、使って……くださ……ああ！　何人も、何人も統夜様がいるみたいです。ああっ！　素敵ですっ！　統夜様っ。は、羽まで使ってます!?　ひぁぁぁっ!!」

「いっぱいっ、いっぱいっ……！　レム、便器っ！　精液便器っ！　ざーめんたんく、なんですわっ！　ああっ、太いのでいっぱいにされてっ……犯されて幸せぇっ!!　娘と犯されてしあわせぇっ!!　ありがとうございますっ！　娘も一緒に奴隷にしてくれてありがとうございますっ！　あぁっ!!」

レムもレラもマ○コが大きく開かれて、犯されている。……スライムが透明なこともあり、覗き込めば子宮まで丸見えになっている。子宮口も開ききって奥まで犯されているな。

「ひぁっ……！　シ、シルクにそんな声、聞かせないでっ……。ああっ。シルク……尻尾だめなのっ！　ぬしさまに……ぬしさまに尻尾犯されて……。アクメする変態になってしまうのっ！　ぞくぞくっ……止まらないのっ……！　ぬしさま、ぬしさま……シルクを変態にしないでぇっ！」

「ダメだ。素直にならないシルクには、変態になってもらわないとな……。ほら、俺の精液の匂いが漂っているだろう？　これからお前の顔にぶっ掛けてやるからな」

「だっ……ダメっ！　シルク、それだめぇっ……！　や、やぁっ……助けてっ！　だ、だれかっ……シルク、変態になりたくないの！　たすけてぇっ！」

俺がシルクの尻尾を使って自慰している様子にシルクの興奮はどんどん高まっているようだ。

その様子をみて俺も高ぶってしまう。

目をぎゅっと閉じて……アクメをこらえるシルクの様子に笑みを浮かべながら……そのまま欲望をシルクにぶちまけてやる。

「ひぁっ。い、いぐっ……！　ぬしさまの匂いで……シルク……アクメっ！　ぶっかけあくめぇっ!!」

「あぁっ……すごい、におい……。統夜様の精液……レラにも……レラにもっ……!!　あぁぁっ、しきゅーのおくっ……！　くるっ！　きたぁっ！　きましたぁっ！　どぴゅどぴゅきてますっ!!」

「レムの中古マ○コにぃっ！　子供生んだ子宮にぃっ……！　いっぱいっ……いっぱいそそがれてますぅっ!!」

三人がそれぞれにアクメを迎える。

レムとレラは嬉しそうに犯されているのでさらに続けて犯してやる。

尻尾も髪の毛も俺の精液で化粧され……びくびくっと身体を痙攣させているシルク。

平時はぼーっとして眠そうなその瞳も今は閉じられ……その感触を全身で受け止めている。

マ○コからは蜜が溢れ……もの欲しげにヒクついているそこへチ○ポをあてがってやった。

シルクがそれに気がつくと怯えた視線を向けてくる。

「ダメ……ぬしさま、だめなの……、いま、それされたら……壊れる……シルク壊れるから……ダメなのっ……！」

「期待通りだろう？　シルク。ずっと期待していたんだろ。こうして反抗的な態度を取っていればいつか無理やりねじ伏せてくれる、と想像して。使い魔が本気で俺に反抗できるわけはないからな」

「そ、そ、そそんなことは……な、ないのっ……。こんな風に乱暴に無理やりものにされるなんて……ごめん……あひぃぃっ!!　あぁぁあああっ!!」

シルクの台詞《せりふ》は最後まで言わせずにチ○ポをねじ込んでやる。

シルク本人はこう言っているが自慰をしているときに、乱暴にしてとかもっと犯してとか俺の名前を呼びながらしていたのを知っている。

「こんなにマ○コぐちゃぐちゃで、子宮まであっさりチ○ポ受け入れて何を言っている？　ほらっ……奥まで犯してやるぞ！」

「う……うごかなぁっ！　いぐっ！　シルクっ……あぁぁっ！　くら、くら、するのっ！　……ぬ、ぬしさまぁああっ!!　シ、シルク……そう、そうなのっ！　こんな……こんな風にされたかったのっ……」

チ○ポを子宮までねじ込まれて奥まで突き上げてやって……シルクはようやく素直になった。

びくびくっと身体を震わせながらアクメを繰り返していくその子宮を容赦なく突き上げてやる。

「ずっとっ仲間はずれでっ！　……寂しかったのっ！　見て欲しかったのぉっ！　コガネも……ゾラも……シルクを置いていって……先にぬしさまと結ばれてっ！　羨ましかったぁっ……！　ひぁあああっ!!　またくる……またくるのっ……!!」

「ああ、悪かったよ。放っておいて。ちゃんとこれからはシルクもかわいがってやるからなっ。この生意気な子宮にたっぷりと精液注いでやる。それと……コガネみたいに子供作ってやるよ。材料は……あるからな」

その言葉にびくんっとシルクが白い狐耳をピンっと立てた。

「子供っ……ほしぃ！　ぬしさまの子供ぉっ……！　ほしぃ！　ほしいっ!!　くださいっ……！

シルクに子種注いで子供くださいぃぃ!!」

どくんっと精液をたっぷりとシルクの子宮へと注ぎ込む。

さらにそのチ○ポの隙間から……霊力と理力を練りこんだスライムを滑り込ませてやる。

シルクの愛液と……精液とを取り込みながら子宮にスライムは入り込んでいく。

あっという間に……幼げなシルクも妊婦腹になってしまった。

「あ……あはぁ……、いっぱい……おなかいっぱいなのぉ……」

そのまま、シルクの魔力と俺の霊力を混ぜ合わせて……スライムを魔素の塊《かたまり》へと変えていく。

この方法は母体への負担が大きいので乱用できないが、シルク相手なら問題はないだろう。

「ふぐぅっ……！　あぁっ……くるしっ……ふぎぃっ!!」

シルクが悲鳴を上げて……がに股に脚を開いた。ひくひくっとマ○コが広がっては閉じる。

やがて……大きく広がったシルクのマ○コから新しい命が転がり落ちた。

体長は五〇センチほどの白い毛並みを持つ獣だった……額には一本の角が伸びている。雌のようだな。

「お前はシロガネと名付けようか」

まだ愛液にぬれているその獣を湯船につけて綺麗にしてやる。

シルクは……といえば連続絶頂を続けてからの出産アクメに意識を飛ばしてしまっていた。

ぴくぴくっと身体を痙攣させているので湯船につけてやる。

レムとレラもスライムに散々もてあそばれて気を失ってしまったようだ。

スライムに掃除をさせながら。三人が目を覚ますのをゆっくりと待つことにしたのだった。

＊＊＊＊＊

「父様っ！」

「……ぬしさまのばか……や、やりすぎなの……。や、やっぱりきらいなのっ！」

「……やっぱり素敵です。統夜様」

「娘ともども、レムも……これからもかわいがってくださいね」

白い獣……シロガネは名付けてやるとすぐに成長し……五歳くらいの少女に変化していた。

髪の毛は白く頭には白い一本の角。耳の部分にはなぜか翼のようなものが生えている。

シルクの魔力が中心のはずだがどうも理力を扱えるようだ。

俺に抱きついて甘えてくるシロガネに、着替えて巫女《みこ》服姿に戻ったシルクは頬を膨らませる。

どうやらまだまだ素直にはなれないようだ。

これで頭を撫でてやると態度はつんつんしているのに尻尾は嬉しそうに揺れているのだからかわいい。

一方でレムとレラは満足そうだ。心なしか肌の艶がよくなっている気もする。

こちらも今は着替えてドレスを身に着けていた。

「……シルクはなかなか素直になれないですね。主様とシルクなら……こうなると思っていましたが」

「……そこがかわいい。もんだいない」

コガネとヨゾラはそんなシルクの様子をほほえましそうに見ている。

「コガネ、ヨゾラ、クロガネともども、シロガネの教育を頼むぞ」

「はい。主様。任せてください。でも、あまりこちらに脚を運ばないと私たちも寂しいですから……」

「ああ、できるだけこちらには顔を見せるようにする。アンジェがどうも出産を急ぎたい感じがあるからな。落ち着いたら一緒に来るかもしれない」

「……わかった。とーさま。あんしんする」

コガネとヨゾラはこく、と頷いた。

「そういえばコガネ、頼んでいた例のものはどうなっている？」

「解析はコガネで済ませました。濃い魔素があればゾラが構築できるそうです」

「ん。まかせる」

今回増築したのはドーム空間だけではなく、地下に広い格納スペースを広げていた。

ここに運び込んだものの解析と再現の研究をしてもらうためである。

そちらのほうは問題なさそうだ。

「それじゃ、戻るか。シロガネ。いい子にしているんだぞ。また会いにくるからな」

「はい、父様。待ってる‼」

ちゅっと耳元にキスをするシロガネ。

羨ましそうにしているコガネとヨゾラにもそれぞれキスをしてやった。

こうして俺たちは加速空間の拡張を終えて戻ることにした。
お土産、というわけではないがしっかりと拘束したリュミエル、ルナエルを連れて。
俺の国で罪を犯したらどうなるか。
二人の身体で実践してやるとしよう。

第八話　獣に貪られる月

「ま、マスター。此処はどこです？」

「リュミエルが気にする必要はない」

「わ、わかったのです。ひ、酷いことはしないで欲しいのです。マスターの命令なら何でも聞くのです」

「その言葉。忘れるなよ」

リュミエルは目隠しをされたまま、こくりと頷いた。

加速空間を出るときから眠らされ、目覚めた後もずっと視界をふさがれているためいつも通り調教部屋にいると思っているはずだ。

今リュミエルがいるのはちょっとした舞台の上。

周りにいるのはリュミエルの公開出産とルナエルの調教を見に来た者たちである。

瑠璃《るり》色の髪と金色の瞳を持つ天使であるルナエルはスタイルのいい裸体を曝《さら》け出し、スライムに拘束されていた。口も塞がれ一言も話すことはできないが。

羞恥心に頬を染めている彼女はまだ処女だと確かめている。恐怖からかカタカタと震えていた。

俺の隣にはセリエルとノエルがいる。二人とも俺の手伝いだ。

「リュミエル。お前、自分の出産を『時間加速』で速めることができるな」

「で、できるのです。でも、そんなことしたら……僕の身体、どうなってしまうかわからないのです」

身体を震わせるリュミエルは、スライムで形成された分娩台に載せられていた。

両手を拘束され。幼げな褐色に染まった肌を皆にさらしている。

その腹部は大きく膨れ上がり、胸も心なしか膨らんだようだ。

両脚はM字に広げられマ○コもア○ルも丸見えである。

彼女の特徴であるふたなりチ○ポはぎちぎちに固くなっていた。

此処に集まっているのは主に、レラを好き放題にしていたルナエルに恨みを持つ魔天族。それとリュミエルに裏切られて陵辱され、苗床にまでされていた人間の女性たちだ。

それから未だに反抗的な一部の堕天使と、先日捕獲した魔天族に化けていた天使も参加させていた。

調教は甘んじて受けつつも、まだ心までは折れていない者たちである。

「まだ陣痛は来ていないんだろう？　安心しろ、ちゃんと看ていてやる。」

「……ま、マスターを信じるのです。やらないと……もっと酷い目に合わされてしまうのです。だから、仕方がないのです。僕は酷い目に遭いたくないのです」

リュミエルは自分に言い聞かせるようにゆっくりと呼吸をすると理力を腹部に集めていく。

同時にセリエルが治癒術を使用していく。

やわらかく暖かい輝きがリュミエルを覆っておく。

その暖かさに安心したのかリュミエルは自らの手で出産を促《うなが》していく。

「嬉しいだろ、ようやく俺との間の子供の出産だ」

「あ……それは、その……ひぃっ……う、うれしいですっ。嬉しいに決まっているのですっ！……ひぁっ……ふぎぃっ……！」

少しでも言いよどむと俺は容赦なくリュミエルの乳首を摘みあげてやった。

桜色の小さな突起はヨゾラの手でクリ○リス並みの感度に変えられている。

軽く指先でなぞってやるだけでびくびくっとその肢体を艶《なま》めかしく震わせる。

その股間のチ○ポはわななき……だらしなく精液を迸《ほとばし》らせる。

母乳の出も相当に良いのか、それだけで乳首から母乳が溢れてくる。

セリエルとノエルは羨ましそうな視線をリュミエルへ向けている。

出産の経過を加速させているリュミエルは、陣痛が訪れるたび、悲鳴を上げては落ち着いていく。

強烈な痛みも快感になるようヨゾラに変えられたリュミエルは射精を繰り返し……自らの身体を雄の香りで満たしていく。

「ひぎっ……いぎぃっ……！」

その間隔は徐々に短くなり……呼吸も荒くなっていった。

「はぁっ……ひぎぃっいいいいいい!!　いぐ……いだいのでいぐぅっ!!」

びくびくっと全身を震わせて……背中を仰け反らせる。

拘束されていなければ暴れまわってしまいそうな様子を皆に見せ付けていく。

治癒術で痛みを取ってやることもできるがリュミエルにはあえてそのままにしていた。

「じぬぅっ……ごわれるぅ……いだいのぎもぢよずぎるぅ……あああぁぁぁっまたぁっ……またきたぁっ……いだいのぎだぁあああああ!!」

繰り返し訪れる激痛にリュミエルは髪を振り乱して暴れていく。

それでも自らにかけた加速術を解かないのは俺への恐怖がよほど強いのか、それとも快楽に溺れてしまったのか……。

おマ○コからぷしゃぁっっと液体が流れ出る。

破水だろうか。

「リュミエル様……、そろそろ……いきんでください……。加速は……止めていいですよ」

「ひー、ひー、ふぎぃぃぃっ……!!」

セリエルの言葉にリュミエルは素直に従い。自らの時間加速を中断する。

ノエルが産湯《うぶゆ》を準備した。

リュミエルがいきみ……徐々に胎児がでてくる。頭が見えた。

そして……生まれ落ちた。ノエルが胎児を受け止める。

赤子は大きな声で泣き始めた。褐色の肌を持つ女の子だった。

耳は尖っているが……魔力と理力を感じるので魔天族だな。

俺が魔族化していたときの子供だからか、背中に翼はない。

見た目はほぼダークエルフだが、もしかしたらオッドアイかもな。

俺はこの一部始終を見ていただけだ。下手に手を出そうとしても役立たずだろうし。

こういうとき、女は強い。

「ひーっ……。ひぁ……。あぁ……僕、産んだのです。とうとう産んでしまったのです……。ま、マスターとの子供……人間に孕まされた子供……産んだのです……あはぁ……」

幸せそうな……どこか壊れた笑みを浮かべたリュミエル。

彼女の目隠しと拘束をはずしてやる。

「あ、まぶしい……っ……です。マスター、僕……マスターとの子供……本当に…………えっ……」

さらに……。

目の前に飛び込んできた光景は……彼女にとって忌《い》むべき俺との子供を出産する一部始終を見られていたという事実。しかも元部下がいる前で俺に屈服し媚《こび》を売る様子まで見られていた。

「ルナ……？　ルナなのです？　うそです……、だって、だって……ルナは魔天族の切り札を握っていて……えっ……魔天族も……あ、お前……僕が捕まえた……。嘘です……。嘘です……。これじゃ、これじゃあ……」

「リュミエル。お前、まだどこかで、助けが来るかもしれないって考えていたんだろう？　だが、こうしてその望みは絶ってやったぞ」

「いやぁあああああ!!」

天使たちの『目』となっていた魔天族の姫を支配していたルナエル。

彼女が此処に居るということは、もう天使は魔天族の優れた探知能力を活用できないことを意味する。未だ救出される可能性はゼロではないが、大幅に遠のいた現実をリュミエルは突き付けられたのだ。

「僕は……どうなるのです？　も、もう用済みなのですか？　殺されてしまうのですか？」

俺の子供の出産も終えた。

リュミエルはスライムから解放されると地面にへたりこみ怯えている。

「な、なんでも……何でもするのです。お願いなのです！　僕を殺さないで欲しいのです！」

嘗《かつ》ては好きに暴れていた彼女が助命を懇願する惨めな姿を見られている。

「そうだな……そこのルナエルに……俺に忠誠を誓うように躾けて見せろ。天使のままでな。ヨゾラはそのくらいやって見せるぞ」

「は、はい。ヨゾラ様が僕を躾けて頂いたときのように……ルナを堕とせばいいのです？」

リュミエルの瞳は、主に忠誠を誓う奴隷のような輝きを帯びていた。

最後の支えを失い……。完全に堕ちてしまったのだろう。

いやいやと首を横に振るルナエルの頬を、リュミエルの指が撫でる。

つうっとルナエルの目から涙がこぼれ落ちた。

「こ、怖いのです。僕の身体……マスターやヨゾラ様に逆らうことを考えただけで……思い出してしまうのです。逆らえなくなっているのです」

リュミエルは自分の髪の毛を引き抜くと、理力を込めて針へと変えた。そしてルナエルに突き刺していく。

ルナエルの頬は紅く染まり……ひざが、ガクガクと震える。乳首が、目に見えて勃起していった。

リュミエルの裏切りが何よりも信じられず涙をこぼす瞳も、快楽に蕩けていく。

「……僕、此処にいるしかないのです。僕、今まで酷いことをしてきたことを反省しているのです。だから……だから……、同じように……ひどいことをしてきたルナに罰を与えるのです」

「リュミエル。お前は許されたと思っているか？」

「……ゆ、許されていないのです。許されていたらこんなことするように言われないのです」

「よくわかっているじゃないか。許して貰うにはどうすればいいか……わかるか？」

リュミエルはふるふると首を横に振る。

その間も手を止めず……ルナエルの翼に針を打ち込んでいく。

ルナエルはもう自分ひとりでは立っていられないようだ。リュミエルに身体を預けるようにひざ立ちになり、触れてもいないマ○コからとろとろと蜜を零していく。

「いい心がけだ。俺たちに全面的に協力しろ。知っていることはすべて話せ。そしてお前たちはこの国で最低の立場だ。身体を求められたら誰にでも提供しろ。玩具《おもちゃ》になれ。そして……同じように罪を犯して最低の立場に堕ちた者へ……罰を与えろ」

「……それが、僕の役割、です……？」

リュミエルの口元には……笑みが浮かんでいた。

チ○ポがびくっと跳ね……だらしなく先走りが溢れる。

それをルナエルは恐怖の面持ちで見つめている。

「ああ、此処で誓え。できるだろう？」

「……ごくっ。ぼ……僕は罪びとで……最低の底辺……なのです。だ、だから……僕の穴という穴は……みんなのもの、なのです。おチ○ポも好きにしていいのです。だ、だから殺さないで……。し、死にたくないのですっ！　死ぬよりつらいあんな目に遭うのはもうたくさんなのです」

ヨゾラの調教はよほど苛烈だったようだ。

ルナエルの身体から針が抜けていく。身体は敏感になったままのはずだが、それだけでルナエルは堕ちないだろう。

「どうした、リュミエル。その程度でルナエルに忠誠を誓わせることができると思っているのか？　特別だ……こいつらもルナエルの調教に加えてやる。一緒に楽しめ」

ルナエルのスライムを外してやりながら……俺が呼んだのはシルバの部下である狼。皆、魔物でありシルバの意思に従って動く連中だ。それがルナエルとリュミエルを取り囲む。

リュミエルは嬉しそうに顔を蕩けさせてしまい。ルナエルは絶望に顔をゆがめる。

「リュミエル……助けて……！　ま、まさか……こんなの、嘘よね……こんな獣に……私を犯させたりしないよね？」

「ルナ、マスターの言うことは絶対なのです。どんなに理不尽でも喜んで受け入れるのが……僕らの役割なのです」

「リュミエル、リュミエル！　正気に、正気に返って！　こんなの、こんなのおかしいから!!　ひぅっ」

「僕は……無理なのです。僕が……壊された回数、知っているのですか？　何回も壊されて直されて……壊されるたびに忠誠を誓わされて……。いやなのに悦ぶことを刻まれて……」

「そんな……まさか……」

「ルナも……これから、壊されるのです。壊されて直されて……僕みたいになるまで……なんどもなんども……そうして……仲間になるのです」

壊れた笑みを浮かべ、ルナエルを愛しげに見つめたリュミエルは耳元を舐める。

そして、ルナエルを仰向けに寝かせ……その両手を押さえ込み……自分も犯されやすいように四つん這いになる。

シックスナインの体勢に近いがその顔は胸の辺りに来ているのが大きな違いだ。

腕を押さえつけたままリュミエルが乳首を吸い上げる。

「僕の……出産マ○コ……犯して……犯して欲しいのです……。ルナの……処女マ○コも……けだものチ○ポで犯してあげて欲しいのです」

「いやだぁぁぁ!! けだものなんて！ 初めてがこんなのなんていやあああああ!! いぎっ……ぎゃぁあああああああ!!」

狼がルナエルのマ○コにチ○ポを無造作に突っ込んでいく。

レラのときには自分で肥え太った豚のチ○ポをくわえ込ませるように強要した奴がよく言う。

リュミエルへも狼が襲い掛かり……その開き緩んでいる子宮までチ○ポが入っていく。

「あああぁっ!! チ○ポっ……しゅっさんゆるゆるマ○コにチ○ポはいっていっぱいっ……いっぱいなのです！ きもちいいっ!! きもちいいいいっ!!」

「いやぁっ……きもちいいっ……初めてなのにっ……けだものチ○ポなのにきもちがいいっ……いやぁっ……こんなのいやぁっ!!」

堕天使のリュミエルとまだ天使のままのルナエル。

二人はテクニックもなにもなくただ腰を振ってくる狼に犯されて快楽の声を上げていく。

しかも観客まででいる。

特にルナエルの精神には深い傷を刻んでいくことだろう。

「こんなの……こんなの夢……夢よ……現実なわけぇ……あぁっ……そこ、こすらないでぇっ……

あたま……あたましびれるっ……しびれるからぁ!!」

「あはっ……気持ちいいのですっ。僕、おもちゃにされて幸せなのです……。ああ、見られているのですっ……最底辺で……幸せなのです……あはぁ……」

「ゆるしてぇっ……お願い、お願いよぉ……。なんでもするっ。なんでもするからっ……」

「なら、そいつらの子供産んだら……許してやるよ」

ルナエルの懇願に冷たく言い放つ。

「お願いします、お願いします、お願いします、いや、いやなのっ……きてるのっ……気持ちいいのきちゃってるのっ……このままだと……獣っ……獣にされるっ……いきそうだからっ……こんな、こんなけだものチ○ポでいきたくないぃっ……!! ルナの真名は、ルナティエ・エイムエイルですからっ……奴隷にしてくださってかまいませんからっ」

「いらん」

瑠璃色の髪を振り乱して懇願してくるルナエルをさらに拒絶してやる。

隷属して楽になどさせてやる気はない。

「あぁあっ……奥っ……奥までぇっふくらんでぇ……くるぅ……いぐっ……いぐぅっ!!」

「きたぁっ……きたきたぁ……いく、いくぅっ!!」

ルナエルを押さえ込み嬉しそうに舌を突き出し……母乳を噴出して、精液をルナエルの髪にぶっ掛けながら絶頂するリュミエル。

そして拒否しながらもアクメさせられてしまうルナエル。

二匹の狼は互いの身体を少しずらして二人の天使を犯していく。

一度射精しても射精したまま交尾できる二匹はそのまま一時間は二人を犯し続けた。
ルナエルは幾度となくアクメさせられ……その心に深い傷を負ったようだ。
完全に堕ちたリュミエルはそれすらも嬉しそうに受け止めていた。
二人はまた加速空間ですごすことになる。
ルナエルはこれからが本番だ。
ヨゾラの調教を受ければこんなのは天国のようなものだと思い知ることだろう。
これから……どんな風に壊れていくか、見ものでもある。

第九話　セリエルへの褒美

リュミエルとルナエルの公開調教を終えた翌日。

俺はセリエルと二人で森の中へとやってきていた。フィーネとの戦いで奮闘したことへの褒美だ。

ちなみに、リュミエルとルナエルは昨夜の間に俺が加速空間に届けている。

真名を聞いてわかったことだが、サニエルとルナエルは姉妹だったようだ。

よく似た雰囲気なので双子なのかもしれない。

ルナエルは処女を獣に奪われてショックを受けていたが、あれでサニエルの現状を知ったらどう思うだろうか。どんなに壊されても直され、自ら命を絶つこともできず、ようやく死ねると思っても癒される。

ルナエルにもそんな世界をたっぷりと堪能してもらうことにする。

ルナエルに付き従っていた天使たちはまだ堕天させていなかった。

せっかく天使のままでいるのだ。自ら堕ちないうちは天使でいさせてやる。

彼女らの行く先は苗床か俺の使い魔の玩具となるが。

「それで、苗床にされた天使と自分から快楽を求めに来ている堕天使はどんな様子だ？」

「はい……。まだ天使でいる皆さんは……目に見えて抵抗しなくなりました……。リュミエル様が堕ちた様子と……ルナエル様の様子が……よほどショックのようです。それと……堕天使の皆さんは……やはり激しい陵辱を受けたいという願望が強いようです……。そういう環境にずっと居たわけですから……」

教会の地下にある苗床の間の管理者であるセリエルが報告してくれる。

今はセリエルも部下ができ、仲間の天使を堕とすことへ喜びを感じる者も出てきているためセリエルの負担は減っている。

今もこうして部下に任せて俺との逢瀬を楽しむことができるくらいには。

自ら堕ちかけた証《あかし》を持つ桜色の髪の毛の天使を優しく撫でてやる。

心地よさそうにセリエルは目を細めた。

「激しく陵辱させるのはいいが、やりすぎないようにすることが大事だな。後はちゃんと事後に身体を癒してやることも。な」

「はい。あ、あの。もし……望んだのであれば、子を孕ませてしまっても……大丈夫ですか？　あの触手は統夜様の身体の一部……ですから……」

「ああ。かまわないぞ。安心しろ」

「はい。では……そうします。きっと……知らないうちにどんどん子供……増えていきますね」

「俺が世話をするわけでなければ構わんさ」

ひどい人です、と言いながらもセリエルは笑みを浮かべる。

リュミエルが産んだ魔天族の子供はレムが育てると買って出た。

もともと一児の母であるためだ。

さすがにレム一人にすべてを任せるわけにもいかないので皆で助け合いながら育てることになるだろう。

アンジェも子育ての予行演習になるからと手伝うことに乗り気だったりする。

「それで……その……。メス犬天使のセリエルは……いつまでこのようにしていれば……良いですか？」

今まで普通に会話をしていたが……セリエルは森の中で服を脱ぎ……首輪だけの姿で座り込んでいた。

上目遣いに見上げてくる視線には被虐《ひぎゃく》への期待に満ち溢れている。

いつ、誰に見られるかも知れない状況に興奮しているのか息も荒い。

「見られて困るものでもないだろう？　セリエル」

「統夜様以外に見られるのは、やはり恥ずかしい……です。特に、ほかの殿方には……見られたくありません」

小ぶりだが形の良い乳房は、セリエル自身の翼で覆うようにして隠していた。

そして……スライムに毎日ア○ルを掃除してもらい、自慰をして拡張をしていたというセリエルのア○ルは、俺のチ○ポと変わらない太さの木の張形《はりかた》を飲み込んでいる。

俺が軽く首輪に繋がった鎖を引いてやるとそれに従い四つん這いでついてくる。

「嬉しいことを言ってくれるな。セリエル。だが……内心ではどんな風に虐めて貰えるのか期待しているんだろう？」

「はい。そう……です。あたしは……マゾで変態天使のセリエルは……どんな風に虐めて貰えるか、考えるだけでも興奮して……しまうんです。はぁっ……」

セリエルにはすでに妊娠薬を手渡し、自らの手で飲ませてある。

それでいて俺はまだセリエルのことを犯していない。

セリエルは俺の子供を宿す期待と……俺以外の誰かに犯されてしまうかもしれないという恐怖を感じているはずだ。それがセリエルの興奮を煽っているのか……セリエルのマ○コからは愛液が伝っている。

「そうか。それなら……少し意地悪してやろうか」

「……はい」

セリエルが頷いたのを確認し、太い木の幹に手をつかせ、尻をこちらに向けさせる。

その上でスライムを使って手が幹から離れないように固定してやる。

足も閉じられないようにスライムで固定し、さらに目をスライムで覆い……視界を塞いでやる。

股を開いて如何《いか》にも犯してください、という恥辱的な姿でセリエルは固定されてしまったことになる。

近くの草むらで小さな物音がした。

「……っ！　怖い……怖いです。統夜……様。近くに居る……んですよね？」

俺はセリエルから少しはなれ……『隠密動作《おんみつ》』で自らの気配を抑え込む。

俺の気配を感じ取れなくなったセリエルは不安げだ。がさ……と小さく物音がするだけでも、びくっと震えている。

「まさか本当に……どこかに行ってしまったんですか？」

普段従順で嫌がるそぶりを見せないセリエルだからこそ、たまにはこうして徹底的に意地悪をしたくなる。俺が傍に居るからと安心していたセリエルは本気で怯え……足を震わせ始めた。

「やっ……傍に……傍に居てくださいっ……ひっ……」

触手を伸ばし……セリエルの尻を撫でる。

俺のものとはすぐにわからないセリエルはびくっと震えを見せた。

「だれ……誰ですか……!?　お、お願いです……あたしは統夜様のモノなんです、だから、ほかの人には……ひぃっ……」


触手でマ○コを撫でてやると愛液があふれてくる。

普段の俺のチ○ポより細いその触手で……セリエルのマ○コを犯してやる。

「やぁっ……ダメです……入って……入ってこないでくださいっ……今、あたしダメなんですっ……統夜様以外、受け入れたらだめっ……ひぅっ……」

どうにか逃れようと腰を振るセリエルに触手をしならせ軽く尻を叩いた。

セリエルのマ○コも浅く触手を出し入れさせてやる。

俺以外に種付けされてしまう可能性に恐れ、頭を必死で振り乱し拒絶する。

その反応が新鮮で、さらに触手の動きを加速させてしまう。

「やぁっ……。来ないで。お願い……です。犯しても……犯してもいい……ですから、外にっ……！　身体にかけて……ください！　中は、中は嫌……です！　お願い……です。なんでも、なんでもします……からっ！」

生身のチ○ポなら射精しなくても先走りで十分妊娠の危険がある。だがそこまでは思考が回っていないのだろう。

触手なのでそんな心配はないし射精しても精子は俺のものと同じなので心配はないのだが……。

セリエルの希望通り……触手の動きを加速させてそのまま引き抜き……彼女の身体にぶっ掛けてやる。

「ひぁぁぁっ!! ……あっ……ありがとうございま……んぐっ……」

その精液を出した触手をセリエルの口に咥え込ませてやる。

セリエルはその触手に舌を絡ませ……精液を吸い上げていく。

どこかうっとりとしているのは俺の仕掛けたものだと気がついたからだろうか。

俺はそのまま気配を抑えたままセリエルに近づき……そのままチ○ポでマ○コを突き上げてやった。

「んむっ……んむぅぅぅっ!!」

俺のチ○ポをくわえ込んだ瞬間。セリエルの身体は震え……アクメを迎えたようだ。

精液を求めるように小さくキツイ膣がきゅぅっと収縮して締め上げる。

俺はそれにかまわず激しく腰を動かして……奥を抉る。

「ふぐっ……んぎぅぅっ!!」

触手チ○ポで食道まで犯してやる。

苦しそうにしながらもセリエルの抵抗はなく……それどころか膣の痙攣は激しくなる。

「胃の中まで犯されて……気持ちいいか。セリエル」

「んごっ……んんっ……んんっ……」

すでに俺のチ○ポだと気がついているようなのでここでようやく声をかけてやる。

セリエルは何度もこくこくと頷き……俺のチ○ポで犯されてアクメを重ねていく。

「がんばったご褒美だ。子種で子宮を満たしてやるぞ」

「ふぅ……んん……っ!!　んぐっ……。ふぐぅぅぅっ!!」

セリエルの奥を突き上げてやると……子宮口も降参したのか……奥まで入り込んだ感触がする。

俺のチ○ポがすべて入りきり……セリエルの子宮の奥まで突き上げてやる。

セリエルの背中が激しく反り返り……締め付けもいっそう強まった。

俺は……そのままセリエルの子宮の中へと精液を流し込んでやる。

セリエルの胃の中へも触手精液をたっぷりと流し込み……征服してやる。

「んぐ……。ふぁ、はぁ、はぁ。ひ、酷い……です。統夜様。本気で、本気で見捨てられたかと……思ったんですからね！　ひぁっ！　び、敏感……ですっ。いっぱい……注がれて。イカ……されてっ！」

「悪かったな。たまにはセリエルが嫌がる姿も見てみたかったんでな」

口から触手を引き抜いてやり……目隠しを外してやると涙目のセリエルがこちらを睨んでくる。

だが、俺が少し動いてやるだけで甘い声が漏れていく。

「でも……統夜様のチ○ポは、すぐにわかりました……から。あたしの身体……ちゃんと覚えてました……から。精液の味と匂いも……ちゃんと覚えてました……から。安心……したんです。ちゃんと見ていて……くれたって。ふぁ……。だから許し……ます」

「本当に淫乱な身体になったな。セリエル」

「はいっ！　セリエルは……淫乱な統夜様専用の……マゾ天使、です。あの……ア○ルも……ア○

ルもちゃんと……ほぐしました。もうこんなに……太いのも飲み込めるように……なりました。だから、だから……くださいっ！　あたしのア○ルにも、統夜様のおチ○ポ……ください！　全部、統夜様に差し上げたい……です！」

腰を振りながら懇願するセリエルに笑みを浮かべ……、一度チ○ポをマ○コから引き抜いてア○ルを犯している張形も引き抜いてやる。

スライムを潤滑油にチ○ポに纏わせて……そのまま、セリエルのア○ルも頂くことにする。

「ご褒美だからな……セリエル。貰ってやるよ。思う存分……味わうといい」

「ああ、ありがとうございますっ……セリエルのア○ル貰って頂いて嬉しいですっ……あぁぁっ!!」

俺がア○ルにチ○ポを入れてやると……セリエルの子宮から押し出された精液がとろとろと溢れ出してくる。

妊娠には問題はないだろうが……。

「セリエル、だらしないな。せっかく注いでやった精液があふれているじゃないか」

「あぁっ……。すみませんっ、統夜……様。すみませんっ。でもっ。止められ……ないっ！　止められないんですっ。おねがい……しますっ！　栓を、栓をして……くださいっ。あぁっ！　おぐっ、そごっ……。ア○ルっ……ぎもちぃぃっ!!」

不浄の場所であるア○ルを犯され……奥まで突き入れられ……子宮を圧迫されたことでセリエルはまた達してしまったようだ。

スライムでチ○ポを形成し、マ○コへも入れてやる。

「ダメな奴隷だな。主の手を煩《わずら》わせて申し訳ないと思わないのか？」

「あぁ……。すみま……せん。あっ。おくおく、きたぁ!!　いっぱい、いっぱい……ですっ！　あたし、また、イクっ！　イキ……ますっ！　あああああっ……。こ、これダメッ……ダメェ!!」

セリエルが再び絶頂を迎える。

ぶるぶると震える翼の付け根を撫でてやると紫色の瞳は心地よさそうに蕩けていく。

俺は乱暴にセリエルの翼を握るとそのまま腰を激しく突き動かしてやった。

「ぎもぢ……いいっ！　どうや……ざまぁっ。乱暴っ、乱暴にされるの……いいっ！　いい……でずっ！　どうにかなるぅ……!!　いぎずぎ……でず！　おかしく……おがじぐぅ!!」

感じすぎているのかセリエルの呂律《ろれつ》が回らなくなっている。

笑みを浮かべた俺は……自分の髪の毛を引き抜くと……霊力を込めて針にする。

「だめぇ。いま……だめぇ。ぎもじ……よすぎぃ。おか……しぃっ。からだおかしぃ……ですからぁ！」

「遠慮するな、セリエル。エイルがつけていたのを羨ましそうにしていたのに気が付かないと思ったか？　俺からのプレゼントだ……。受け取ってくれるよな」

「ああっ……いや……。いい、いい……です。ほしい……ですっ！　あたし……ほしいです！」

恐怖を見せたのは一瞬。

自ら求めて懇願するセリエルの乳首にその針を近づける。

つぷ、と針が突き刺さり……そのまま乳首のリングに針は変わる。

「んぎぃぃぃぃっ……！　いぃっ！　あぁっ！　統夜……様の。統夜……様のぉ!!　ひぎぃぃぃっ……!!」

セリエルは悲鳴を上げながらも乳首を貫くその感触を甘んじて受けている。

何度も達しているであろう膣の感触に我慢できず……そのまま奥へ精液を注ぎ込む。

「いぐっ……いぐぅぅっ～～～～!!」

セリエルは獣のように吠え……そして精液を注ぎ込まれて……ぐったりとしてしまった。

かろうじて意識は残っているようだがほぼ気絶に近い。

セリエルの手足の拘束を解いてやり木に寄りかからせてやる。

「あぁ……統夜……様。ありがとう……ございます。プレゼント嬉しい……です」

若干虚ろな視線で礼を告げるセリエル。

「まだ、あるぞ……最後の一箇所が、な」

「は、はい。くだ……さい。マゾ天使にクリピアス……ください。乳首ピアスだけ、じゃ……や……です」

セリエルが自ら股間を開き……俺はセリエルのクリ◯リスを剝きあげる。

そのまま針を通し……その針がそのままリングへと変わる。

「あぁあああぁっ!!」

セリエルが背中をのけぞらせ……びくびくっと再びアクメを迎えた。

ぷしゃっ……と股間から液体が流れていく。

「あ、ありがとう……ございます。幸せすぎておかしく……なりそうです」

満足そうなセリエルの頭を撫でた。

はぁ……と幸せそうに息を吐き……セリエルは疲労からか眠りについてしまった。

精液と汗とにまみれたセリエルをスライムで包み……綺麗にしてやりながら……森のほうへ目を向ける。

「……それで、いつまで覗き見しているつもりだ？」

がさっと動揺した様子が伝わってくる。

偶然だろうが……気配を消して近づいてきていた人物を俺は捉えていた。

しばらく迷った様子のその人物は……観念したように俺の前に姿を見せる。

「…………」

「お前は確か……エイルの同僚のエルフだったたな。名前は……」

「……ルヴィ……だよ」

セリエルとの行為の一部始終を見ていたのはエルフの少女、ルヴィ。

俺は、俯《うつむ》いて怯えた様子の彼女を前に……どうするか思案するのだった。

第十話　陵辱の上書き

「貴方……統夜……だよね？　貴方のせい……なんだよね。サニエル様がルヴィを酷い目に遭わせたのは……」

森の中で遭遇したエルフの少女ルヴィ。

コガネとエイルの行ったエルフの情報収集員たちを引き入れるための作戦で犠牲になった少女だ。

彼女の事情は昨夜、エイル、そしてコガネやヨゾラから聞き出していた。どうもエイルの様子がおかしいので気にはなっていたのだ。テッタも含めてしっかりオシオキは受けてもらっている。

そして、ルヴィの件は俺が責任を負う、とも。

ルヴィは、肉体的には陵辱される前の状態に戻っているはずだ。しかし、その心の傷は根深いようで、以前のような快活な性格ではなくなった、とエイルは言っていた。

そのルヴィが……怯えたようにしながらも俺を睨みつけていた。

知らぬ存ぜぬを通す気はない。

「そうだな。俺が元凶だ。それならどうする？」

「……!!　貴方が居なければっ！」

力強い青緑色の瞳で俺を睨んでくるルヴィ。

そのまま、すばやくナイフを抜き取ると俺に突き立ててくる。

だがそのナイフは……俺の身体を覆っているスライムに阻《はば》まれて、肌までは届かない。

「……短絡的だな」

「だって……全部、全部、貴方が壊したっ！　ルヴィは知りたくなかったよっ！　あんな……セクリアト教があんな酷いところだったなんてっ。知らずに……信じていたかったのっ！」

逃げようとするルヴィの手をスライムに絡め取らせる。……逃してやる気はない。

そのまま俺はルヴィの両手を摑み、地面に押し倒した。

嫌がるように脚をばたばたとさせて暴れるが体格差もあり……あまり意味はない。

俺を睨みつけているその瞳は……どこか出会った頃のアンジェに重なった。

同じセクリアト教の教徒だからだろうか。

「思い出しちゃうんだよっ。みんな、笑って……。ルヴィがどんなに苦しくて、悲しくて、嘆いても止めてくれなかった！　口の中も……あそこも……お尻まで好き勝手にされて……。それを思い出すと……怖くて震えが止まらないんだよっ！　皆、好きだったのに……嫌いになっちゃう。辛いよ。生きていくのが辛いよ。いやだよぉ……。皆に怯えて、皆を怖がって、皆を嫌いになって……そんな風に生きていくなんて……嫌だよぉ」

「だから、俺に殺されようと思ったわけか。本気で殺す気じゃなかったからな。ああすれば俺が逆上して殺してくれる、と思ったのか。セクリアト教では自殺はできないからな」

ルヴィの瞳から涙が溢れていく。

押し倒したまま首筋を舐めてやるとルヴィの身体はびくっと震える。

相変わらず逃れようと脚をじたばたとさせているが……こうして少女をねじ伏せているとどうも興奮はあおられてしまうな。

「そうだよ。だからルヴィを……殺してよ。そうしないと……ずっと……命を狙ってやるんだから……」

「……そうだな。それなら……殺してやろうか」

そのままルヴィの唇を塞いでやる。

突然の行為に一瞬反応できなかったルヴィは俺の行為に気がつくと必死でもがいていた。

唇は硬く閉じられているが舌でこじ開けて歯ぐきを舐めあげてやる。

びくっと身体が震えているのがわかるが……止めてやる気はない。

「な……何をするのっ⁉」

「セクリアト教の信者だったルヴィを殺して……俺の奴隷のルヴィに生まれ変わらせてやろうと思ってな」

その言葉にルヴィの表情が変わる。何をされるのかわかったのだろう。

「いやぁっ！　止めてっ……怖いっ……痛いの嫌ぁ‼」

「痛みは与えないさ。奴隷になりたくなるくらい気持ち良くしてやるだけだ」

俺はにやりと笑うとルヴィの両手を彼女の頭の上で重ねて押さえつけてしまう。

そのまま服を引き裂き……肌を露出させる。

幼い果実が露わになるとルヴィは顔を真っ赤に染めた。

霊力で快楽を高めてやりながら舌で乳首を舐めあげてやる。

「ひぃぅぅうっ‼　な……なに……今のっ……」

「苦痛から逃れるために身体が陵辱されることを快感と認識したままになってしまったか？　それ

で……先ほどのセリエルの痴態だ。乱暴に犯されてみたいという願望が生まれたんじゃないか？　気持ちよかったんだろう？」

「そんな、そんなことないよ……。嘘だよ……怖いよ……」

セリエルは……おそらくすでに意識を取り戻しているだろうが寝たふりをしているかあるいは他に人が来ないように警戒しているか、だろう。

ルヴィにはそのことを知らせず……、乱暴に輪姦されてただ痛くて辛いだけの行為と認識しているセックスを気持ちが良くて幸せになる行為だと身体に教えてやることにしよう。

乳首の感度が良いのでそのまま軽く口に含んで吸い上げてやる。

「あぁぁぁっ……うそっ……あぁっ……き……気持ちいいっ……」

ルヴィは顔を赤くしながら……暴れていた脚が大人しくなっていく。

右手の指は幼い胸をほぐすようにやさしく揉み……反対の乳首を舌で転がし……吸い上げる。

その小さな突起が硬くなっていくのがわかった。

「男に組み敷かれて胸を舐められて感じているなんて……なかなかマゾの資質があるぞ。ルヴィ」

「そんなのいらなっ……あぁぁっ……吸わないでっ……そこ気持ちいいからっ……ううっ……嫌なのにぃ……こんなの嫌なのにっ……！　男の人、いやなのにぃっ!!」

ルヴィが頭を振って拒絶の意思を示しながらもその身体は雌として開花し始めている。

十分に硬く張り詰めた乳首から指を離すと……その腹部へと指を滑らせる。

ルヴィの力の流れを見てその感じるポイントを指でなぞりあげていく。

臍《へそ》の周囲を丁寧に撫でてからその下へ……。

「ひぅっ……あぁ……き……きもちぃぃ……ふぁ……やぁ……」

ルヴィの言葉から力が抜け……初めて受ける快楽に戸惑うように声を上げる。

セクリアト教徒として自慰も碌《ろく》にしていなかったであろう身体を……俺好みの敏感で感じやすい肌に変えるべく丁寧に霊力を流していく。

「はぁっ……男の人っ……男の人に触られてるのにっ……怖くて気持ち悪いはずなのにっ……安心……しちゃう……？　やぁっ……なにこれぇっ……」

丁寧な愛撫に足の力も抜けたようで……力尽きたようにすらりと伸びている足の太ももへと指を伸ばしてやる。

丁寧に内股を撫でて……マ○コへ指を近づけては離れていく。

当然、より敏感になるように霊力を流しながら……だ。

「あぁぁああっ……ゾクゾク……する。これ……こわい。こわいよ……。きもちいい、こわい。んぷっ……んんっ……」

ルヴィの口元が開いてきた。

先ほどは硬く閉ざされていた唇へと舌を差し入れ……ちゅぷちゅぷと音を立てさせながら舌を絡ませる。

ルヴィの身体から力が抜けていくのが分かる。

俺は腕を押さえていた手を離し、頭を撫でながら舌を絡ませ……吸い上げる。

「んむっ……ちゅ……はむ……んちゅ……」

唇を重ねたまま太ももからスカートの中に手を差し入れ……ショーツに触れる。

ルヴィのマ○コはしっとりと湿っているのがわかった。

マ○コにいきなり直接は触れず。霊力を流しながらその周囲を丁寧になぞる。

「んん〜〜!! んんっ! んむっ!」

指が触れるだけでルヴィは腰を跳ねさせていく。

ルヴィの自由になった手が……俺の背中に回される。

無意識にか……ぎゅっと抱きしめてきた。

唇を離してやると戸惑ったように揺れる瞳がそこにある。

「なん……で……。なんで……そんなに……やさしいの？ ルヴィは……貴方を殺そうとしたのに
……。これじゃ……。ふぁっ……! あぁっ……!」

「俺を殺そうとしたのは自暴自棄《じぼうじき》になったセクリアト教徒のルヴィだろう？ 俺はそいつを殺して
……喜んで股を開く肉奴隷のルヴィに変えてやっているだけだ」

「そんな……の……、んぅぅっ……あぁぁあああっ……気持ちいいっ……」

嫌だ、という拒絶の言葉はルヴィから出てこなかった。

幼いマ○コの割れ目にそって指を這わせてやる。

背中を仰け反らせて過敏に反応していくルヴィ。

言動はだいぶ素直になってきた。

「まだ、俺のことが怖いか？」

ルヴィの瞳を見つめて問いかける。

ルヴィはそのまま頷き返した。

「怖い……よ。このままだと……ルヴィがどうなっちゃうか分からないし……組み敷かれたら抵抗できないし……」

「そういう割には……期待しているように見えるがな？」

脚を広げさせてやると思いの外《ほか》、抵抗なく広げられた。

ルヴィの顔は耳まで真っ赤に染まり、幼い花弁は蜜を零して開いていた。

「気持ちいいセックスというものを教えてやる。せっかく処女に戻ったのに……残念だったな」

「そう思うなら……こんなことしないで……ひぅぅぅっ……！」

赤くなった耳を噛んでやるとルヴィの身体はびくびくっと震える。

丁寧にルヴィに霊力を浸透させてやれば……処女を失う痛みも快楽に変わるだろう。

「生憎《あいにく》だが、俺は命を狙うような輩《やから》には手加減をするつもりはなくてな……」

「あぁ……」

どこか期待するような……怯えるような声がルヴィから漏れる。

ルヴィの両脚を広げてやり……腰を引き寄せて……チ○ポをルヴィの幼いマ○コに宛がう。

ルヴィが怯えるようにぎゅっと目を閉じて俺に抱きつく。

できるだけゆっくりと優しくこじ開けてやる。

みちみちと音がしそうなほど狭いマ○コにチ○ポが入り込んでいく。

「んぐ……。あぁっ、ふあぁぁっ……。いっ……痛くない……？　嘘……？　ひぎっ！　ふぎぃぃっ……！　きもちいぃっ！　あぁぁぁっ……。あたま、しびれて……。なにか……なにか来るっ!?　怖いっ……こわいぃっ……！　これ、こわいぃっ……!!」

ルヴィがアクメを迎えたらしくそのままがくがくと激しく痙攣していく。

淫魔術にすっかり侵食されたルヴィの身体は処女喪失すら快楽へと変換しているようで……。

「動くぞ……ルヴィ」

「ちょ……ちょっと待ってて……あぁぁっ!! こわいっ……気持ち良いの怖いのっ……だめぇっ!!」

彼女のセックスへのトラウマを快楽の記憶で塗り替えてやるべくゆっくりと動いてやる。

ルヴィの脚は自然と俺に絡みつき……腕も俺の首へと回りしっかりと抱き寄せられている。

「ダメだという割にはしっかり咥え込んでチ○ポを離さないようだが……？」

「あぁっ……！ ち、ちがうからぁっ……！ こんなの……こんなの知らないからぁっ……！ 動かないでぇっ……！ あたましびれて、真っ白ぉ！ ちかちか、怖い……。怖いのぉ……いやぁっ……こわいぃ！」

「それはイクっていうんだ。もしくはアクメする、だな」

ルヴィが怖い、を連呼するので一度動きを止めて、ルヴィが落ち着くのを待つ。

頭を撫でながら落ち着くのを待っていると戸惑ったような声が届いた。

「はぁ、はぁ、はぁ……。んっ……。待って……くれるの？ ふぁっ……みみっ」

「待たないほうが良かったか？」

「……このまま、ルヴィの意見なんて聞かないでめちゃくちゃにされると思ってた」

「それを期待しているんだろう？」

ルヴィの瞳が動揺して揺れている。

そして……ゆっくり戸惑うように頷いた。

「……意地悪だよ」

「ああ、俺は意地悪なんでな」

ぎちぎちとチ○ポを締め付けてくるマ○コを俺の形になるように突き上げてやる。

ルヴィの一番奥をごつごつノックするように突き上げて……。

「うあぁっ……はげしぃっ……いきなり……激しいからっ……ひぐっ……なんでっ……ルヴィの身体こんなにっ……あのとき……こんなのじゃなかったのにっ。気持ちよくなんてなかったのにっ……あぁぁっ……これ……イク……？　あぁっ……またっ……またイク……！　いくぅっ……!!」

「止めてやらないからな。ルヴィ……怖いだろう……どこまで気持ちよくなるかわからなくて……な」

ルヴィがアクメを迎えても動きは止めてやらない。

ルヴィもセリエルが何度も連続でイカされている様子を見ていたはずだ。

それが自分にも訪れると知り……。

「こわぃっ……あぁっ……とまんないっ……いぐっ……またぁっ……ああっ……つよいぃっ……気持ち良いのつよすぎぃっ……死ぬっ、しんじゃぅぅ!!」

「ああ、今までのルヴィは殺してやるよ。そして……これからは肉奴隷のルヴィとして生きていくんだなっ……！」

ルヴィの身体を起こし、座位に変えてさらに突き上げる。

さらにルヴィの奥までスムーズに動くようになっていく。

硬く締め付けるだけだったルヴィの膣が徐々に柔らかくなっていく。

「ひぐっ……あぁっ……壊されるっ……変えられるっ……やぁっ……怖い……怖いのに気持ち良いよっ……おチ○ポ気持ちいいっ……」

「乱暴にされるのが癖になっていたみたいだな。本当はこれも、レイプセックスになるんだがな……」

「やさしいからっ……統夜がルヴィに優しいからぁっ……」

「好きだろう？　こんな形のレイプセックスなら。言ってみろ……、レイプセックス大好きな雌奴隷のルヴィですって……」

「そ……そんなのっ……あぁぁっ……奥っ……ごんごんっ……しびれる……頭くるぅっ……、す……すきぃっ……れいぷせっくす、いかされるの、すきぃっ……!!」

ルヴィがアクメを重ねるほどに膣は柔らかくほぐれ……俺のチ○ポに絡みつくように変わっていく。

青いツインテールを振り乱してルヴィ自身も腰を振って快楽を貪って行くようになる。

「出すぞ……中出しセックスだ……妊娠するかもしれないな……」

「やぁっ……怖いっ……妊娠怖いっ……やだぁっ……」

ルヴィは首を振ってそういって見せるが脚はしっかりと絡みつき離そうとしない。

俺はかまわずにチ○ポを突き上げ……ルヴィの中に注ぎ込んでやった。

「いやぁぁっ……中っ……きたぁっ……やぁっ……イクっ……イクぅっ!!　嫌なのにっ……妊娠いやなのに……いくっ……い……つくぅぅぅぅ!!」

ルヴィは精液を注ぎ込まれ……首を横に振りながら絶頂を迎えてしまった。

「あぁ……いや……嫌なのに気持ちいいよ……。ゾクゾクするよ……。こんな……こんなのおかしいのに……」

「ルヴィは……嫌なことが気持ちよくなる変態になったか？」

「……っ！　そんな言い方……あっ……いやぁっ!!　まだするのっ……!?　ルヴィをもっと変態にする……？」

俺はチ○ポを引き抜かないまま……射精直後の感覚に身を委ね……落ち着いたところで再び動き始めた。

「ああ。まだ、天使も男も……怖いか？」

「う……怖い……怖いよ……でも……」

ルヴィから唇が重ねられる。

「統夜……が、変えてくれるんだよね……？」

「俺が変えてやるのは肉奴隷に、だけどな」

「……変えてくれなかったら、また殺しにくるよ……？」

「それはえらい迷惑だな。それなら殺す気が起きないように躾けてやらないとな」

ルヴィが頷く。

俺はその後、ルヴィが絶頂で気を失うまでイかせてやった。

セリエルはやはり寝た振りをしていたようで。ルヴィが気を失うとこちらへとやってきた。

ルヴィの痴態で火がついていたセリエルは放置してしまったこともあり再び抱いて満足させて

やった。

セリエルは仕事へと戻っていったが、ルヴィは俺が送り届けることにした。

何度も精を注がれマ○コからはぽたぽたと血の混じった精液がこぼれ……服は引き裂かれてぼろぼろ。

どう見ても強姦の後であるし、実際強姦だ。

エイルになんと言い訳をしようか考えつつエイルの部屋へと向かうのだった。

第十二話　絡め取られたエルフたち

俺が陵辱して気絶しているルヴィを抱いたままエイルの部屋の扉をノックする。

「エイル。居るか？」

「あ、主!?　ちょっと待ってくれ」

「あら……どなたなのかしら？」

中から少し慌てた様子のエイルと別の人物の声がする。

今のルヴィの様子を見られるのは少々不味いかも知れない。

「主。すまないが今ヒルルが来ていて……っ、ルヴィ!?」

「ルヴィ？　ルヴィちゃんがどうかしたの？」

顔を出したエイルが俺が抱きかかえているルヴィの姿を見て声を上げる。

そしてその直後にしまった、という顔をする。

エイルの背後からもう一人のエルフがやってきてこちらの様子を伺うと……ニコニコとしながらすさまじいプレッシャーを放ってきた。

「あら……あらあら……これはきちんと事情を聞かないといけませんわね」

「……当然だ」

「ヒ……ヒルル、主は無闇にこんなことをする人じゃ……」

「エイルちゃんは……黙っていましょうね」

「ハイ」

ヒルルの迫力に押されてエイルが機械的に頷いてしまう。

フィーネと戦ったときと同等かそれ以上の身の危険を感じながら、俺は部屋の中へ入り事情を説明することになったのだった。

＊＊＊＊＊

「そう。ルヴィちゃんがそんなことになっていたのね……」

ルヴィが自害を望んでいたこと、錯乱するルヴィを抑えるために抱いたことなど、一通りの事情説明をする。

自ら入れた紅茶を飲みながらベッドへ座っているヒルルは見た目には落ち着いているように見えた。

俺の腕の中には相変わらずルヴィが居る。

着替えさせてやりたかったが眠ったまましっかりと握り締められたまま離れなかったのだ。

その代わり綺麗にできるところは綺麗にさせてやっている。

「そうか。ルヴィの心は私たちが癒してやるべきだったんだが……」

「気にするな。エイルが悪いわけじゃない」

どちらかといえば非はこちらにある。

肉体的なフォローだけでなく精神的なフォローも行うべきではあったのだから。

「……それで、エイルちゃんはいつから統夜さんのことを主、なんて呼ぶようになったのかしら」

「そ、それは……」

どうやらまだ助かっては居なかったらしい。

冷たいヒルルの言葉にエイルがだらだらと冷や汗をかいている。

「エイルが俺の村に調査に来たときからだな。そのときに俺の部下になってもらった」

「あ、主⁉」

「そう、そうなのね……。エイルちゃんの雰囲気がちょっと変わっていたからおかしいとは思っていたのだけれど……そういう事情があったのね」

エイルが言い訳を考えている間に素直にそう告げよう。

彼女へは誤魔化《ごまか》しは通用しまい。

調べようと思えばヒルルは調べることができるのだから。

「ああ、エイルは俺の女になっている。まだきちんと抱いてやったわけじゃないがな」

「……天使に悟られないようにするため？」

「そういうことだ」

ヒルルは俺に厳しい視線を向けている。

俺はリラックスしてヒルルの視線を受けていた。

「……私なりに統夜さん、貴方のことを調べさせてもらったわ。魔竜王……いえ、フィーネに召喚された異世界人。表情があまり変わらず、いつも何を考えているかわからない。半魔ノエル、シスターアンジェを始めとした多数の人物を性奴隷にしている女の敵……というところは間違っていないようね」

「だいたいあってるな」

ヒルルの冷たい言葉に俺は苦笑する。

俺としては割と顔に出しているつもりなんだがな。

エイルはそのやり取りにおろおろしているようだ。

「……ただ妙に人を惹きつけてしまう魅力はあるようね。人と魔族と天使と平等に暮らせる国を作るという荒唐無稽《こうとうむけい》な目標を実現させてしまった人。恐らくはこの世界の常識に捕らわれないからこそ誰にでも態度が変わらないのが影響しているのでしょうけれど」

「主の場合は傍若無人《ぼうじゃくぶじん》なだけだと思うが……」

「エイル、お前は俺の味方をする気はあるのか？」

俺が軽く睨んでやるとびくっと怯えたような表情を見せるエイル。

その光景に今度はヒルルが苦笑する。

「あらあら。すっかり飼いならされてしまっているのね。エイルちゃん」

「ヒルル！」

真っ赤になったエイルにからかうようにヒルルが告げる。

「……それで、統夜さんは私が欲しいのかしら？」

「ああ、欲しいな」

その言葉の直後にヒルルの飲んでいた紅茶が俺の顔面に飛んでくる。ルヴィのことはスライムで守ってやったが紅茶は甘んじて受けた。

彼女のことだ、ルヴィが天使に陵辱されるきっかけまでとっくに掴んでいるのだろう。

「……最低ね。結局貴方は誰も愛していない。手駒が必要だから愛している振りをしているだけ。私も力尽《ず》くでモノにしようとするんでしょう？　そんな人のために尽くすなんてごめんだわ。ルヴィもエイルも取り返して見せる。エイルの言葉を聴いて天使から逃れるために皆を連れてきたけれど……間違いだったようね」

「具体的にはどうするつもりだ？　もう天使たちのところへは戻れないだろう？」

ヒルルの冷たい言葉に……静かに答えていく。俺の態度にヒルルが動揺を見せた。

「……っ。少しは否定しなさいよ！　まずは、皆に真実を伝えるわ。ルヴィが陵辱された原因は貴方にあるって。そうすれば皆は貴方から離れる。後は隠れ住みながら……天使や魔族に襲ってもらうことにするわ。エイル。聞いての通りよ。貴女はただの手駒。このままだとただ使いつぶされるだけ。ルヴィ……気がついているんでしょう？　その男から離れるべきよ」

その言葉に、ルヴィが目を開く。狸寝入りしていたのは間違いないようだ。

さびしげな笑みを浮かべ……ルヴィは俺に縋《すが》りつく。

「えへへ、ばれてた。……でも、ごめんね。ダメだよ、ヒルル。あたし……統夜から離れたくない。ルヴィは……こんなに酷い男に抱かれて悦ぶダメエルフだから」

エイルも服を脱いで……胸を晒す。

乳首に通されたリングをヒルルに見せつけ……恥ずかしそうに頬を染めた。

「……私もだ、ヒルル。この身体と心は……もう主の物だ。たとえ……ただの駒でも……私は離れたくないんだ。そんな風に……変えられてしまった。もしも……主が居なくなったら、私はおかしくなってしまうかもしれないな」

ヒルルが目を見開いて後ずさる。逃走用に準備していたのだろう理術の光が消えた。

恐らくは閃光で目をくらませて逃げるつもりだったのだろうな。

ヒルルが此処から姿を消せば彼女を追って他のエルフたちも少しずつ居なくなる可能性は高かったが……逃がすつもりはない。

そのために、結界も張っている。

「エイル……まさか、そこまで……。嘘……でしょう？　ルヴィも……魔術で洗脳……されているわけじゃないわよね」

「洗脳はされたかもしれないが……少なくても魔術でされたわけじゃない。だから……今は私の意志だといえるし、元にも戻らない」

「ルヴィは……たぶん洗脳はされてないと思うよ。でも……ルヴィを酷い目にあわせた原因って聞いても……離れたくないんだ。統夜ならそんなことをしてもおかしくないって思っちゃうのと……それ以上に……あんな人たちなんかよりずっとやさしくて……気持ちよくて……幸せにしてくれるから……男の人、怖くなっていたのに……もう……怖くないんだよ？」

エイルがヒルルの手を握る。小刻みに震えるヒルルはもう逃げる気力もなさそうだった。

ルヴィは俺から離れる気はないらしい。

「ヒルル。本気で俺を裏切れるとは考えていなかっただろう。俺のことを調べたのなら知っているはずだ。俺と戦った天使たちがどうなったのか。だから……まずはお前だけ逃げて少しずつエルフたちを離反させるつもりだったんだろうが……お前が逃げた時点で全員苗床にされる可能性は考えなかったか？」

ぐ……とヒルルが言い淀《よど》む。

これでヒルルはもう逃げられない。

エルフ全員が人質になったようなものだ。

俺のところへ逃げてきた時点で詰んでいたと言える。

「く……エイルが貴方の手に堕ちていると知っていたなら……こんなところに逃げてはこなかったのに」

「その判断をする暇は与えなかったみたいだからな」

エイルとコガネたちが知り合いだと知っていればもっと警戒しただろう。

だがヒルルは、ルヴィが陵辱されている現場に遭遇し、天使たちの本性を知ってしまい動揺しているところに、エイルに思考を誘導されてしまっていた。判断力が鈍っていたのだろう。

思考力と選択肢を奪っていく手はテッタらしいと思う。

落ち着いて冷静に考えておかしい点がいくつも出てきたので調査してみたら……時既《すで》に遅し、というわけだ。

「私は……どんなに陵辱されても……心は渡さないわよ」

「主……やはりヒルルを……？」

「仕方がないな。俺に協力したくなるようにしてやるしかないだろう？　エイル、ルヴィ協力してもらうぞ」

「あ、ヒルルも気持ちよくするんだ」

「はい。主……」

蕩けたような笑みのルヴィと命令に身体を震わせるエイルを前に……ヒルルは首を横に振って拒否することしかできなかった。

＊＊＊＊＊

（……エイルちゃんは手遅れかもしれないと思っていたけれど……。まさかルヴィちゃんまでもう堕ちているなんて……迂闊だったわ）

エイルは無理でもルヴィの協力が得られれば逃げることはできるだろうという計算から同じ部屋に居た。だがその認識が甘かったことを思い知らされる。

ルヴィに手を出してしまった彼の手の早さに歯軋《はぎし》りする。

天井に張り付いたスライムに両腕を絡め取られてしまっていて逃げることはもうできない。

服はまだ着せられたままだけれど……これもいつまで無事かは分からない。

強く睨んでも彼は薄く笑みを浮かべたままだ。

私の望みは……私の不在に不信感を抱いてくれる同僚のエルフが居ることだが……彼は時間を操るという。既にその術中に居るとすれば……どの程度耐えればいいのか検討もつかない。

ルヴィとエイルは裸になっている。

ルヴィはウットリとした表情で彼にすがりついて……エイルは今まで見たことがないような雌の顔になってしまっている。あの意志が強いエイルが堕ちていることに戦慄しながら……私は堕ちないと誓う。

「……それで、見ているだけなのかしら？　意外と臆病なのね」

「ああ、折角なんだ。じっくり観察したいだろう？」

その視線が重なると鼓動が高まり、身体が熱くなる。

恐らくは邪眼か何かだろう。慌てて視線を外した。

（ちょっと視線を重ねただけで……視線を合わせるのは危険ね）

どきどきと高まる鼓動を落ち着けようと呼吸を整えていると、いつの間にか背後に回られていた。

「ひゃぁっ……んんっ……」

そのまま耳を噛まれてしまう。心地よさはあえて我慢せず素直に声を上げた。

太ももをなぞられるとぞくぞくっとした快感が走る。

「我慢はしないのか？」

「んぁっ……我慢したら……貴方の思い通りでしょう……？」

「セクリアト教では自ら快楽をむさぼるのは罪ではなかったか？」

「そんなことも……あったかもしれないわね……はぁっ……ぞくぞくするっ……」

快楽に素直になることで……自らの心は守る。

身体はどうなってもかまわないので、彼に心だけは奪われないようにするつもりだった。

「昔……結婚していたんだってな。それで旦那以外に心を奪われることがないように……身に着けた心得ってところか」

「……っ！　そ……そうよ。ふぁっ……あぁっ……」

恐らくはエイルが話したのだろう。

耳を噛まれながら太ももを撫でられる心地よさに声を上げる。

胸にも手が這って来た。

身体を好き勝手にもてあそばれることに屈辱を覚えてしまうけれど……雌の本能に身を任せて抵抗はしない。

「なるほど……これは手ごわそうだな」

「ふふ……私を手に入れることを諦めるなら……今のうちよ?」

はぁ……と呼吸を荒くしながらあえて挑発する。

このまま乱暴に犯してくれたほうがたまった快楽を発散しやすい。

だが……予想外に彼は離れてしまう。

「そうか。それなら……少し見学してもらおうか」

「え……?」

もどかしさに疼く身体。

少し太ももを擦りながらも……止まった快楽に呼吸を整える。

このまま刺激を受けなければ身体の火照りも収まる……。

そう考えていたところで……予想外の快楽が走った。

「「ひぁっ……!!」」

エイルと私の声が重なる。

乳首が……じんじんと痛み……その痛みが快楽となって伝わってくる。

触れられてもいない乳首が硬くなっていく感覚に頬を染めてしまう。

「な……なに……？」

「ああ、主……ヒルルに……見せるのか？」

「そうだ。お前がこうするだけでアクメするマゾ奴隷に堕ちたことを報告してやれ」

私が視線を上げると……エイルの乳首とクリ◯リスに彼から伸びる触手が繋がり……エイルは後ろに手を組んで身を任せている。

頬を染めたまま私を見つめていて……私の鼓動が加速する。

ぞくぞくとした感覚と身体の疼きが強くなる。

太ももをもじもじと擦り合わせながら……視線を背けることができない。

「ヒルルも……統夜おにいちゃんに可愛がってもらおうよ」

「ル、ルヴィっ……ひゃぁっ……」

背後に回ったルヴィが彼の動きを追いかけるように私の身体をなぞり上げていく……。

思わず彼を睨みつけてしまう。

「ひ、卑怯よっ……ルヴィちゃん、エイルちゃんっ……正気に返ってっ……はぁあっ……」

どういう理屈かはわからないけれど……これはエイルが感じている快楽だと確信する。

軽くエイルの乳首が引っ張られるたびに痛みと暴力的な快楽が頭をしびれさせてしまう。

今までに感じたことのない種類の快感にルヴィの拙《つたな》い愛撫が重なる。

「ヒルル……無理だ……無理なんだ……。もう……主が居なくなったら……私はおかしくなってしまう……、あぁっ……もう無理っ……無理ですっ……主っ……イクっ……いくぅっ!!」

エイルがひざを突き……そのままクリ○リスを引っ張られ……、私のクリ○リスが強烈に引かれてしまう錯覚。

……しかし、エイルは絶頂を迎えてお漏らしをしてしまっているのに私にはそれが伝わってこない。

「えっ……」

「簡単にいかせてやるわけないだろう？　ヒルル」

「ヒルルも統夜おにいちゃんに抱かれたくなったら……アクメさせてくれるって……。それまで……あたしとエイルが交代でヒルルを虐めてあげることになったんだよ。エイル、アクメしちゃったから、交代ね」

ルヴィが私から離れ……嬉しそうに彼に抱き寄せられる。

今度はルヴィの感覚だ。

唇を重ねられ……舌を絡められる。

頭にしびれるような柔らかな快感が伝わってくる。

それどころか……これはルヴィの気持ちだろうか。私まで幸せな気分になってしまう。

「ヒルル……幸せそうだろう？　ルヴィは。隷属こそしていないが恐らくはもう主からは離れられないだろうな。女として抱かれることに嫌悪しか抱いていなかったルヴィが抱かれることの喜びを知ったのだから……。主に抱かれたら……もう一人で慰《なぐさ》めても満たされない……」

「私は……嫌よ……。ふぅっ……あぁっ……」

エイルの手が私の胸を揉んでくる。

心地よさに声を上げながら……ルヴィの幸せな気持ちに引きずられそうになってしまう。

人の心をもてあそぶ彼への怒りへとその気持ちを変え……太ももに伝う蜜を感じながら……。

「あぁっ……奥っ……気持ち良いっ……ルヴィ……イク……イクッ！」

「くぅっ……はぁっ……あぁっ……」

また、目の前でルヴィが彼に抱かれて絶頂を迎えている。

一方で私には絶頂する寸前でその感覚を切られ疼きが止まらない。

気を抜いてしまえば幸福感に流されてしまいそうな気持ちを堪え、彼を睨みつける。

「はぁ……はぁ……統夜おにーちゃんの精液……いっぱい注がれちゃったね……。子供……できちゃうかな？」

「さてな、作りたかったら……それ用の薬はあるぞ」

「ううん。ルヴィは子供ができたら嬉しいけれど……薬は欲しくないかな」

彼が何か術を使った気配がする。

霊術辺りで体力を回復させているのだろう。

ルヴィが呼吸を落ち着けるとゆっくりと立ち上がった。

小柄でスレンダーな裸体から彼に注ぎ込まれた精液が太ももを伝って行く。

ルヴィはそれを愛おしそうに掬《すく》い取ると自らの口元へ運ぶ。

そのまま、私へと近づいてきた。

「ルヴィちゃ……や、んむぅっ……」

「ヒルル……おすそ分け……」

必要ない、と言いたかったがその唇は塞がれ精液と愛液が混じったものを味わうことになってしまう。

爪先立ちになったルヴィが舌を絡めると私の頭もぼうっとしてしまう。

既に下着を剝ぎ取られた太ももにルヴィの細い手が這い……とろとろにぬれたマ○コを撫でられてしまう。

「んふ……ふぅぅ……んちゅ……はむ……」

「ちゅる……はむ……ふふ。ヒルルのおマ○コ、ぬるぬるだぁ……」

私のそこを確かめるようなルヴィの手つきにびくびくと身体を震わせて快楽を得ていく。

もどかしさにこのまま一度果ててしまおうと意識を向けたところへ……エイルも耳を噛んでくる。

胸をもまれ……お尻を撫でられる。

同性のためか的確に急所を撫でられてしまい、身体の昂《たか》ぶりは止まらない。

(このまま……このままっ……)

「ん……ヒルル、アクメしそうだね。でも……此処までだよ」

「そうだな。主にヒルルをアクメさせても良いとは言われていないからな」

「く……この……悪魔っ……私を果てさせないつもりなの?」

エイルとルヴィに指示をしている彼を睨みつける。

みっともなく息を乱し……快楽に疼く身体は絶頂を求めている。

なまじ抱かれて気持ちよくなることを知ってしまっているからこそ余計に疼いてしまう。

「そのくらいしないとヒルルは堕ちないだろう?　イカせて欲しいのか」

「……そうよ。でも……貴方には従いたくない」

こうして強引な手では支配できない相手もいる。そんな風に思い知らせてやりたかった。

身体は疼き脚はがくがくと震えてしまっているけれど。

「いいだろう。イカせてやるよ」

「え……？」

このまま焦らされる、と思って身構えていたところで脚を持ち上げられる。

彼のチ○ポがそそり立っている様子を見せ付けられ……思わずのどを鳴らしてしまった。

チ○ポで……貫かれる……。

「ふぁっ……あぁぁっ……これっ……気持ちいいっ……！」

ナマの彼のチ○ポは思った以上に凶悪だった。

チ○ポに触れるだけで身体の感度が一段階上がってしまうようで……頭の芯が痺れてしまう。

快楽と胸の鼓動が先ほどのルヴィの幸福感を思い出し……結び付けてしまいそうになる。

それはダメだと思うのだが考えようとすればさらに奥までこじ開けてくる。チ○ポの感覚に流されていく。

「ああっ……ふとぉ……奥っ……くるわっ……くるっ……」

抵抗なくそのまま流されて……絶頂を迎えてしまう。

ぱちぱちとした感覚とようやく得られた感覚に押し流されてしまうが……彼の動きは止まらない。

強すぎる快楽が苦痛になって頭をしびれさせてしまうが……苦痛も快楽と受け止めるエイルの感覚を思い出し……悦んでしまう。

「はぁっ……それっ……くるし……今っ……イってるっ……いってるからっ……ごりごりっ……だめぇっ……」

彼のチ○ポが奥底を叩くたびに頭の芯がしびれる。

今まで感じたことのない凶悪な快楽を受け止め……ただ、雌になる。

（これっ……これにルヴィちゃんは堕ちてしまったのねっ……すごっ……すごぃっ……気持ちいいっ……）

絶頂を繰り返し……力の入らなくなった股間から……お漏らしをしてしまう。

彼は一度動きを止めて頭を撫でる。心地よさに身体の力は抜けてしまう。

それでも……睨みつけることは忘れない。

「淫乱な身体だな……結婚していたと聞いたが……お前の夫はもう居ないのか？」

「はぁっ……はぁっ……そ、そうよ……。事故だった……と聞いているわ」

今思えばセクリアト教の動きが妖しかった。

夫が何か知ってはいけない事実を知り……消されてしまった可能性もあった。

その敵を……彼は討ったとも言えるのだけれど……。

「そいつと、俺、どっちが気持ち良いんだ」

「……っ、最低……。ふぁっ……あぁっ……貴方っ……貴方のチ○ポよっ……こんな、こんな凶悪なの……はじめてよっ……あぁっ……」

再び彼が動き始めた。

彼のチ○ポになじむほど……快楽は高まり……簡単にイかされてしまう。

おチ○ポの形を覚え……自ら腰を動かしていく。

しかし……彼は簡単に達してくれない。

きゅぅっと締め付けて彼の射精を促していく。

イキすぎておかしくなりそうだった。

「ひぃっ……いぐっ……あぁっ……あああっ……!!」

がくがくと背中が仰け反り……そのまま脱力する。

結局……彼は一度も射精しないまま……私の中からチ○ポを引き抜いていった。

「ルヴィ……しゃぶってみるか?」

「……はい。おにいちゃん」

「主……その……私にも……」

「エイルにはお預けだ」

「そ……そんなっ……ひぃっ……あぁっ……主っ……すみませんっ……奴隷がおねだりなんてして申し訳ないっ……いぐっ……」

ウットリとチ○ポに口付けして……舌を絡めていくルヴィ。

青いツインテールが揺れて奉仕しているのがわかる。

エイルは……胸のリングを引っ張られて……アクメさせられてしまったようだ。

彼は……指にルヴィの髪の毛を絡めながら頭を押さえて……左右に動かしていく……。

ルヴィの顔は……気持ちよさそうだった。

目を閉じ……口をマ○コとして使われて……彼が精を注ぎ込む。

わざと手前に引いてから口の中に注いだらしく……ルヴィの口の端から精液が零れ落ちた。

「んっあ……」

「ルヴィ。エイルに分けてやれ」

ルヴィは頷くと……エイルと唇を重ねて精液を分け合っていく。

さきほどの精液の味を思い出し……欲しくなってしまう。

休憩で理性を取り戻すことはできたけれど……身体の疼きは治まらない。

あれだけイかされてしまったのだから……静まっても良いはずなのに……。

「ずいぶんと物欲しそうな顔をしているな」

「ええ、貴方が見せ付けてくれるのだもの……。女なら疼いてしまって……当たり前でしょう？」

強気な態度を保ったまま挑発するように告げる。

うまく挑発に乗って欲しかったが……彼は襲ってはこなかった。

疼きが強くなる。

「俺の奴隷になる気はなさそうだな」

「はぁ……なってあげるわ。監禁して……好きなだけ犯せばいいわ。協力は……してあげないけれど」

彼が欲しいのは私ではなく私が持っているエルフのネットワークだ。そう考えることで彼を嫌悪する。

エルフならばまだ人間と天使の領土を自由に活動できる。

そうして情報を収集したいのだろうとは考えていた。

「さすがにエルフたちを取りまとめる立場だけのことはある、か」

「それは、褒められていると思っていいのかしらね」

困ったような様子の彼に少しだけ優越感を感じて笑みを浮かべる。

私も余裕がある、とは言えないけれど……余裕があるように見せていなければいけない。

「それなら、遠慮なく……セックス奴隷にして……なにも考えられなくしてやろうか。エイル。ルヴィ。プレゼントをやろう。それからエイル……俺に処女を捧げたいか……？」

「えっ……」

「主、良いのか？　主の女になれるのか!?」

「ルヴィに……プレゼント？」

嬉しそうなルヴィとエイル。

しかし、私は動揺していた。

私がつかいものにならなくなったら……エルフの情報網を使うことはできなくなる。

それでも尚、私を求めるのか……とどきっとした。

「あ、貴方が欲しいのは……エルフの情報網を統括する力でしょう？　私を求めているわけじゃないわ。それなのに……」

「一つ、言っておくことがある。お前を監禁してセックス奴隷にしてしまっても、エルフの情報収集員を使うには問題ない。影法師、と言うのを聞いたことはないか？」

焦ってしまった台詞に彼の言葉が重なる。

影法師……たしか……。

「結界内の人物を再現する魔術だ。この術なら……ヒルル。お前がセックスに溺れていても苗床になっていてもエルフたちに指示ができる。使いこなせそうな頭の良い奴もいるしな」

「ちょ……ちょっと待って……」

彼に、私をこんな風に説得するメリットはない？　問答無用で私を監禁していれば逃走の危険も無かったのに自由にさせてくれた？

本当に私自身を求めてくれていたのかもしれない……と思考を始めてしまう。疼きが強まった。

「俺がヒルル自身を欲しい、と言っても信じてはくれそうにないからな。それなら……諦めてセックスしか考えられないヒルルにしてやるよ。エイル。ルヴィ。どうだ」

「これ……変な感じ。これが……おチ○ポの感覚？」

「あぁ……主……主にこんなみじめな姿にされて……私は……嬉しい……」

私の意識がそれている間に……ルヴィとエイルの股間に……黒いチ○ポが生えていた。

いや、正確には彼の操るスライムが……ルヴィとエイルに擬似チ○ポになってくっついている。と言ったほうが正しい。感覚も繋がっているのか……二人がチ○ポをしごくとびくっと身体を震わせている。

ルヴィが正面に回り……エイルが背後に回る。

私の両脚はスライムに絡め取られ……大きく開かれてしまった。

白濁した愛液が溢れるおマ○コもまだ一度も経験したことのないア○ルも丸見えになってしまう。

そして……少し下ろされ……ルヴィのチ○ポが入るのにちょうど良い高さになってしまった。

「え……いやっ……待ってっ……待ってっ！」

妹のような二人に犯されてしまうとわかってしまった。

しかも……彼は私をセックスしか考えられないようにすると言った。

言ったことは実際にやるのが彼だ……。

「ヒルル……。ヒルルが悪いんだよ。おにいちゃんに協力してくれないから……」

「ああ、主のモノになるのは……案外幸せだ。ヒルルも……そのことを理解してくれればよかったのだが……」

ルヴィのチ○ポがおマ○コに宛がわれる。

エイルのチ○ポが……ア○ルに宛がわれる。

「お尻なんて……入らないわ！　入れたことなんて……ふぁぁぁあああっ……!!!!!!」

ア○ルにスライムに戻ったエイルのチ○ポが入り込んでいく。

ア○ルを締め付けてもその軟体生物の進入を防ぐことはできず……未知の快楽を得てしまう。

さらに……ルヴィが正面から私のマ○コを突き上げる。

彼のチ○ポと寸分変わらないそのチ○ポに、待ちわびた膣は嬉しそうに締め上げてしまう。

「ひぁっ……ヒルルのマ○コ……絡み付いて……気持ちいいっ……やぁっ……これいっちゃうっ……すぐいっちゃうっ……!!　きちゃうぅ……」

「ふぁっ……だめっ……ルヴィちゃっ…………今出したら……あぁぁっ……いくっ!!　あぁっ……」

「ヒルル……ア○ルもやわらかくなってる。スライムが出入りして……広がっていくぞ……」

「やぁっ……エイルちゃん。言わないでっ……そんなこと言わないでっ……いくっ……」

ルヴィのチ○ポがあっさりと精液を吐き出し……疼いていた私は絶頂に押し上げられてしまう。

それに加えて……ア○ルに進入してくるスライムが……私のア○ルを広げ……奥まで侵入してくる。

さらに……エイルのチ○ポに戻ったスライムは硬く……大きく……私の腸を抉って……ルヴィのチ○ポと擦れあう。

それがたまらなく気持ちよく……頭が痺れてしまう。

「エイル、そのままヒルルを犯してやれ……ふたなりセックスしているエイルを……犯してやる」

「ルヴィ……ルヴィも……欲しい……おにいちゃんのチ○ポも欲しいっ……疼く……ヒルルのおマ○コだけじゃ疼くのぉ……っ!!」

「ああっ……主っ……犯してくれっ……エルフ皆、主に捧げたご褒美くれぇっ!!」

「ルヴィちゃんっ……おチ○ポ止めてぇエイルちゃんっ……おかしいのっ……おかしくなるのぉっ……んんっ……あああっ……いっぱいっ……こんなのダメェっ……」

マ○コもア○ルも気持ちよくなっている。

無理やりされているのに気持ちよくてアクメして……休憩できずにさらにアクメする。

身体が痙攣して許容量を超えた快楽に苦痛を感じているはずなのにそれもさらに気持ちいいと感じる。

それに加えて……エイルとルヴィの感覚も流れ込んでくる。

あるはずのないチ○ポが私の膣の締め付けを伝えてどれだけ悦んでいるのか思い知らされる。

「行くぞ……エイル……」

「あぁっ……きたぁっ……いぎっ……あがあああっっ……!!　いだいっ……いぐっ……!!　いぐっ!!」

「んぎぃぃぃぃぃっ!!　あああああっ……いぐっ……!!」

「あぁっ……おにいちゃんのおチ○ポきたぁっ……!　入ってきたのぉ……!!」

エイルの処女を奪われた激痛と強烈な快楽。ルヴィの幸せな甘い快楽も頭に流れ込んできて……もうわけがわからなくなる。

ただ快楽に翻弄されて意識が半ば飛び……そして癒しの力が流れてくるのを感じる。

気絶することもおかしくなることも許されず暴力的な快楽を身体に教え込まれる。

思考などできず……ただただ幸福感に溢れる心と痛みを心地よく感じる。

ルヴィが……私にキスをする。夢中で舌を絡めて快楽を貪る。

(気持ち良いっ……気持ち良いっ……気持ち良いっ……これっ……無理っ!　……おかしくなるっ……耐えられない……!!)

もう身体の痙攣は止まらない。

呼吸すら困難になりながらルヴィが送ってくれる空気で肺は満ちる。

声を上げることもできずにルヴィに身体を預けるようにして犯される。

「ルヴィ……イクっ……またいくっ……あぁっ……ヒルルの中……気持ちいいっ……おにいちゃんの触手ペニス気持ち良いっ……いぐっ……あっ……」

「主……くれぇっ……くださいっ!　おチ○ポからせーしくださいっ!　いぐぅ!!」

「あっ……いく……壊れるぅ……気持ちいい……いくぅ……」

「ああ、イケ……俺も……出すぞっ」

彼のチ○ポから精液が溢れ……エイルの子宮に流れ込んでいくのがわかる。

ルヴィは子宮の中まで犯され……快楽に幸せそうに子宮で精液を受け取る。

私は全身どこも気持ちよくなってしまって……半分気を失ってしまっていた。

それでも……まだ終わらない。

「や……休ませてぇ……」

「ダメだ、まだまだいくぞ。体力なら回復させてやるからな」

「い、いやぁっ!!」


彼に溺れさせられ、繰り返しアクメさせられていたルヴィとエイルが……とうとう気を失った。

私も……何時間、犯され続けたのだろう。

子宮も腸も精液でいっぱい。

すっかり快楽と幸福感に押し流された心は……腹部に感じる重みを幸せに感じてしまう。

「さて……」

「あ……」

頬を撫でられる。

瞳が重なると……愛おしさがこみ上げてきてしまう。

唇が重なり……舌を絡め合う。

彼の唾液がとても甘く感じられ……夢中で舐めとっていく。

頭の芯が痺れる……。

「真名を……聞かせてくれるな？　ヒルル」

「それは……」

最後に残った理性がそれはダメだと訴える。

私の本能は……彼に屈服し……堕ちることを望んでいる。

「此処で……言わなければ、ヒルル。お前を抱くことは……もう無い。牢屋に閉じ込めて……一生を過ごしてもらう」

「ひっ……それはいやっ……いやですっ……」

おチ○ポ奴隷になるなら良い。でも、もうおチ○ポが無くなる、と思うと恐怖に震えてしまった。

チ○ポに犯されることが幸せだと刷り込まれた思考は……理性は……屈服した。

「……ヒルトスルケル・ファディア」

震える声で……真名を告げる。

胸に手を当てられ……魂を弄られる感覚がする。

抵抗を考えてしまうと……チ○ポを突き上げられてしまった。

絶頂に真っ白になり……魂も蕩けさせられてしまった。

「抵抗するな……ヒルル」

柔らかく響く声にこくりと頷いてしまう。

思考が霞み……蕩ける。

魂が掌握されてしまう感覚……。

そして……私は……。

＊＊＊＊＊

「ルヴィ……お前も俺の奴隷になりたいか？」

「はい……。おにいちゃん。ルヴィを……。アルヴィーテ・ズディオを、おにいちゃんの奴隷に……してください」

俺に縋り付き……甘えてくるルヴィを抱き寄せると……魂を掌握して……彼女もまた俺の奴隷にしてやった。

ルヴィは兄が欲しかったようで……、俺を兄と呼びたいようだ。

可愛いので許可してやると嬉しそうにする。妹、というよりは娘に近いかも知れないが。

気を失ったヒルルはベッドで寝かせ……、エイルがその髪を優しく撫でている。

「主。これでヒルルも……主の奴隷か」

「そうだな。だが……協力してくれるかどうかは微妙なところだな」

今回はかなり強引にねじ伏せてしまった。

「……あたしは……ヒルルと一緒に……おにいちゃんの奴隷として……役に立ちたいな」

「私もだ、主。私は駒でも構わない。心も身体も……主に捧げて……嬉しいと思っているんだ」

「俺としては駒としては使いたくないんだがな。俺なりの方法で大切にするさ。だから、簡単に命を使おうとするなよ」

ルヴィの言葉とエイルの言葉に応えてやる。

「その言葉、ヒルルにちゃんと言えばよかったんじゃないの？　おにいちゃん」

「あの場面でなんと言おうとヒルルが信じるとは思えなかったからな……」

「……そういえばヒルルは結構頑固だったな」

「頑固でわるかったわね。エイルちゃん」

エイルの言葉に……ヒルルが目を覚ました。

先ほどまでの陵辱の跡はすっかりきれいになっている。

「……統夜……様と呼べばいいのかしら？　それとも……ご主人様？　旦那様？」

「好きに呼べばいい。それで……ヒルルは協力してくれるのか？」

「もう隷属させたのだから……無理やり命令すればいいと思うわよ」

「それだと、土壇場で裏切られるだろうからな。無理に協力する必要は無い。俺が隷属させたのは単にヒルルが欲しかったからだからな」

ヒルルの頭を撫でてやると抵抗はなく素直に受け入れていく。

ルヴィは俺の傍にぴったりとくっついたままだ。

そして……諦めたようにヒルルは大きく息を吐いた。

「……しばらくは様子見よ。それで皆の扱いに問題がなければ……協力してあげるわ。もう……私の負けよ……。こんなに変えられて……悔しい……。本気で……壊れるかと思ったわ」

「壊すつもりで抱いたからな……。耐え切れたのはヒルルだから、だと思うぞ。折角《せっかく》だ。迷宮内で酒場を経営するといい。それなりに思い入れの籠もっていた店なんだろ？　そこで様子を見て落ち着いたら協力してくれればいい」

「……そんなものも用意していたんですか」

エイルにヒルルが酒場を経営していたことは聞いていた。

またエルフたちの憩いの場になるようになれば良い。

「……他の子には手を出さないでくださいね。それが……これから協力する条件よ」

「そんなに見境なしに手を出す気は無いんだがな……」

「……ホントかな？　おにいちゃん。誘われたらほいほい付いて行くよね、絶対」

「私たちが傍にいれば他の連中はそうそう近づいて来ないだろう」

ヒルルの言葉にルヴィとエイルが反応する。

誘われたら……断らないのは確かにあるからな。

「善処する。それと……ルヴィ、懐いてくれるのは嬉しいが……いつも一緒にいられるわけじゃないからな」

「うん。それはわかってるよ。でも……今は良いんでしょ？」

「ああ、今はな」

結界はまだ展開されているな。

後一時間くらいは大丈夫そうだ。

「三人まとめて……改めて可愛がってやろうか？」

俺がそう言うとヒルル、ルヴィ、エイルの三人は頬を染める。

「「「はい」」」

俺は三人に口づけて……最後に一度ずつ精液を注いでやったのだった。

迷宮都市内部は順調に整備が進んでいる。

主に魔天族が中心となって運営されている商業区画。

その一角にヒルルの店が再現されていた。

ただ、細部はどうしても異なってくるため下手に似せるよりはまったく違った店にしたほうがよかったかもしれない。

「素敵ね。これは貴方からのプレゼント、ということかしら」

「まあな。気に入ってくれたのなら嬉しいんだが……」

「ふぁ……すごぉい。おにいちゃん。さすがだね」

「此処が……私たちの新しい家……ということになるのか」

宿屋もそれらしく再現してあるが泊まりにくる旅人などほとんど居ないだろうから実質エルフたちの住居となるだろう。

「此処でみんなで静かに暮らしたい、と言ったら……許してくれるのかしら？」

「そこは強要しない、と言っただろう？」

「そんなこと言って……ここで平穏に暮らすためには……どうしたって天使や王国の動きを監視する必要があるでしょう？」

「一応、魔天族たちも協力してくれているからな」

アムのような遠隔監視能力を持った魔天族に交代で王都方面の動きは見てもらっている。

細かい水面下での動きは確認できないが大きな軍事行動の前兆などは確認することができる。

「……ルヴィはおにいちゃんの役に立ちたいかな？」

「私もだ、主。命令であればどこへでも行こう」

ルヴィとエイルは俺を手伝ってくれる気はあるようだ。

ヒルルは何か諦めたように苦笑する。

「わかったわ。その気になったら……連絡するわ」

「ああ、頼む」

俺はそう告げてこの場所を後にしたのだった。

＊＊＊＊＊

「それで、ヒルル。本当のところはどうするんだ？　協力するのか？　主のことだ。ヒルルの協力が得られなくても何とかするだろうが……」

「彼の前ではああいったけれど……協力するわ。私がこの地に留まっている限りは他の子も離れることはないでしょう。そうしたら……個別に『説得』されかねないわ」

「確かに……主ならそうしそうだな」

ヒルルの言葉にエイルは苦笑して答える。

感覚は抑えてもらったが統夜によって与えられた被虐の快楽は忘れられそうにない。

「それに……私も……結局は彼のことを好きにさせられてしまったもの。今もこうして……此処を用意してくれた彼に感謝しているわ」

「ルヴィも……皆を嫌わなくて済むようにしてくれて……感謝してる」

「私も……主には天使の呪縛を断ち切ってくれて感謝している。だから……役に立ちたいと考えている」

三人は顔を見合わせるとくすっと笑った。

「さて、しばらくは忙しいわよ。皆を集めて。此処で暮らす準備をしないとね」

「うん」

「ああ」

こうしてヒルルの店はエルフたちの拠点として機能し始めた。

ヒルルの料理の味は良く、俺の国の住人の胃袋をしっかりと掴むことになる。

昼食や夕食時には種族関係なく集まる憩いの場として定着していく。

その裏でヒルルの仲間であるエルフたちが人界に入り込み情報を集めて回る大切な役割を果たしてくれるようになるのはしばらく先のことだった。

第十二話　アンジェの願望

ヒルルの店を後にした俺はノエルとフィーネに合流した。

ヒルルたちのところを訪れた際に結界を張るサポートをしてくれていたのはノエルだった。

ノエルは普段、治療院の一員として働くようになっていた。

今回はその合間に抜け出してくれていたのだ。

ノエルは治療院に戻っていたが俺がやってくると嬉しそうに近寄ってくる。

その隣にはフィーネとロナが居た。

フィーネとロナは主従として共に行動し……普段は自由にさせているがノエルと一緒に居ることが多い。

「助かったぞ。ノエル」

「私こそ……お役に立てて嬉しいです」

抱きついてくるノエルの頭を撫でてやる。

それをどこかうらやましそうにみつめるフィーネ。

「ゴシュジンサマもノエルに頼りすぎよ。もう少し自力で何とかしないといけないわ」

「そのとおりだな。いつも助けてもらえるとは思わないほうがいいだろうな」

近づいてくるフィーネの頭を撫でる。

嬉しそうな顔を一瞬して……すぐに顔を引き締める様子は可愛い。

「わ、わかればいいのよ。治療院の仕事はもうすぐ終わるわ。そうしたら……」

「ノエルとフィーネと、可愛がってやるよ。ロナも……欲しいだろう？」

少し離れて見守っていたロナがびくっと反応する。

「はい。ロナも……トーヤ様に可愛がって欲しい……」

「ああ、三人まとめて可愛がってやるよ」

「あの……統夜さん……アンジェちゃんも誘ってもいいですか？」

「構わないぞ。アンジェがどうかしたか？」

「はい。アンジェちゃん、最近、統夜さんに飽きられているんじゃないかって不安になっているみたいで……」

子供ができるとそんな風に情緒不安定になることもあるらしいからな。

俺の周囲に奴隷が増えているのも不安を抱える要因だろう。

しかし、そうなると一工夫必要だな。

「わかった。それじゃ一緒に迎えに行こうか。教会に居るんだろう？」

「はい。それと……」

頷いたノエルが一つの提案をする。

それは大丈夫なのかと確認したが、ノエルは頷いた。

絶対にアンジェを悲しませないとも。

フィーネとロナも同意しているようだし……今夜は楽しむとしよう。

＊＊＊＊＊

「はぁ……」

すっかり元通りになった村。

そしてこの教会も外見は元通りになっている。

ただ、地下室の空間はセリエルたち堕天使が性欲を解消する苗床になっているのだけれど……。

教会の掃除をしながらため息をついたボクは……そっと腹部を撫でる。

まだまだ目立ってはいないけれど……命が宿っている。

「ボクの出産のときにも……あんな風にしてくれるかな……？」

黒い修道服に身を包んだボクは……先日行われた公開出産を見て……あんな風に皆の前で……と考えてしまっていた。ボクは皆の前で辱《はずかし》められるのが好きだ……と自覚したのはいつからだろう。

皆の前で統夜ご主人様の奴隷であることを宣言する。

想像しただけで身体が熱くなって……思わず手が……。

「アンジェ、いるか？」

「ひゃわぁぁあっ!!」

聞こえたご主人様の声にびくっと身体が跳ね上がる。

そちらを見るとご主人様と……ノエルにフィーネ、ロナが居た。きゅっと少し胸が苦しくなる。

無意識に胸元を握り締めてご主人様に笑みを浮かべた。

「どうしたの？　珍しいね。こんな時間に来るなんて」

「そうかもな。アンジェ、今日はこれから予定はあるか？」

「ううん。後はゆっくり教会の掃除くらいかな？」

「そうか……それならアンジェを可愛がっても構わないな？」

ノエルがしっかり扉を閉めて……鍵をかけた。

これで逃げられないし……ボクも逃げる気はない。

「うん。いいよ。……此処で？」

「ああ、そうだ。久しぶりに……な」

なんだろう。ご主人様が久しぶりに怖く感じて……ぞくっとする。

近づいてくるご主人様を少し怯えた視線で見つめてしまい……、子宮が熱くなってくる。

手を掴まれて……背後に回られる。耳を噛まれると……それだけで頭がしびれてくる。

「ふぁっ……な……なんだか怖いよ……？　ご主人様……」

「そういう割には……濡れていないか？　アンジェ。先ほども自慰しようとしていたようだしな」

「きっ……気がついていたのっ⁉　んんっ……ふぁっ……あぁぁっ」

慌てるボクはご主人様に容赦なく胸を揉まれてしまう。

此処のところ……ずっと優しくて丁寧に扱われていたボクの身体は……乱暴に扱われることに嬉しさを覚える。

痛いくらいに力を込められているはずなのに、それが嬉しい。

下着を身に着けていないボクの乳首は……服の上からでも硬くなっているのがわかるくらい。

びりびりとしびれるような快楽を感じてしまいながら……脚を持ち上げられてしまった。

ノエルに……フィーネに……ロナに……ボクのびしょぬれマ○コを見られる。

「ご主人様っ……これ……はずかしっ……えっちょ……いきなりそんなっ……やっ……だっ……んんんんっ!!」

ろくに解《ほぐ》される事《こと》もなく……乱暴にチ○ポをマ○コの中に突っ込まれてしまう。

まるでレイプ……。それが……たまらなく気持ちいい。

獣みたいにボクを求めてくれるご主人様が愛おしくて……ボクの身体はそれだけでイカされてしまった。

「ひぐっ……いくっ……いくぅっ……!! ご、ご主人様っ……ボク……ボク……」

「もっと、だろ? アンジェ」

ごんっとチ○ポがボクの奥を突き上げ、みりっ……と音がした気がする。

どのくらいぶりなのか……子宮口がこじ開けられてしまう感覚。

すごく苦しくて……気を失いそうに……気持ちいい。

「く……ください っ……乱暴に……していいからっ……。ボクのおマ○コ好き勝手に使っていいからっ……ひぃっ……ア○ル……ア○ルまでぇっ……!」

いつの間にか……ノエルもフィーネもロナも……ボクのすぐ近くまで近づいてきていた。

ノエルはボクのおなかに手を当てている。

温かな感覚に……ボクの子宮は余計に疼いてしまう。

ご主人様のチ○ポで前も後ろもいっぱいにされて……幸せを感じてしまう。

「アンジェ……お前は本当に可愛い奴隷だよ」

「はいっ……ボク……ご主人様の奴隷っ！　……皆に見られて……堕ちた姿見られて……悦んでる変態シスターですっ……！　乱暴にっ……乱暴に犯されて……嬉しいっ……しあわせぇっ……あぁぁっ!!」

めちゃくちゃにされる。

ボクのおマ○コも子宮もご主人様専用に染め上げられていて……一突きごとにイク。

皆に見られて……抱かれて……潮を吹いてしまう。

子供が居るから……ということは全部吹き飛んで……今この瞬間の乱暴にされることにどこまでも満たされる。

ご主人様のチ○ポがぴくぴくって震えている。

精液の出る前兆に……ボクは目いっぱいにおマ○コに力を入れて締め上げる。

「……っく……。アンジェの淫乱マ○コに……出してやるぞ……」

「ほしっ……ほしいっ……だしてぇっ……しきゅーいっぱいにっ……そそぎこんでぇっ!!」

ご主人様のチ○ポが子宮の一番奥を叩く。

真っ白になった頭の中に……精液が注ぎ込まれる感覚がして……ボクは……抗えず……。

「イクぅ～～～!!　あぁぁっ、あああああっ!!」

全身を痙攣させて……激しく身体を仰け反らせて……、レイプアクメしてしまった。

ご主人様の顔がすぐ近くにある。

ボクから……キスをすると……ご主人様も舌を絡めてくれる。

その感覚に……とても幸せを感じて……胸の痛みはすっかり消えていたのだった。

＊＊＊＊＊

「……ケダモノ」

「トーヤ様……仮にも妊婦に……」

びくっびくっと身体を痙攣させるアンジェを抱きしめたままの俺にフィーネとロナの冷たい視線が注がれる。

俺はアンジェを抱きしめたまま地面に座り……触手でフィーネとロナを引き寄せ……口付けてやった。

「ノエル。大丈夫か？」

「はい。アンジェちゃんの子供は無事です」

「あ……ご主人様……ボク……」

俺が軽くアンジェの手を握るとアンジェはぎゅっと握り返してきた。

「……ボク、子供がいるのにこんな、乱暴にされちゃ……本当はダメなのに……」

「気にするな。そもそもアンジェをレイプセックス中毒にしたのは俺だしな」

「ホント……だよ。初めて会ったときから強引で……セックス漬けにされて……何もかも染められて……。でも、それがこんなに幸せなんだもん。ご主人様……ボクは……愛してるからね」

アンジェが頬を染めて改めて口づけをしてくる。

ノエルはどこかほほえましそうに見つめ……、フィーネとロナの視線は嫉妬が混じっていた。

「さて……このまま五人で楽しむぞ。いいな。ノエル、アンジェ」

「「はい」」

アンジェの膣とア○ルからチ○ポが引き抜かれ……こぽ……と精液が溢れ出る。

場所を入れ替えるようにして……ノエルが俺の腕の中に収まった。

アンジェは俺の前で仰向けになり……誘うように脚を開いている。

開いたマ○コとア○ルは……まだ物足りないと言うようにひくひくと震えている。

「ちょ……ちょっと、私たちの意見は……？　ひぅっ……」

「トーヤ様⁉　こ、これはっ⁉」

そしてフィーネとロナには黒い触手を伸ばしていく。

両手を触手で縛り上げ……さらにフィーネとロナの翼に絡ませ……締め上げる。

右側にフィーネ、左側にロナを運び……お互いに良く見えるようにしてやろう。

フィーネは左足をロナは右足を縛り……下着が良く見えるようにする。

「安心しろ、ちゃんと可愛がってやる。少々乱暴に……なるがな……？」

「あ……あぁ……ロナに……ロナに見られてしまうの……？　私の乱れる姿……見られてしまうの？」

「フィーネ様……ロナが堕ちた姿……見てください……」

フィーネもロナも縛り上げられるとすっかり大人しくなった。

陵辱の期待に身体が興奮しているのだろう。

腕の中のノエルが口づけをして……。

「統夜さん。私も……愛してます。アンジェちゃんに……負けないくらい」

「ノエル……ずるい……」

正面のアンジェがすねた口調で……けれど笑顔で。

その笑顔から憂いが消えていることに安堵しつつ……。

「二人とも愛しているから安心しろ。可愛がってやるからな」

ノエルの身体へと指を這わせ……、アンジェの身体は俺から離れたスライムが包み込み……。

フィーネとロナへ絡まる触手はその先端を口元と股間へと滑らせて……。

教会で……淫らな宴《うたげ》が始まる。


四人が息を乱しながら……アクメを迎えた。

精液で穢された身体をびくびくっと痙攣させながら心地良さそうにしている。

俺は……四人をロナ、フィーネ、ノエル、アンジェの順番で仰向けに寝かせた。

お互い……無意識にか手を繋ぎ……蕩けた瞳で見詰め合っている。

「あ……フィーネ……様……犯しちゃいましたぁ……ロナ……気持ちよかったぁ……」

ロナは主人であるフィーネを触手で犯していた。フィーネがどんなふうに感じているのかロナに伝わるようにしていたので、ある意味、ロナは自分自身を陵辱してもいた。

「うぅ……。乱暴に犯されて……それなのに気持ちよくなって……悔しいわ……。しかも……それを嬉しいと思ってしまって……」

フィーネはまだ反抗的な態度が抜けていない。自分の心に素直になるのが苦手みたいだからな。

「姉さまも……感じている姿……素敵でしたよ……。私もアンジェちゃんも……今日は虐めてもらえました……」

「ノエル……ありがとうね。ボク……こんなに変態で……ご主人様に虐められないと……もう満たされない身体になっちゃってるから……」

俺がベッドにしているスライムの上で惚《ほう》けている四人を見つめる。

ロナだけは直接奴隷にしたわけではないが……皆、可愛い奴隷だ。

ノエルは……まだ虐められ足りないだろう。

「もう終わりと思ったか？」

「え……？　まだ……してくれるの？」

「嘘……嘘でしょ……？　わ、私はもう……もう限界よ……これ以上は無理よ……」

期待に目を輝かせるアンジェと怯えるフィーネ。

「姉さんは……淫魔なのですから……。まだまだ、余裕ですよね？　私も……もっと……もっと欲しいです……統夜さんに匂いも……精液の味も……もっといただきたいです……。その……ください。旦那様……」

「はい。フィーネ様は……まだ余裕……です。ロナも……もっと欲しい……トーヤ様のおチ○ポで直接可愛がって欲しい」

自ら脚を開いていく、ロナ、ノエル、アンジェ。

フィーネは脚を閉じようとしているように見えるが……その実、マ○コもア○ルも丸見えになっている。

「ああ。皆、まだまだ可愛がってやる」

水分を補給し……霊術で体力を回復させる。

この後、俺のチ◯ポで皆に一回ずつ精液を注いでやった。

待っている間は触手チ◯ポで焦らし攻めをして。

最初はロナ。

最初に選ばれたことで大いに喜び……一度注いでやるまで、幾度となく子宮アクメを迎えていった。

精液を注がれたことで気を失い……幸せそうに横たわった。

次はアンジェ。

既に何度もアクメを迎えて……体力的には限界のはずだがそれでも貪欲に快楽を求めてくる。

ノエルのサポートを貰いながら子宮まで犯し……その被虐感を満たしてやった。

最後はやはり気を失い……幸せそうだ。

三番目はノエル。

やはり虐められ足りなかったようで……今度は正常位で何度も子宮を突き上げて乱暴に犯してやる。

ア◯ルも触手で抉ってやり……口まで貫通セックスを再び味合わせてやった。

内臓を丸ごと犯される味を覚えてしまったようで……逆鱗も一緒に虐めてやり……子宮に精液を注いでやると……幸せそうに気を失った。

最後に……フィーネ。

「やぁ。これ以上はいやよぉ。もう……、十分だからぁ……」

すっかり発情してその白い肌をピンク色に染め……全身から雌の匂いを発散させている。

触手に焦らされた乳首もクリ○リスも充血し……あとほんの少し触れただけでも達するほどに敏感になっているようだ。それでいて……まだ口では拒絶している。

「フィーネの身体は……欲しがっているようだが？」

「……そんなこと……そんなことぉ……」

心も身体も堕ちているはずなのに拒絶するフィーネをさらに虐めたくなり……ゆっくりとチ○ポを突き入れて浅く動かす。

焦らされていることを知ってさらに顔が赤くなる。

「いやぁ……焦らされるの、いやぁっ……おかしくなるからっ……あたまばかになるからぁ……いやよぉ……」

「素直に言ってみろ……フィーネ」

「うぅ……す……好きぃ……だめぇ……セックス、幸せで、もっと、もっと好きになるぅ……で、でも、これ以上、人間チ○ポで乱れる淫乱になりたくないぃ……」

いや、と言いつつ完堕ち済みの身体は俺に脚を絡めてセックスの幸せを求める。

唇を塞いで舌を絡めてやると……フィーネは夢中で舌を絡めてくる。

フィーネが観念して口を開いたところで……子宮の奥までチ○ポを叩きつけてやった。

「ああ……ゴシュジンサマのいじわるぅぅ……欲しいっ……欲しいのよぉっ……でも……怖いっ……これ以上幸せを感じちゃうのこわぃぃぃっ……ひあぁあああっ……奥っ……子宮っ……しあわせっ……おチ○ポごつごつ……しあわせぇっ!!」

子宮を突き上げてやるたびにアクメを迎え……その度にしあわせぇ……と呟くフィーネ。

子宮セックスで思う存分アクメさせてやり……精液をたっぷりと注いでやった。

フィーネもまたそれで気を失い……四人は安らかな寝息を立て始める。

風邪を引かないように……と毛布をかけてやったが……ノエルとアンジェに腕を摑まれた。

苦笑しながら二人の間に入り……今夜は教会で寝ることにした。

スライムをベッド状に変形させ……その上で眠れば……身体は痛くならないだろう。

俺に身体を摺《す》り寄せて眠るアンジェとノエルは……とても幸せそうな笑顔で眠っていたのだった。

第十三話　ジークの訪問

「おーっす。あんたが大将だな！」

「ちょ、ジーク君!?」

翌朝のことである。

スライムベッドのおかげで目覚めはよかった。

朝からアンジェとノエルの寝顔を見ることはできたし、目を覚ましたフィーネが顔を真っ赤にして慌てている姿を見られたのも良かった。

皆で風呂に入り……その裸体を目で楽しみ食事を終え……村の教会で合流した皆と打ち合わせをしていた所へ村の警備をしていたシルバに捕まり、連れてこられたのがジークだった。

あちこち跳ねた青い髪に金色の瞳。頭にはノエルのような角があり、背には青い鱗の翼が生えている。

長い袖の服から出ている手はびっしりと鱗に指先まで覆われていた。

今は靴を履いていて見えないがフィーネの話によれば膝から下も鱗で覆われて……足先は完全に竜の爪のようになっているらしい。

ノエルやフィーネと最も違うのは、太く立派な尾があること。まさに竜人と呼ぶにふさわしい姿だった。

人懐っこい笑顔を浮かべたジークの顔立ちは中性的。

今は中世のロココスタイルに似た男装をしているが、女装も似合いそうである。

「テッタ姉《ねえ》の案、細かい所の調整をしたくてな。せっかくだからちゃんと挨拶しておかねぇと、って思ってよ」

「ご迷惑をおかけします」

「まったく。若様には困ったものじゃ」

頭をかく彼の隣には頭を下げる翡翠《ひすい》の髪の少女とダークエルフらしい小柄なグレイの髪の女性が居る。

翡翠の少女の額には大きな宝石のようなものが見て取れた。

「それにしたって……突然だよ。まったく」

「それよりテッタ姉。紹介してくれよ。スゲーんだろ。大将って」

イタズラが成功した子供のような笑みを浮かべるジークに、テッタがはぁっとため息をつく。

普段のテッタの行動を考えたらジークの仕返しなのかもしれない。

「……統夜だ。好きに呼べばいい。ひとまずノエル、お茶を頼む」

「はい。統夜さん」

「こっちに座ってよ。此処なら向かい合って座れるから」

ノエルがぱたぱたとお茶を入れにいき、向かい合って座れる机の前にアンジェが案内してくれた。

ジークは俺の前の椅子に座ったものの、連れの女性は立ったままだ。護衛を兼ねているのかもしれない。

「改めて……初めまして、大将！　俺がジーク。こっちは副官のルクル。俺の身の回りの世話を担当しているリンテだ」

「この大事な時期に当主と副官が抜け出して……大丈夫なの？　ジーク君」

「ああ。ちゃんと俺が居なくても大丈夫なようにしてきたに決まってる」

呆れたテッタの声に能天気な声で応えるジーク。

「リンテ、本当？」

「残念だが、本当なのじゃ。まぁ、新しくわしらの後ろ盾……というか実質は主じゃな。その人柄を見たい……と思っていたのは確かじゃの」

「俺の人柄……なぁ……」

小柄なダークエルフがリンテ、というらしい。

少女のような外見だが、レムのような成熟した女性の雰囲気を漂わせていた。

リンテの探るような視線が俺へと向けられる。

「私は……やめたほうがいいと言ったんですが……」

「ルクルも大変ね」

翡翠の髪の少女が困ったように告げる。額に宝石を持つカーバンクル、という奴だろうか。

フィーネが同情したように告げる。

「それにしても……本当に驚いたぜ……。テッタ姉とフィー姉が此処にいるのはまぁわかる。なんでレム様とレラ様まで此処にいるわけだ？　いや、同盟を組むってのは聞いていたけどよ」

「それは……私《わたくし》レムと娘のレラ、共に統夜様に仕えることになったからですわ」

「恥ずかしながら……レラも統夜様の側室の末席に加えていただけることになりましたので……」

涼しい顔で応えるレムと頬を染めるレラ。

その光景にぽかーんっと口を開いて固まるジーク。

なんというか見ていて楽しい奴だな。

悪いヤツじゃない、というのはジークが新しく支配したロクハ村周辺にある集落の様子を見ればわかる。

今まで、魔族に支配されるといえば人間は奴隷のように扱われるのが当たり前だった。

だが、テッタから俺のやり方を聞いて参考にしたのかもしれないが、ジークの配下は反抗的な相手にこそ厳しいが、人間を必要以上に虐げることはない。

今まで通りの生活を保証するどころか、セクリアト教の信仰すら許可しているらしい。

そのため、人間たちの態度も軟化し、少しずつではあるが魔族と人間の距離は縮まっている、と聞いていた。

「……なんというか。テッタ姉の所の大将、スゲェ奴だと思った」

「ジーク君のところの娘も気をつけないと取られちゃうよ。手が早いんだからトーヤって」

テッタがからかうように告げるその言葉にびくっと反応したのはリンテとルクル。

俺がそちらを見るとあからさまに身体を守る体勢になる。

「ルクルとリンテはダメだからな！」

「ジークが敵に回らなければ……手出しはしないさ」

「あ、じゃあもしも裏切ったりとかしたら……」

「ああ、ジークも一緒に肉奴隷にしてやる」

この発言にジークが驚くほどの速さで飛びのいた。

テッタも目をぱちくりさせている。

驚いているのはルクルとリンテもだ。俺はノエルが持ってきたお茶を飲む。

「ちょ、大将……あんたソッチもいける人⁉　勘弁してくれよ」

初対面のジークにそんなことを言い出したら疑われるのは確かだな。

心なしかフィーネとか引いている気がするが勘違いしてもらっては困る。

「俺も男には興味はない。ただ、マ○コ穴があるなら話は別ってだけだ」

「……おいおい……マジか？」

「男と女じゃ魔力の流れ方が違うんだ。そういう魔力視ができる奴相手には気をつけておけ」

「……ジーク君って……両性だったんだ」

いきなりの先制攻撃にジークが面白いくらいにうろたえている。

口元に笑みを浮かべてやれば……からかわれたのだと気がついたのだろう。ジークは顔を少し赤くしながら元の場所に戻る。

どうやらテッタはジークが両性だと知らなかったらしい。

「落ち着け、若様。少なくともトーヤ殿の実力は確かだと確かめられたと思うがの」

「あ……ああ。しかし……いきなり見破られるとは思わなかった。あ……！　言っとくけど、俺は女は抱いても男に抱かれる気はないからな！　本当だぞ！」

「驚きました……。ジーク様の周囲でも知っているのは肌を重ねた者たちだけですから」

リンテとルクルがなだめたことでジークは落ち着きを取り戻したようだ。

目の前の紅茶をゆっくりとジークは飲んでいく。無防備に見えるのは信用してくれている証拠だろう。

口調は軽いが物腰は素養のある人物のそれに見えた。

「ふふ。やられちゃったね、ジーク君。本当はトーヤのところに突然乗り込んできて一泡吹かせて……、それで自分たちに有利な条件でも付け加えてもらおう、なんて考えていたんだろうけど」

「ああ、その通りだよ。今のでぶっとんじまったけどな。いや、本当に敵には回したくないな。大将。フィー姉もコテンパンにされただけのことはある。まるで借りてきた猫みたいに大人しくなってるじゃないか」

「その言い方だと……普段どういう目で見られていたのか良くわかるわね」

テッタが苦笑し……フィーネが睨むとジークはびくっと怯えた様子を見せる。

なだめるように頭を撫でてやるとフィーネはそれで大人しくなる。

「落ち着けフィーネ。ひとまずこれからの提案で細かいところの調整をしたかったんだろう？そっちの本題のほうに入ろうじゃないか」

「あ……ああ。くそー。本当は俺がペースを握りたかったんだけどな……。テッタ姉もこんな感じでやられたのか？」

「あはは……そうだね。想定外の事態にやられちゃったって感じかな。さて、アタシが居る限りはそう簡単に出し抜かせないよ？」

「お手柔らかにたのむぜ、テッタ姉」

そうして、今後の協力態勢に関して細かい調整が始まった。

概《おお》ねテッタの提案に従う形で話は纏まっていく。

「うん。だいたいこんな所だね。そっちからは何かある？」

「ふむ。こんなところじゃろうな」

「はい。これで問題はないように思います」

リンテが腕を組んで頷き。ルクルも内容を確認し、書類を見直して翡翠の髪を揺らして頷いた。

「そうだな……後は……後日、俺が当主就任の挨拶をするから……そのときに一緒に出席してくれると助かる。フィー姉には悪いがクーデターで捕らえられ、奴隷に堕ちた前当主ってことで皆の前でさらし者になってもらうことになるんだけど……」

「わ、私はゴシュジンサマ以外に辱められる気はないわよ！　そんなことをする奴は八つ裂きにしてやるんだから！」

耳まで真っ赤にしてフィーネは自分の身体を抱きしめる。

俺が頭を撫でてやると……素直に頭を撫でられ……身を任せている。

「あー、あのフィー姉が人間に撫でられて嬉しそうにしているなんて……変われば変わるものなんだな……」

ジークがしみじみと告げる。

確かにフィーネは暴君だったからな。

「お前も必要なら変えてやるぞ？　魔力の制御に難があるんだろ？　魔力の流れに乱れがあるからな。それを解消してやれば今よりも魔術はスムーズに使えるようになりそうだ」

「マジか!?」

俺が見る限り、ジークには魔力そのものは存在している。ただ、上手く扱えないだけだ。制御できるようになればもしかしたら……。

ジークも期待に目を輝かせているが……

「あー。止めたほうがいいよ。トーヤ容赦ないから……ジーク君、簡単に落とされちゃうだろうし。毎日疼いた身体を抱えて過ごさないといけなくなるから……トーヤへの依存度が高まっちゃうし」

テッタの言葉に皆が頷く。

……いや、俺はマジメに提案したつもりなんだが。

とはいえ、普段の行いを顧《かえり》みればこの反応も納得だ。素行って大事だな。

「……止めとこう。なんというか大将の怖さがわかった気がする。誓う、ゼッタイ逆らわない。だから勘弁してくれ！」

なんというか土下座でもしそうな勢いでジークが頭を下げる。

「もしものときは……その、わしらが身代わりになるから……若様は勘弁して欲しいのじゃ」

「ジーク様のお役に立てるのでしたら……この身はいくら穢されても……」

「止めておきなさい。身代わりになったら……それこそジークに仕える所じゃなくなるわ。ルクル、リンテ。ジークのためを思うならゴシュジンサマに絶対に抱かれてはダメ。あれは魔薬よ」

ジークの隣で頭を下げるルクルとリンテに警告するフィーネ。

酷い言われようだ。後で話し合う必要がありそうだな。

そんな俺の視線に何かを感じたのか、フィーネはびくっと身体を震わせた。

「……一応、俺たちの恭順《きょうじゅん》の意思を示す証として、俺の妹を大将の所に送るつもりだったんだが」

「妥当なところではあるね。ただ……ねぇ……」

テッタが苦笑する。

同盟において互いの身内を交換する、というのは珍しいことではない。

その場合は丁重に扱い、手を出さないのが一般的だが……惚れてしまった場合などはまた話が違ってくる。

ジークがどうしたものかと頭をかかえる様子に苦笑する。

確かにジークの妹であれば美人だろうし、当人の了解を得られれば俺が手を出さないはずはない。

リンテも特に不安げにしている。

幼いから手を出されないとは思っていないのだろう。

実年齢はともかく、外見はあまり成長していないフィーネを奴隷としているのだから。

「そこはジークに任せる。話は逸れたが……就任式には俺も出れば問題はないだろう？　フィーネ。魔族として出席すればいいのだからな」

「あ、でも……私があげた腕輪は……」

フィーネは、ノエルを手元に戻すとき、俺の腕輪を砕いてしまっている。

この腕輪を媒介にしていた『淫魔化』はしばらくできなくなっていたが……。

「あ、その点は問題ないよ。アタシがトーヤにプレゼントした首飾りに同じ能力を持たせたからね」

テッタが俺の腕輪が壊れたときに備えて準備してくれた首飾り。

魔力を蓄える性質があるこれに『淫魔化』を組み込んでもらった。

これでまた魔族としての姿になることができる。

「さすがに人間として出席するわけにはいかないが、魔族として出席するなら問題はないだろ？」

フィーネを討ち取った『黒騎士』とでもしておけばいいんじゃないか？」

「ゴシュジンサマにされるなら……仕方がないわね……。我慢してあげるわ」

「そういうことなら助かる」

頭を抱えていたジークだが当初の意向は通りそうだと安心して笑顔を浮かべた。

「それから、一つ手土産をやる。これから天使たちと戦う上での切り札になるはずだ。フィーネ共々使うことがなければいいのだけれどな」

「い、いいのか⁉　大将。いや……それを受け取ってしまうと……後が怖いんだが」

タダより高いものは無い。その概念はこちらの世界でも共通しているらしい。

「こっちとしてはジーク、お前たちを盾にするわけだからな。そのくらいの協力はするつもりだ」

「考えておく」

すぐに受け取る。と即答しないところは好感を持った。

「それなら準備を整えて魔界に向かうことになるね。日取りは決まっているんでしょう？」

「ああ。同盟を組んだこともあるし、レム様かレラ様にも出席をしてほしいな」

そうしてさらに調整は続けられ……数日後の式典への出席が決定した。

同行するのはテッタ、ノエル、シルク、フィーネ、レラ、そしてアム。

同時にテッタの実家……淫魔領へも向かうことが決まった。

以前、テッタが話していた『後ろ盾』だ。

既に魔天領が協力の意思を示しているが、ここは堕天使たちが中心の魔界の中でも特異な地域だ。

魔族と本格的に同盟を組むなら、ジークのマステリア領だけでなくテッタの実家のルージュ領とも交流を持ちたい。俺はいろいろと準備に追われることになるのだった。

第十四話　使い魔たちの日常

「それじゃ後のことは頼むぞ」

「ええ、安心して過ごしてきてくださいな。統夜様の居場所は命に代えても守って見せますわ」

「レムさんが来てくれてあたしすごい助かってるよ。こうして私の代わりも頼めるしね」

「ボクもがんばるよ」

ジークの式典へ出席するために出発する日がやってきた。

見送りにレムやセリエル、アンジェが来ている。

今回の魔界行きは数日に及ぶ。テッタとフィーネは俺と交わらなければ命に関わる体質になっているため、同行することになっている。

その間、俺の国を任せることができる人材として、レムが来てくれたのは本当に助かっている。

レムの話では、魔天領の統治は信頼できる者に任せていて、今は特に問題はないらしい。

「リーナのこともよろしくな」

「もちろんですわ。私《わたくし》やレラのお乳を良く飲んでいますもの。テッタさんも良く飲ませに来ますよね」

「そ、そういうこと言わないっ」

リーナ……真名、リュマーナ・フジムラ。俺とリュミエルとの娘である魔天族だ。

俺にとっては第一子、か。

今は連れて来ていないがレムや村に居た人間の女性、魔天族が交代で面倒を見てくれていた。

俺も時間の許す限り会いに行き、頭を撫でたりしてやっている。母親と違いかわいいものである。

テッタも羨ましそうにしていることが多いと思ったがそういうことをしていたのか。

確かに母乳体質であるし……と思いテッタの顔を見ると茹《ゆ》で蛸《だこ》のように真っ赤になっていた。

あまりからかい過ぎると有能な副官もポンコツになってしまう。テッタの頭を撫でて落ち着かせてやる。

「テッタもそのうち、俺の子供を産むんだろ？　そのときの練習と思えばいいじゃないか」

「う……うん。そーだよね。アタシがトーヤの……ふふ……」

テッタの表情が柔らかくなる。

レラも無意識にか腹部に手を当てて……生まれてくる子供を楽しみにしているようだ。

「それよりも……私の格好はどうにかならないのかしら？　……恥ずかしすぎて死んでしまいそうなのだけれど」

顔を染めて告げるのはフィーネである。

首輪は良いとしても胸を隠すことができないボンデージスーツに身を包み……乳首にはイヤリングの装飾がされている。

今回彼女の扱いは俺の奴隷であり……首輪に繋がれた鎖は俺の手の中にある。

賓客ではなく徹底的に辱められるために存在するのだ。

「むしろマ○コを隠してもらえるだけマシだと思ったほうが良いな。マ○コもア○ルも丸出しで晒《さら》し者にされるよりは良いだろ？　それと……俺から離れるなよ。レイプされるからな」

「……ゴシュジンサマ以外なんてイヤよ」

フィーネはこくんっと頷き大人しくその境遇を受け入れるようにしたようだ。

一方でノエルは賓客扱いである。

竜族としての『竜化』に覚醒したこと。魔族と人間の架け橋である『半魔』であることが理由だ。

今まで迫害対象だった『半魔』も積極的に受け入れられるべきだというのがジークの方針だ。

人間と結ばれた魔族の地位向上も目指していくつもりらしい。

俺はあの場で言わなかったがジークの両親も影響しているのだろう。

「私は……なんだか落ち着きません。姉さんがこんな格好ですし……」

「そこは慣れてくれ、としかいえないな」

「うぅ……がんばります」

迫害を受けていたノエルは、時代の変化の象徴のように扱われていることに戸惑いを隠せないようだ。

現地に着いたら普段のメイド服ではなく青いドレスを着ることになっている。

それと……忘れないうちに魔族化しておくか。ジークの配下である『黒騎士』が人間と疑われる要素はできる限り排除しないとな。

「みんな、転移術式の準備ができたの！」

「出発、ですぅ！」

転移術式の準備をしていたシルクとアムが声を上げる。

皆それぞれ荷物を持って移動を始めた。

「それじゃ、行ってくる」

「気をつけてね。ご主人様」

「いってらっしゃいませ……統夜様……」

皆に見送られ……俺はジークの居る魔界へと転移したのだった。

＊＊＊＊＊

「……行っちゃったね」

「寂しがっていても仕方がありませんわ。しばらく留守にするから、とたくさん可愛がって頂きましたし」

「うん。そうだね」

「……統夜様……激しかったです」

ボクもセリエルも、レム女王も皆、統夜の奴隷で……統夜のことが大好きだ。

愛している、と言っても差し支えないと思う。

寂しさを感じているのは皆一緒だと思うし、落ち込んでいられないよね。

「セリエルは苗床の管理でレムは迷宮の整備だよね」

「はい……。アンジェさんも……欲求がたまったのであれば。あれは……統夜さんと同じ……ですから」

「そのときにはお願いするね」

「ふふ。アンジェさんはギリギリまで我慢して、統夜さんにその蕩けた身体を見せたいのではなくて?」

レム女王の言葉にボクは頬を染める。図星だ。

正直、禁欲生活できるような身体ではなくなってしまっているけれど……。

可能ならこの身体に受け入れるのはご主人様本人のチ○ポが良い。

ご主人様に支配されていることをまた確認させて欲しい。

思い出したら欲しくなりそうなのでこの思考は打ち切る。

「あんまり、からかわないで欲しいかな。……その、疼いちゃうし」

「そうですわね」

レム女王は堕天使だからか……国のトップとしてはかなり性に積極的な気がする。

この国のトップが統夜なのだからある意味仕方がないのかもしれないけれど。

「それじゃ、ボクはちょっと皆のところを回ってくるよ。問題がないかね」

「はい。気をつけてくださいね。アンジェさん」

「エリンも居るから大丈夫だよ」

ボクに懐いている真っ白いスライム……エリンは今はボクの胎内に住むのを止めた。

あれからさらに成長して……一メートルくらいの女の子のような姿を取ることが多くなった。

さすがにそのエリンを全部ボクの中で受け入れ続けるのは無理があって……今はボクの服に擬態している。

お気に入りの修道服と同じ姿で……意思は文字を浮かべて伝えてくれる。

必要なときには鎧《よろい》に姿を変えて守ってくれる可愛い子。

普段はとても無口で寝ているような様子だけれど……最近はおしゃべりすることも増えてきた。

ボクと一緒で統夜がとっても好きみたい。

そして……統夜が大切にしてくれるボクを守れることに喜びを感じているっていつも言ってる。

ボク、統夜に大切にして貰っているんだよね。

ちょっと嬉しい。

迷宮都市の外にでるとすっかり元通りになった村の風景がそこにある。

堕天使が数人、使用人として村の人と一緒に住むようになったのが一番の変化だと思う。

「よう、アンジェ。あいつはもう出発したのか？」

「おじさん！　こんにちは。うん。そうだよ」

「しっかし、すげえ奴になったよな……」

「最初はタダの不審者だったのにね」

ちげぇねぇ、とおじさんと笑う。

もともと村に住んでいた人たちは地上の村部分で普通に生活をしている。

迷宮都市の内部でも農業をすると聞いてこっちは必要ないんじゃないかと不安にもなったみたいだけれど、やっぱり村でのびのび育った家畜や野菜はおいしい。

今まで通り育てても良いって知ると皆喜んでいた。

村はあくまでも今まで通りに過ごすこと。

それが必要なんだ。

おじさんに挨拶を済ませたら今度は拠点のある洞窟に近い森の中。

此処はご主人様の使い魔の一人、ラウネが管理している場所だ。

今日みたいな日が出て暖かい日にはきっと……。

あ、いた。

少し開けた場所。

草原の上で頭に大きな黄色い花を咲かせた少女がうとうとと船を漕いでいた。

肌は緑色。髪の毛に蔦《つた》が巻きつき……手足にも茨《いばら》が巻きついている。

背中には大きな葉が妖精の羽みたいに生えている。

服は身に着けず……長い髪の毛で大事なところを隠しているみたい。

なんというか……とっても扇情的な姿だと思う。

ボクも一度あんな姿で村の中を歩かされたら……なんて妄想が走りそうになるところで頭を振る。

ご主人様が居ないのに身体が暴走したらとっても切なくなる。

裸足で痛くないのか……と聞いたことがあるけれど手足は木のように固く、感覚も鈍いみたい。

その代わり胴体部分の感度は……うん。考えるのは止めよう。

彼女はこうして日の当たる場所で昼寝するのが大好きだ。

これを邪魔すると怒る。

ものすごく怒る。

以前、邪魔だからと言って無理やり起こした人が茨に全身を絡め取られ、締め上げられていた。

怒らせるとちょっと怖い。

周囲には彼女の手足となって働いている妖精たちがふわりと舞っている。

この様子だと問題はなさそうだし、お昼寝の邪魔をするのはかわいそうなのでそっと立ち去ることにする……。

と……足元に蔦が絡み付いていた。

「……オハヨ」

「ラウネ……うん。よく眠れた？　起こしちゃったね」

「ン、ヘイキ」

ボクが振り向くとラウネの蔦は脚から解かれた。

んんーっと大きく伸びをする彼女。

「ミマワリ？」

「うん。問題はなさそうだね」

「モンダイナイ」

ラウネがこうなったのはご主人様がフィーネを抱いてから。

たぶん以前、コガネたちのように大量の魔力を取り込んで成長したのだと思う。

「ウタ……ウタウ？」

「ううん。それはまた今度。今度は楽器も持って来たいね」

ラウネは音楽が好きみたい。

ラウネがこの姿になる以前、ボクがこっそり歌の練習をしていたら聞かれていて……それ以来気に入られている。

賛美歌なんて……たぶんもう皆の前で歌うことはないとは思うんだけどね。

ラウネとたわいのない話をして……そろそろ次の場所へ向かうことを考える。

「そろそろ行かなくちゃ」

「ン、アンジェ、マタネ」

「うん。またね。ラウネ」

ラウネの髪の毛を撫でて……それから立ち上がって次の場所に向かう。

今度は街道近くの森の中。

「あ、アンジェだー。みまわりー？」

「ご苦労なことだニャ」

「あ、アンジェ、シルバの姿を見かけなかった？　姿が見えなくて……こまったワ」

一人はアルケ。ご主人様の蜘蛛《くも》の使い魔で、彼女も亜人化している。

頭に複眼と思われる赤い球体。背中には二対の赤い節足の脚。蜘蛛糸を操る力がある。

「そーなのー。アルの糸にもひっかからないのー」

「今は異常がないから問題はニャいのだけど……」

語尾にニャ、が付いているのは……フィーネの元部下で獣魔族のフィス。

もともとトラの魔族だって聞いたんだけど……フィーネとの戦いの最中に捕まってシルバに調教されて……猫語にされちゃったんだとか。

オレンジ色に近い黄色の耳。もふもふとした手足。そして尻尾。

揺れている尻尾をみるとつい触りたくなっちゃうよね？

「困ったものだワ。あまりサボられると部下に示しが付かないのだワ」

「フェリも大変だね……」

「見かけたらとっちめてやるのだワ」

ぐっとこぶしを握るのが……フェリ。

銀色の狼の亜人で耳はもふもふ。背中ももふもふの毛で覆われていて尻尾が生えている。

大きな胸と股間だけを布一枚で隠してすごしていることが多いんだ。

実はこれでシルバよりも強くて……まだ身体を許したことはないんだって。

「シルバの居場所かぁ……。あ、もしかして！」

心当たりがあったボクはフェリを連れて加速空間に向かう。

ボクも出入りの許可は貰っているからね。

「あ、アンジェ様！　いらっしゃいませ！」

「いらっしゃいませ……どうされました？　まさか、かあさまがなにか？」

出迎えてくれたのは統夜そっくりの男の子、クロガネと白い角と狐耳を持った女の子、シロガネ。

どちらも着物を着ている。

クロガネ君、男の子なのに女の子の服を着せられて……。

たぶんヨゾラに弄《いじ》られちゃっているんだろう。

「ううん。もしかしたら此処にシルバが来ているんじゃないかって思って……」

「ああ、ルナエル様の調教にいらしてますよ。そろそろ一日が……」

「……シルバぁ!!　あのヘタレ！　サボってなにをやっているんだワ!!」

シロガネの言葉にフェリが怒ったみたいだね。

ボクも……様子が気になるしちょっと見に行こうかな。

＊＊＊＊＊

「おチ○ポ……ケダモノチ○ポ……いいのぉ……気持ち良いのぉ……ルナ、ケダモノチ○ポのおよめさん……はらませてぇ……はらませてぇ……あはぁっ……」

「おらおら、これが良いんだろ。へへっ……主ほどじゃないが……もう夢中じゃねぇか。この淫乱天使！」

「はいぃっ……淫乱天使っ……ルナ淫乱ですっ!!　おチ○ポ欲しくてたまらないのぉ」

その光景を見たとたん。きゅんって子宮が疼いた気がした。

見るんじゃなかった、という後悔はちょっと遅い。

ルナエルは一九○センチはありそうなシルバの逞《たくま》しい肉体にねじ伏せられていた。

ヨゾラも調教に参加しているらしい。

異様に大きくなっている乳房。

そして大きく膨らんでいるお腹。

乳首も肥大化していて……だらしなくその先端から乳がにじみ出ている。

瑠璃色だった髪の毛は……先端が白く染まり、白い翼もセリエルのように先が黒く変色していた。

「あ、アンジェさん来たんですね」

「あ、コガネ。あの……なんというか……エッチだね」

ボクの顔は赤いと思う。

コガネも顔を赤くして尻尾を揺らして……ちょっと困った様子も見える。

フェリは……まだ途中の場所へ乱入するのは躊躇《ためら》われるのかボクの隣に立っていた。

怒りを堪えているのか、別の感情からなのかふるふると震えている。

シルバのチ○ポがじゅぶじゅぶと出入りしているにも拘わらずそのマ○コから一滴も精液はこぼれていない。

胸を押しつぶすようにシルバが犯すたび。プシュと乳首の先から母乳が溢れる。

その乳首を……ヨゾラが踏みつけた。

「……いいこ。いっぱい、イク」

「はいっ……はいっ……みてぇ……ヨゾラ様みてぇっ……ルナがケダモノチ○ポでアクメして肉体改造でおチ○ポになっちゃった乳首ふんでぇっ……いくぅっ……いくぅっ……!!」

ルナエルががくがくっと震え……そのまま気を失って全身から力が抜ける。

「うおぉぉぉ……そらぁっ……!!」

シルバも思い切り射精し……ルナエルの腹部がまた一段と膨らんだ。

あれ、全部精液なんだろうか。

それからチ○ポが引き抜かれて……。

ルナエルのお腹が引っ込みながら……精液が噴出していく。

あ……すごい……。

ボクはその光景に思わず見とれて……。

「こらぁっ！　仕事サボって何やってるんだワ!!　夜の時間があるんだワ!!」

「げぇっ。フェリ!?　ちょ、耳ひっぱるな、痛いっ……痛いからっ!!」

フェリの声で再起動する。

ぐったりとしてぴくぴくしているルナエルは……コガネが治療して……乳房の大きさが戻ってい
く。

たぶん『時間回帰』で……乳房が変わる前に戻しているんだと思う。

肉体変化かぁ……コガネかヨゾラが覚えたのなら……ご主人様もそのうち覚えるよね。

そうしたら……。

思わず熱くなってしまった身体の火照りに気がついて頬を染める。

気がつけばずるずるとフェリに引きずられてシルバが連れて行かれるところだった。

「ちょ、悪かった！　悪かったからっ！」

「このヘタレ！　まったく……。ちょっと目を離すとすぐこれなのだワ」

「仕方がないと思うけれどね」

ボクは気を取り直してフェリに追いついた。

あの様子だと、ルナエルは完全に堕ちてしまったのだろう。

たぶん、何回も身体を改造されては元に戻されて……屈服しちゃったんだと思う。

ぞくっとした。

フェリとシルバのやり取りをほほえましく見ながら……身体の芯に火がついてしまったことを自

覚する。

でも、これは一人では消せない火。

ご主人様が帰ってくるまで……眠りの浅い日が続くことになってしまいそうだった。

でも……ボクにとってそれは……この身体がご主人様のモノだと確認できる時間でもあるのだ……。

第十五話　ジークの演説、その裏で

俺たちが転移した先は魔界にあるジークの屋敷の前。

以前はフィーネが所有し、俺が召喚された場所でもある。

まさかこんな形で再び戻ってくることになるとは思わなかったが……。

「なんだか、この屋敷で過ごしていたときがすごく遠い昔のような気がします。まだ一ヶ月くらいしか経っていないはずなんですけれど……」

「…………」

フィーネは複雑そうな表情を浮かべている。

「トーヤ、体調はどう？　魔界は大気中の魔力が強いから普通の人間には辛いはずなんだけど……」

テッタの言うとおり空気中に感じる魔力は非常に強い。

その影響を心配してくれているのだろう。だが、俺は特に問題に感じていなかった。

「ああ、特に問題ないぞ。魔力なら普段から使っているから、そのせいじゃないか？」

「統夜様は魔族化もできますから、慣れているのでしょうね。きちんと訓練すれば他の方でも魔力を扱えるようになるかもしれませんね」

「そうだな。村の誰かに訓練してもらうのも良いかもな」

ノエルの提案に、俺は頷いた。アンジェに次いで村の人間を纏めているウェンや、コガネを慕っているミラたちなら訓練を受けてくれるかもしれない。

そんなことを考えながら、俺は屋敷の扉を叩いた。出迎えた使用人に来訪を告げる。

すぐに屋敷に迎え入れられ……俺たちが過ごす部屋へと案内された。

部屋は全員で一部屋だけ。ベッドがいくつか並べられてキングサイズのようになっている点は気を使われているというかなんというか。

「こ、これは逃げられないの……！」

「ま、また虐められてしまうですぅ？」

シルクが全身を震わせ、アムもまた不安げに……しているようでどこか期待もしているように見える。

俺たちが荷物を置き、寛《くつろ》いでいると部屋の扉がノックされた。

「ようこそ、いらっしゃいました。わたくし、クーリと申します。兄に代わりまして……皆様を歓迎いたします」

「統夜、だ。歓迎感謝する。ジークの妹か」

入ってきたのはノエルと同じくらいの年頃に見える少女。

薄い青色の髪は短めに切りそろえられていて、快活な印象を受ける。

ノエルよりも小さな竜族と思われる角が頭に生えているが、背中には翼は見えない。

そして……彼女は義足だった。

ストッキングであまり目立たないようにはしているようだが、太ももの半ばから先は木を削ってつくられた人形のようになっていた。おそらくは魔力で動かしているのだろう。

「やっほー、クーリちゃん。ひさしぶりーお堅いのは無しで良いよ」

「きゃぁっ!!　て、テッタ姉さま！」

「んふふー。また美人になったねー！　胸もおっきくなって……」

「ちょ、止めてくださっ……ひゃぅっ……どこさわって……」

その視線に気がついたのか、それとも元からそうするつもりだったのか……テッタがクーリに飛びつき、アンジェより大きそうな胸を揉む。

テッタは、彼女が身悶える様子をひとしきり楽しんでから解放した。

「ジーク君の妹のクーリちゃんだよ。この通り美人さんでトーヤのところにきたら手を出されること間違いなし！　だよね？」

「ああ、そうだな」

「えっと、あの、その……まさか、この場で押し倒されたり……しますか？」

びくぅっと怯えた視線になり、ずざっと壁際に身を寄せるクーリ。

俺はその様子に苦笑を浮かべ……。

「いや、さすがにそれはまずいだろ。手は出さないから安心しろ」

「そ、そうですよね。いくら手が早いといっても……」

「でも……統夜様なら誘惑されたら……手を出されてしまいますよね？」

「当然、そのときはおいしく頂く」

「ないからっ……そんなことしないからっ！」

レラの言葉にクーリが真っ赤になって反論し……はっと我に返る。

どうやらかなり猫を被っていたようで時々見える素の彼女は印象通り快活なようだ。

その視線に気がついたか……猫を被るのは止めたようで……、はぁ、と息を吐く。

「もう、せっかく深窓の令嬢のように振る舞おうと思っていたのに、テッタ姉さまのおかげで台無し……。改めて自己紹介するね。ボク、ジーク兄さんの妹、クーリ。よろしくね！」

「ノエルも私も素のクーリを知っているわけだしね」

「むぅ。一応お客様相手には礼節を持って対応するようにって言われてるんだけど……。でもちょっと安心。堅苦しいのは苦手だ。安心しろ」

「俺も堅苦しいのは苦手だし」

すっかり緊張が解け、ぷぅと頬を膨らませたクーリにノエルとフィーネも笑顔を浮かべた。

くるくると表情が変わるクーリはノエルよりも年下に見える。

「さて、式典までまだ時間はあるからゆっくりしていって。屋敷を見て回りたいなら案内するけれど……」

「必要ないわね。もともと私の屋敷だもの。それこそ隠し通路から秘密の部屋まで知り尽くしているわ」

クーリの言葉にフィーネが告げる。

フィーネはもちろん、ノエルもテッタも屋敷の中に関しては詳しいだろう。

「そういうと思った。それにしても、すごい格好ね。フィーネ姉さま。恥ずかしくない？」

「恥ずかしいに決まってるじゃない！　うぅ……これからこんな姿を披露しないといけないなんて……。恥ずかしすぎて死にそうよ」

「でも……、フィーネ姉さまは逃げないんだ」

「私のゴシュジンサマからは……もう逃げられないの。逆らえないし……厳しいわよ。なにかと」

これからのジークの選択によってはクーリもまた俺のところで過ごすことになる。

そのために様子を見に来たのもあるのだろう。

「あのフィーネ姉さまが借りてきた猫みたいに……。統夜さんってすごいんだ」

「はい。統夜さんはとてもすごい人だと思います。手癖が悪いのが欠点ですけれど」

「私も統夜様に助けられました。……心も身体も。だから……お傍に居られるだけでも……幸せです」

クーリがフィーネの様子を目を丸くしてみている。

ノエルとレラも同調し……少し気恥ずかしい。

空気が和んだところでシルクが全員分のお茶をいれ、並べていく。

さらにたわいのない話が弾んだところで扉がノックされた。

「おっす。大将。クーリはどうだ！　可愛いだろ。へへ、自慢の妹なんだ」

「ああ、このまま連れ去りたいくらいだ」

「いくら大将でもそれは困るぞ？」

「ジーク様、一応来賓なのですから言葉遣いは……」

「ああ、気にしなくて良い。というか気を使われるほうが困る」

「さっすが大将。話がわかるね！」

やって来たのはジーク。

ルクルも一緒に入ってくる。

なんというか。ルクルはいろいろと苦労していそうだ。

「もう、兄さんたら……」

ジークの言葉に恥ずかしかったのか顔を赤くするクーリ。

頭をジークに撫でられて嬉しそうで……ってこれはむしろ……。

「挨拶回りはもう良いのか？」

「ああ、一通り終わったよ。まったく。丁寧な言葉遣いなんて肩がこってよぉ……、大将相手なら気を使わなくて良いってのは楽だな」

「確かに苦手そうだが……これから演説があるんだろう？　そんな調子で大丈夫か？」

「問題ない！　と言いたい所だが正直スゲー緊張してる。……俺は周りに助けられてばっかりだ。今回もたまたま大将がフィーネをこてんぱんにして空いた席が転がり込んできただけ……。そんな俺が本当に上に立っていいのかって思ったりもする」

シルクが置いた茶を飲みながら……ジークは酷くまじめな顔で悩みを打ち明ける。

「気にするな。どうせ傀儡なんだから」

「いやまぁ、確かにバックに大将がいるんだからそうなんだろうけどなぁ……」

ジークが苦笑しながら頭をかく。

「ジークがミスしたら皆で補い合う。それだけのことだろ。俺たちも助けて貰うって点では一緒だしな。表向きは俺たちもお前の部下ってことになるんだ。こき使うくらいで丁度いい。魔界を統一したければ手伝ってやるしな」

「おいおい、良いのかよ大将。そんなこと言って」

「ああ、構わないさ。現状の魔界では人間と共存を目指すのは難しい、って考えているんだろう？」

「……少なくとも獣王国とはケンカになるだろう。あそこはフィーネと同じ魔族至上主義国だからな」

ジークが観念したように告げる。

もっともこの考察はテッタがしていたものだ。

俺はそれに便乗したに過ぎない。

「まいったぜ。なんでもお見通しかよ」

「有能な副官がいるものでな」

「あー、テッタ姉か。……確かにかなわねぇな」

テッタがふふんってドヤ顔している所をみてジークが苦笑する。

「ま、気楽にいけ。そんなに不安なら俺がお前の男になって支えてやろうか？」

「た、大将、それだけは遠慮しておく！　勘弁してくれ!!」

ジークがすさまじい勢いで後ずさった。

ほんの冗談なのだが過剰に反応しすぎだと思うのだが……。

ルクルが若干頬を膨らませ、不機嫌になったのは……たぶん気のせいじゃないだろう。

「あー、トーヤ。それ、シャレになってないから」

「……あんなジーク兄さん初めてみた」

テッタが苦笑してクーリが目を丸くしている。

「ま、俺に抱かれたくなかったらちゃんとやれってことだ。俺に抱かれるよりは理想の王を演じるほうが楽だろう？」

「なんというか、確かにそれに比べたらな。というか本気で俺を狙ってんのか？」

「さて、どうだろうな。今のところは俺の仮初《かりそめ》の雇い主で親友ってことで良いんじゃないか？」

本気で疲れた顔をするジークににやにやと笑いかけてやる。

それで……大分《だいぶ》緊張は解れたのだろう。

ジークも苦笑する元気は出たようだ。

「それに、先日の天使との戦闘指揮は見事なものだったじゃないか、ジーク。あれだけ戦えるなら次期当主として十分な実力、と捉えることもできるしな」

人間界のマステリア領はジークが俺のところを訪問した翌日に天使の襲撃を受けていた。

事前にその動きを確認した俺はジークへ連絡。

俺も必要であれば移し身を使ってフィーネと共に戦場へ向かうつもりだったが、その必要はなかった。

それほど見事な戦闘指揮を見せていたのだ。

奇襲をしかけたつもりの天使の軍は逆に準備万端で迎え撃たれ惨敗。

俺たちの動きで目と耳に当たる情報収集網は大きく混乱している。

フィーネが居なくなった隙を突くために先走った連中が居たのだろうが情報収集の大切さを思い知ったに違いない。

俺のほうで必要なのは天使軍の情報収集網を復旧させないこと。

できればその役目はヒルルたちの工作に任せたい部分である。

「……いや、あれは大将のフォローがあってこそ、だ。俺の力だけじゃない」

「それでいい、と言っている。今は俺たちの力も含めたものがジークの力だ。ジークにとっては今までとそう変わらないんじゃないか？」

元々、ジークは周囲の協力があって力を発揮できるタイプだ。

その手駒に、俺の勢力が加わったに過ぎない。

それに、俺のいる場所はマステリア領の支配地域の一つでしかない。

そう思わせるのが最大の目的だ。

影の支配者となるのはなかなか魔王らしくて良いじゃないか。

「俺が大将の意向から逸脱しない限りは……大将の力も俺の力として扱っても構わない……か。怖い誘惑だよ、ホント。実力以上の力ってのは碌な結果にならないものだと思うんだが……」

「その暴走を抑えるのも俺たちの役目だ。今は思うようにやってみろ」

「なんだか、本当に大将に首輪をつけられそうだな」

ジークは苦笑するが……その表情からは不安の影は大分消えたようだ。

「あ、大将！　これだけは言っとく！　俺の女には手を出すなよ！　頼むから！」

「向こうから手を出されない限りは、な。それとジークが手に入れた女は基本お前の好きにして良いぞ。俺は俺で動くつもりだしな」

「え、マジか!?　後で欲しいって言ってもやらないからな!?」

「その代わり、ジークも俺の女には手を出すなよ？　手を出したときには……お前を奴隷に躾けてやるからな」

俺の言葉にジークがこくこくと頷く。

なんだかガタガタ震えているのは気のせいだろうか。

淫魔の姫に魔天領の女王母娘。竜族の姫姉妹……。

十分すぎるほど女は集まっている気はするが……男の欲望と言うものは尽きないもの。

魔族は元々実力者がハーレムを形成するので、テッタはあまり気にしていない。

ノエル、レラも理解があるほうだ。

一方でフィーネとシルクはとても面白くなさそうな顔をしている。

フィーネは特に力を持っていたために独占欲が強いのかもしれない。素直になれない奴ではあるが。

わかりやすい二人に近づいて頭を撫でてやると……表情が和らいだ。

「あ。兄さん、そろそろ時間じゃない？」

「ああ、そうだな。もうこんな時間か。それじゃあ、また後でな」

「うん。行ってらっしゃい。兄さん」

クーリの言葉にジークが立ち上がる。

どこか入ってきたときより表情の軽くなったジークは軽く手を振って部屋を出る。

「……ありがとうございます。統夜様」

「別に、話し相手になっただけだろ。ルクル。気にするな」

去り際に頭を下げたルクルにそう告げた。

「クーリは式典には出席しないんだな」

「ボクってこんな身体だから……公の場にはでられないんだ」

「……あのね、トーヤ。翼のない竜族って……魔族の間では『羽無し』って呼ばれていて侮蔑《ぶべつ》の対象なんだよ」

寂しそうに笑うクーリにテッタが補足してくれる。

ジークが魔界を変えたい理由をなんとなく察する。

妹のため、か……？

だとすれば……ジークに協力するかいがある。

「確かにこういう場では表に出るわけにもいかない、か。確かに……俺のところへ来たほうが魔界より自由に過ごせるんじゃないか？」

「トーヤがもっと節度を持った人なら……たぶん躊躇なく送ってきたと思うよ？　さすがに可愛い妹が毒牙にかかるとわかっていて送り出せる兄、なんてあんまりいないと思うし」

「ま、それもそうか」

「ちょっと、ボクって抱かれちゃうの確定なの!?　そこは否定して！」

大いに慌てるクーリ。

式典まであと少し。

なんだかんだでクーリは楽しそうに過ごし、俺たちと仲良くなったのだった。

＊＊＊＊＊

式典が終わった夜に開催された晩餐会。

奴隷として連れてこられたフィーネの恥辱《ちじょく》は続いていた。

マステリア領の領民魔族の前で晒し者にされただけではなくこうして俺に連れられ……四つん這いで歩くことを強要されている。

本来誇り高い彼女が到底許容できそうにない恥辱を命令できているという俺への尊敬のまなざしと……堕ちたフィーネへ注がれる侮蔑の視線。

「くぅ……」

フィーネは侮蔑の視線に身体を震わせた。いつ襲われるかわからない恐怖に怯え、俺の脚に擦り寄ってくる。逆鱗は解放してあり……フィーネの全身はとても敏感なはずだ。

それでも、俺に触れているほうが安心するのだろう。

俺は『黒騎士』として晩餐会の出席者に挨拶を交わしていく。

「いやはや、お強いのですな。それに、なかなかいい趣味をお持ちのようだ。この姿で飼うのが好みとは……。ぜひ、味見をさせていただきたいものですな」

「ヒッ……」

「申し訳ありませんが……このペットは皆に自慢するために持ち出したもの。勝手に手を触れられるのは困りますね」

「ふむ。飼い主の意向がそうであれば仕方がないか。ペットらしく……あそこにいる犬どもと交尾をしているさまなど、いい余興になりそうなものだが……残念だ」

恰幅《かっぷく》のいい魔族はフィーネを犯したかったようだが……俺が断ると素直に退いていった。

フィーネの表情は扇情的で……、真紅の瞳は潤み……その肌はピンク色に上気して。

興奮している様子も明らかだ。

見るものが見れば太ももまで蜜が伝っているのは明白であるし……イヤリングを付けている乳首も硬くつんっと尖っている。

呼吸も荒く……時々ちらちらと俺の股間へと視線が向いている。

「ご、ゴシュジンサマ。い、いつまで……こうしていればいいの？」

「この晩餐会が終わるまで、だな。それとも……オブジェにでもなってみるか？」

「お、オブジェ？」

不穏な空気を感じたのか……びくっと身体を震わせる。

俺はフィーネの耳元へそっと囁く。

「ああ、触手で全身犯されたまま放置されるオブジェ、だな」

「み、みせないで……」

想像したのだろう。

はぁっと熱い吐息。

フィーネが歩くたびに小さな水音が聞こえる。

俺も手は触れずに……ずっと焦らし続けるように連れまわした。

フィーネは晩餐会が終わる頃には俺が触れるだけで達してしまうほど出来上がっていた。

誇り高い竜姫が堕ちたことの何よりの証明。

そして、俺のものだと見せつけたことに満足しつつ……フィーネを抱き上げて同じく晩餐会に出席していたレラ、テッタと共に部屋へ戻っていったのだった。

夜の楽しみはこれから、である。


「おかえりなさい、なの」

「ひぅ……あうぅ……お、覚えてなさいよ……。いくら私が好きなゴシュジンサマとはいえ……あんな人前で……ひぁっ……」

シルクが扉を開けて出迎えをしてくれる。

フィーネはびくびくと身体を震わせて……目を潤ませて俺に抱かれている。

逆鱗に俺が触れているためもう抵抗もできず……連続アクメを味わい……愛らしい口元からは涎を零してしまっている。

「本当は皆の前でレイプショーをして欲しかったくせに何を言っているんだ、フィーネ」

「ひぅっ……、そ、そんなことは……」

「ぬしさまは相変わらずなの」

若干呆れたように告げながら中で待っていたシルク、アム、ノエルと合流する。

さすがにノエルは姉が魔族に蔑まれるところを見るのは抵抗があったのか部屋にいたのだ。

「んふふ。そんなこと言っちゃって……。アレ、もう少し焦らされていたら……自分からおねだりしてたでしょ、フィーネちゃん。みんなの前でレイプセックスしてくださいって」

「……うぅ……そ、そうよ……。ゴシュジンサマが欲しくて……皆に奴隷になりましたって報告したくて……仕方がなかったのよ」

「フィーネ様は羨ましいです。レラもあの場で服を脱いで……奴隷宣言したかったくらいですもの……」

「レラ様もすっかりマスターに染められてしまっているのですぅ……」

テッタの発言に始まり、フィーネがそれを認め……レラが羨ましがる。

アムは諦めたようにため息をつく。

フィーネをベッドへ横たえて……皆を見回した。

さすがにクーリは戻ったか。

「それじゃ、まとめて可愛がってやる。ドレスを脱いで……奴隷らしい格好になれ」

「あ……私も……脱ぐの……？　乳首……敏感で辛いの……外させて……」

「フィーネはそのままだ」

「あぁ……そんなぁ……ま。またぁっ……肌そんな風に……」

俺がフィーネの肌を触れるか触れないか……そんなふうに優しく触れてやると全身をびくびくっと派手に震わせて……ぷしゃっと股間から透明な液体を噴出してしまう。

「だらしがない奴だな」

「ご、ゴシュジンサマが私をこんな身体にしたんじゃゃ……あぁっ……上に乗らないでっ……ひぃぃっ……」

俺がフィーネをうつぶせにして……その腰の辺りへと座ってやる。

言葉こそ拒否しているが声は甘く……どう聞いても悦んでいるようにしか聞こえない。

じたばたと手足を悶えさせて抜け出そうともがくが……俺に逆鱗に触れられていてはそれも難しいようだ。

「やっぱり……姉さんみたいに反抗したほうが統夜さんは虐めたくなるんですか？」

「そういう部分があるのは否定しないが……ノエルは素直なほうが可愛いぞ」

ノエルが青いドレスを脱ぎ……裸になっていく。

少し恥じらうように頬を染め……ちらちらとこちらを気にしながら生まれたままの姿になっていくところを見るのは良い。

大きくはないが形の良い胸をじっと見つめると……恥ずかしそうにしながらも手を下ろし……見せてくれる。

既に乳首は見られるだけで硬くつんっと尖っているようで……。

そのまま俺のところへとやってくると跪いて首輪を渡してくる。

そして俺に首を見せ……。

「お願いします。統夜さん。私を奴隷に戻してください」

潤んだ瞳で懇願する。

俺は首輪を受け取るとそのほっそりとした首へ……首輪を付けてやる。

今回ノエルは俺の奴隷という立場ではない。首輪を外している必要があったのだ。

俺に首輪を巻かれたノエルは、嬉しそうにその感触を確かめている。

「首輪がなくて不安だったか？」

「そうなんです。いつもはこれがあると離れていても傍にいてくれる気がしたんですが……」

「ノ、ノエル……私、今それもダメだからっ……敏感すぎてだめなのぉ……！　ひぅぅっ……」

すっと立ち上がり俺の下に敷かれてしまっているフィーネの頭を撫でていく。

ノエルにも助けてもらえず……それどころか頭を撫でられるだけでも気持ちよさで悶えてしまうフィーネの目にはうっすらと涙が滲む。

「ノエル様とフィーネ様が羨ましいです。ずっと隣に居られますから。レラは……立場もありますし……見も心も捧げているのですが……もどかしいです」

ノエルが裸になったところを見計らって今度はレラがドレスを脱いでいく。

挑発するように強調された胸が服から解放されて揺れる。

ノエルのものより一回り大きくは見える乳首はピンク色で……硬く尖っている。

レラは俺に裸体を見せること自体で興奮しているようで……下着は既に湿りきっていた。

肉付きの良いレラの身体をじっくりと見つめてやる。

レラもまた……頬を赤く染めながら俺に跪き首を見せた。

「レラにもください……。この穢れた身が統夜様の傍《かたわ》らに居ても良いという証を……」

「ああ。構わないぞ。レラ」

レラの首にも首輪を巻いてやる。

ややきつめに締めてやると甘い声が漏れ……とろりと太ももに蜜が伝う。

それからノエルの反対側に回ると俺の近くに座った。

「レラさんもテッタ様も……胸が大きくて羨ましいです」

「竜族は胸が大きくなりにくいと聞きますが……」

フィーネは本来どう成長していたのだろうな。

淫魔の血も混じっているから、かなり大きくなったのかもしれない。

「ふぁ……ぁぁ……だめなのぉ……ゴシュジンサマの体温だけでとけちゃってるのぉ……からだあつぃ……あついぃ……」

「あの……今度このように……レラも敷物にしていただけますか？」

蕩けているフィーネの様子が羨ましかったのだろうレラの頭も撫でてやり了承しておこう。

「えっと、トーヤ……アタシも……脱ぐんだよね」

「当然だ。テッタ。そのくらいなんでもないだろう？」

「いや、普通はそうなんだけどね。改めてこう……じっくり明るい場所で見られているとね。これも……ドレスだし……落ち着かないって言うか……うぅ……」

意外と一番恥ずかしがっているのはテッタだ。

ドレスに手をかけて脱ごうとする手が止まっている。

せめてもの抵抗か俺に背中を向けているが……レラ以上に大きな胸は隠しきれておらず、むしろ腰のくびれとむっちりとした尻のラインが強調されてしまっていることに気がついていない。

「テッタ様の身体は相変わらずお綺麗ですね」

レラの言葉にテッタの頬がますます赤く……というか耳まで赤くなっている。

ゆっくりと露わになっていく淫魔の肌はしっとりと汗ばみ……男を誘う天性の肌だと改めて認識する。

動き一つ一つが艶かしく……見ているだけでノエルもレラも興奮してしまっている様子が伺える。

二人の身体を軽く抱き寄せて頭を撫でてやる。

二人とも素直に身を寄せて来た。

先にノエルに軽く口付けて……それからレラに口付ける。

「も、もう……アタシがこんなに恥ずかしい思いをしている隣でいちゃいちゃしないでよ……」

「じっと見られているほうが服を脱げなかっただろう？　テッタ」

むくれたようにテッタが告げるが……その表情は穏やかで。

「うん……。しんぞうのばくばくが止まらないの。すっごく恥ずかしいのに……ちょっとうれしいの。トーヤ。あたしを……許さない証をください」

テッタの首には紫色の首輪が巻かれる。

俺が触れるとがちがちに硬く緊張しているテッタがわかった。

俺が頭から頬を撫でてやると緊張が少し緩んだようで……。その手を掴み、一気に引き寄せてやる。

「ちょ、ちょっとトーヤっ……あ、アタシ……正面で……」

「たまにはご褒美だ。テッタ。よくがんばったからな」

「……うん。大変だった。忙しかった。でも……許しちゃう」

ノエルもレラもテッタが正面に回ったことに不満はないらしい。

「お、重くっ……ゴシュジンサマっ……重いのっ……ゆ、ゆるしてぇっ……」

テッタの体重も加わったことでフィーネが悲鳴を上げる。

そろそろ許してやるか、と俺が腰を浮かし……ノエルが助け出してやる。

フィーネはノエルが膝の上に抱きしめて俺のすぐ隣に座った。

「信じられないわ……こんなに酷い扱いをされて……うぅ……身体が悦んでしまっているなんて……奴隷で居ることに喜びを感じているなんて……」

フィーネは唸《うな》りつつもノエルと一緒に俺にくっつき……体温を感じて嬉しそうにしている。

「し……シルクもなの？　し……仕方がないの……ぬしさまには逆らえないの」

「うぅ……皆様の様子を見せ付けられて……疼くですぅ……子宮もア○ルも躾けられてしまったこと思い出してしまうのですぅ……」

シルクは……一瞬で裸になってみせた。

なんというか、分かっていない奴だが、そんなところがシルクの魅力でもある。

アムは既に半分裸のような格好だが、それでも脱いで見せた。

フィーネと同じくらい薄い胸。

小柄な身体。レラとはちょうど左右反対になっている白と黒の羽。

赤眼と碧眼《へきがん》のオッドアイが期待に揺れている。

皆で楽しむ。と宣言し……ベッドをスライムで覆っておく。

ジークならばあまり気にしないだろうが一応此処は借りた部屋なのだし、あまり汚すわけにはいかない。

「順番に可愛がってやるからな。最初はテッタからだ」

「ふぇっ!?　あ、アタシからって……ぇぇっ!?　んっ……ちゅる……」

驚いた声を上げたテッタの声は俺の口づけで封じられる。

頭を押さえて唇を奪ってやればその身体からは力が抜けていく……。

「ぁ……ノエルも気持ちよく……してあげないと……いけないわね……私だけ楽しんじゃ……ダメよね」

「姉さん……。んっ……ふぁ……手つき、エッチです」

身体が自由になったことで疼きは収まっていないようだが余裕も出たようで……、ノエルに甘えるように抱きつき……その乳首へ小さな舌を含ませていく。

姉の思わぬ行動に反応しきれず……びくっと震えるノエル。

慣れた手つきで内ももを撫でていくフィーネの表情は小悪魔じみていて……どこか楽しんでいる様子が見える。

散々焦らされたこともあり、ノエルへの愛情がこういう形で表に出てきたのかもしれない。

「レラ様……アム、疼いてしまいます」

「アム……レラもです……お願いです。統夜様。私たちには……」

レラとアムは丁度向かい合って抱き合うと背中の白と黒の羽が一致する。

向かい合ったレラとアムを触手で絡めとり……締め上げてやる。

レラの豊かな胸が押しつぶされ……その乳首とクリ○リスを縛って離れられなくしてしまう。

「ひぅ……あぁ……アム……私たち……離れられなくなりましたね……」

「レラ様ぁ……一緒に可愛がられてしまうのですねぇ……」

二人は我慢できずに互いに羽を撫で……愛撫しあう。

さらに……やや潤んでいる二人の膣の中へスライムを挿入させて……動かずに固定させてやる。

二人のうちどちらかが我慢できずに身体を動かせば互いの乳首とクリ○リスが引っ張り合わさってしまう仕組みだ。

「うあ……統夜様……これ、もどかしい……もどかしいです」

「ぁぁ……疼きますぅ……子宮虐めて欲しくてうずいちゃいますぅ……」

「淫らに踊ってくれ。焦らしたぶんは可愛がってやる」

アムとレラは我慢できずに身体を動かし……それでいてその動きではアクメを迎えることもできず……悶え身体を火照らせていく。

その光景にぺたんっと座り込んでしまったシルクはスライムでからめとってやることにする。

「ぬ……ぬしさま……し、シルク……シルク……」

以前のようにスライムに絡め取られてしまったシルクはそのときの記憶を思い出してしまったのか、それだけでびくびくっと震えていく。

心なしか胸は以前より膨らんでいる気がする。

その胸がより大きくなるように揉んでやろうか。

「胸が大きくなってるな。どうした……？　俺にされたのがよほど気持ち良くて……思い出しながら自分で慰めていたか？」

「いっ……いつの間に見ていたの？　使い魔のプライベートを覗くなんて最低なの！」

「……本当に自慰をしていたのか。コガネやヨゾラにいろいろと教えてもらったな」

「な、なしなのっ！　今のなしなの!!　ひぁっ……ぬるぬる……にちゃにちゃ……あう……思い出してしまうのっ……ぬしさまのにおい……うぅ……くらくらするの……」

スライムが肌を這い回り……ふわふわもふもふの尻尾を擦り上げ……耳も取り込んで綺麗に舐めあげていく。

それだけでシルクは身悶えて……心地良さそうに身をよじらせる。

「んちゅ……ふぁ……トーヤ、いきなりひどいよ……んぅ……」

「そう拗《す》ねるな。テッタ。たまにはこうして皆に見られながらするのも良いだろう？」

その言葉にテッタは改めて自分の状態を認識する。

皆に切望の視線を浴び……俺に抱かれている姿を観察されている。

その状況の中……胸をゆっくりと揉んでやる。

テッタの耳は真っ赤になっていて……その耳を軽く噛んでやる。

「ひぁっ……ちょっ本気……!?　本気なの……!?　い、今のアタシ……みられちゃうの!?　やぁ……恥ずかしいからっ……トーヤに夢中でダメ淫魔になった姿見られちゃうの恥ずかしいからっ……」

どうにか逃れようとするテッタの身体を押さえつけ……この場の他の五人によく見えるようにテッタの脚を広げてやる。

顔を真っ赤にしたテッタのマ○コは既にほぐれ……俺のチ○ポを咥えたいととろとろ蜜を零し濡れ光っている。

脚を閉じられないように抱えたまま……胸をやわらかく揉んでいく。

テッタの乳首を摘むと母乳が滲み……白く溢れてくるのがわかる。

「良いだろう？　テッタ。それとも……皆にも虐めてもらうか？　ノエル。フィーネ」

「あ……統夜さん……。テッタ様を……虐めるお手伝いをすれば良いんですか？」

「そういえば……テッタにはやられっぱなしだったわね」

フィーネはノエルを愛撫する手を止めてテッタの乳首へと吸い付いた。

小悪魔的な笑みを浮かべて楽しそうにしているフィーネを見るのは久しぶりかもしれない。

ノエルは少し身体を休めてから……テッタの正面へと回った。

テッタの右手はノエルに絡め取られ……左手はフィーネに握りしめられてしまう。

俺のチ○ポは固く……テッタの股間を擦り上げている。

「やぁっ……胸すわれて……揉まれて……好き放題されて……んんっ……ぞくぞくしちゃう……」

「ふふ。いつもの強気はどうしたのかしら？　んんっ……そういえば……こんなふうにエッチでテッタに勝ったことは一度もなかったわね……今なら勝てるかしら？」

「姉さん……楽しそうですね。ん。ちゅ」

「ふぁ……やぁ……身体……こんなに敏感になっちゃってるっ……ふぁ……ぁぁ、トーヤの前だと……やっぱりアタシ……ただの女になっちゃう……。ダメ淫魔になっちゃう……」

ノエルがテッタの首筋へとキスをする。

フィーネはテッタの胸を吸い上げ……その母乳をこくこくと飲んでいく。

テッタは甘い声を上げ身体をくねらせていく。

その光景に俺は肉棒を固くし……ゆっくりとテッタの中へと肉棒を突き入れていく。

嬉しそうに絡みつくテッタの膣の中は相変わらず凶悪に気持ちがいい。

「はい……てきたぁっ……！　トーヤのおチ○ポはいってきたぁ!!　やぁっ……気持ちいいっ……

染まるっ……真っ白になるぅ!!」

何度抱いてもこうしてセックスのエキスパートであるはずの淫魔に悲鳴を上げさせられるのは心地いい。

むっちりとした太ももをぶるぶると震わせ……耳を噛まれて蕩けた顔になっているテッタを容赦なく突き上げていく。

「あぁっ……やぁっ……敏感になりすぎっ……身体敏感になりすぎぃ!! いぐっ……いぐぅっ……!! 人間チ○ポに陥落したダメ淫魔……もうイッちゃうぅ!! あぁっ……やぁっ……アタシの身体ぁ……陥落早過ぎるからぁっ……ひぅっ!!」

「皆……待ってますから……イッちゃってください」

「ゴシュジンサマのおチ○ポ欲しいのは……テッタだけじゃないのよ……」

フィーネが意地悪くちゅうっと乳首に歯を立てて吸い上げる。

ノエルもテッタの胸の柔らかさに夢中で揉み……二人が同時にテッタの耳へと舌を這わせて舐めていく。

テッタはたまらずに仰け反り返り……母乳を吹き出してしまう。

そこへ俺は更に突き上げて……子宮にチ○ポをねじ込んだ。

テッタの身体が限界まで反り返り……胸を突き出すようにしてがくがくと揺れる。

絞り上げるような膣の感触に我慢せず精液を注ぎ込んでやった。

「いくぅっ……あぁぁっ……とぶぅ……頭とぶぅ……!! あぁっ……壊れるぅっ……淫魔なのにぃ……セックスで壊されちゃうぅ……ああァァァ!!」

アクメさせられた淫魔はそのまま全身に力が入らなくなってしまったようで……虚ろな目でひくひくっと震えている。

「可愛かったぞ、テッタ」

その言葉にはびくっと反応し……まだ欲しいというようにきゅっとマ○コが締まる。

テッタだけを可愛がるわけにもいかないので名残惜しいが一度チ○ポを引き抜いて……触手で絡めとる。

そのままじゅぶじゅぶとマ○コをかき回してやった。

これで少なくてもテッタに他の面々がイカされて動けなくなる事態は避けられるだろう。

物欲しそうに見つめているノエルとフィーネを同時に抱き寄せ……膝の上にスライムで俺のチ○ポを再現する。

傍《はた》から見るとシュール極まりない光景ではあるが……蕩けた顔のノエルとフィーネは嬉しそうに抱き寄せられて……自らそのチ○ポに腰を下ろしていく。

「はぁ……あぁっ……統夜さんのおチ○ポっ……欲しかったんですっ……これが欲しかったんですっ!!」

「くやしぃ……こんなにチ○ポ狂いにされてくやしぃ……でも……気持ちいいっ……あぁっ……今日ずっとこのチ○ポのこと考えてたのっ……イカされても子宮疼いて……このチ○ポ欲しくて仕方がなくなっていたのよぉ……!!」

二人同時に感覚をつなぐと多分俺が持たないので……ノエルの膣から味わっていく。

テッタよりも狭く硬さの残る膣は俺のチ○ポに目いっぱいに広げられて奥まで受け入れている。

子宮口は数回のノックで簡単に受け入れて……俺のチ○ポを歓迎している。

俺の膝の上で自ら腰を降るノエルにタイミングを合わせて膝を上げ……突き上げてやる。

青い髪を揺らし……小ぶりながら胸が踊る様子は普段の大人しく清楚な印象とのギャップでいいものだ。

俺が踊るノエルにキスをしてやると夢中で舌を絡ませてくる。

髪を撫でてやりながら……背中で邪魔にならないように折りたたまれている翼を撫でてやる。

ふるふるとノエルは震えて……心地よさそうだ。

「んっ……ちゅ……ちゅる……はむ……ん……」

「あぁ……ゴシュジンサマ。私もっ……私にもっ……体液っ……キス欲しいっ……もっと溶けたいぃ……」

ノエルの唇から離れれば今度はフィーネに意識を向ける。

ノエルより狭いはずの膣は柔らかく溶けきって俺のモノにピッタリと吸い付いてくる。

既に子宮口まであっさりと受け入れるフィーネの膣の心地よさは淫魔の血が流れていることを感じさせる。

ノエルよりも体温が高いのか熱く感じるフィーネの子宮も突き上げてやる。

身体が小さいので子宮を突き上げてやると簡単に一番の奥までつきあがり……フィーネはアクメしてしまう。

そんなフィーネにも唇を重ね……舌を絡めてやる。

ちゅる……と夢中でフィーネは舌を絡めてきた。

「ふぁっ……ごつんってぇっ……いぐぅっ……やぁっ……敏感だからぁっ……すぐいかされちゃうからぁ……もっと……もっと優しくしてぇ……もっとおチ○ポ楽しみたいのぉ……!!」

「ぬ……ぬしさまぁ……シルクも……シルクにもくださぃぃ……あぁっ……すごいにおいなのっ……思い出して疼いてしかたがないのぉ……!!」

フィーネの乱れる様子にシルクが悲鳴を上げる。

しかたがないのでシルクを俺の正面に引き寄せて……ノエルとフィーネに向かい合わせるように座らせ……スライムで蕩けさせられたマ○コへ……いきなりチ○ポを突っ込んでやる。

「ひぃぃぃっ!!　そんなっ……いきなりなんてひどいのっ……やぁっ……この身体……酷くされていくのっ……いくのぉっ!!」

ずんっとチ○ポを突っ込まれて……幼く狭いシルクのマ○コを味わっていく。

フィーネと同等か……それよりも狭いそこは固くキツく締め付けて……痛みを覚えるほどである。

フィーネは蕩けた顔ながらも乱入してきたシルクに容赦なく乳首とクリ○リスへ愛撫していく。

ノエルも幸せそうにしながらも……シルクの耳たぶを噛んでいく。

さっき出したばかりだというのにもう射精感がこみ上げてくる。

ノエルとフィーネも腰を夢中で動かして……身体をびくびくと震わせている。

そろそろ限界が近そうだ。

俺はシルクもトドメを刺してやるべく……背面騎乗位になるようにして腰を突き上げていく。膝も揺れるので結果的にノエルとフィーネへも突き上げられることになる。

シルクのもふもふとした尻尾が俺も胸にあたり気持ちいい。

「シルクもっ……シルクもイクぅ!!　イクぅっ!!」

「あぁっ……くださぃっ！　私にも精液くださぁぁっ!!」

「来るのっ……すごいの来るのっ……アクメしまくりの私……壊れるくらいすごいのくるぅっ……!!」

三人は互いを抱きしめ合い……あっさりと果てていく。

「「「あぁぁぁぁあああああ!!」」」

声が見事に重なりあい……がくがくっと身体をのけぞらせ……達する。

精液が三人の子宮を満たし……そのまま溢れてチ○ポの隙間から溢れ出る。

これほどに大量に射精できるのは魔法で体力強化している影響なのだろう。

ぴくぴくと余韻に震える三人もまた……触手でゆっくりと持ち上げて……それぞれ口とマ○コに触手を這わせてやる。

まだまだ楽しませてやろう。

そして……レラとアムへ視線を向けた。

二人ともイキそうでイケないようで……ぶるぶると身体を震わせている。

視線が重なるとレラの懇願が耳に届く。

「お待ちしていました……限界です……限界なんです……これ……ダメです……イケないんです……レラ寂しい！　寂しいのいやぁっ！」

「アムもだめぇ……もうやぁ……もどかしいの嫌ですぅ……!!」

「ああ。かわいがってやる。我慢させた分、たっぷりとな」

スライムを股間から引き抜いてやり……レラを上に、アムを下にして寝かせてやる。

そのまま、背後からレラのマ○コへチ○ポを突き入れる。

「統夜様っ……ご主人様っ！　ありがとうございます！　レラのおマ○コ使ってくれてありがとうございますっ！　レラの便器マ○コにいっぱい注いでくださいっ……！　精液でもおしっこでもいいですっ……子宮欲しいっ……妊娠子宮犯されたくてたまらないくらい疼いてますっ！」

「あぁ……欲しいですぅ……アムの出産子宮に種付けしてまた孕ませセックスして欲しいですぅ……!!」

焦らされたレラは奴隷スイッチが入ってしまったのか自らを便器と言い、酷く扱われることに快楽を覚えてしまったようだ。

俺はレラの翼を無造作につかみ……腰を動かし……柔らかくも締め付けてくるレラの膣を味わっていく。

羨ましそうにしているアムへは……触手チ○ポを突き入れてやるのだ。

小柄なアムは太い触手に貫かれ……嬉しそうに声を上げる。

子宮を開発されたアムは子宮の奥深くを乱暴に犯されてしまうのが好きになったようだ。

触手を暴れさせてやると嬉しそうに震えて悶える。

アムは頑丈で多少無茶しても大丈夫だと思うと、どうも乱暴になってしまいがちだ。

「はね、痛いですっ……でもいいんですっ……統夜さまっ……嬉しいですっ……レラは……肉便器レラは統夜様のおチ○ポに奉仕できて嬉しぃっ……おチ○ポされるだけで痺れるっ……頭痺れるんですっ……気持ちいっ……いいっ……!!」

「イキますぅ……アクメしますぅ……子宮っ……ダメですっ……あぁっ……アムやっぱり……子宮ぐりぐりされるともうダメなんですぅ……鬼畜にされてもイっちゃいますぅ!!」

アムがガクガクと身体を飛び跳ねさせて……繋がれたままの乳首を激しく引っ張ってしまう。

レラの乳首からは母乳が吹き出して……アムの身体を穢す。

そのままレラも大きく身体をのけぞらせて……白い肌を震わせている。

「ヒィィ!! これっ……強いっ……強いです!! イク……いくぅっ……!! あぁっ……レラ我慢できなくてすみませんっ……イキますっ……統夜様にイカされますっ……統夜様が精液くださるまで我慢できないダメ便器でごめんなさいっ……! イクゥ!! いぐっ!!」

レラががくがくっと身体を震わせ……アクメしてしまった。

それでも俺は動きを止めることはない。

「あぁ……まだ使って……ひぅっ……嬉しいっ……レラまだ使って頂けてるっ……嬉しぃっ……気持ちいいっ……あぁっ……幸せっ……幸せですっ……統夜様っ……もっとっ……もっとレラを使ってくださいぃっ!!」

「はぁ……はぁ……アム……あむもぉ……どくどく注がれてイキタイですぅっ! 我慢、できないんですぅ!!」

「ああ、注いでやるからな……いくぞ……!!」

「「～～～～～～～～!!」」

俺はレラの子宮へタップリと精液を注ぎ……。アムへは触手精液で子宮を満たしてやった。

声も上げられずにアクメを迎えた二人は……そのままぐったりとしてしまう。

だが……俺は更にレラの中で動き始めた。

「あぁ……。まだ……まだ使って……。嬉しぃ……レラ……嬉しいのぉ……」

「ああ、レラだけじゃないがな」

蕩けたレラの甘い声を聞きながら……犯す。

他の面々もまた犯してもらえる、と期待にあふれた目で見ている。

そうして俺は朝が来るまで美女たちを犯し続けたのだった。

第十六話　幻肢痛

「……で、大将たちは結局朝まで乳繰り合っていて……クーはそれを覗き見ていた、と」

「兄さん、そんな言い方しないで」

朝になり、起きだしたジークのベッドにはルクルが眠っている。

水差しの水をコップに注ぎながらジークはクーリを見つめる。

若干寝不足なのか目の下にくまができてしまっているが元気そうである。

兄妹の証であるかのような同じ金色の瞳を揺らし迷いながらクーリは何かを告げようとしているようだった。

ジークは水を飲み……クーリの頭を撫でる。

「兄さん。統夜たちって今日はルージュの方に向かうんでしょ、あんなに体力を使った状態で大丈夫なの？」

「ああ、あれは大将の罠だよ。ああやって今日はふらふらで移動しますって姿を見せておけば『黒騎士』が気に食わない連中が襲う格好の材料になるからな。んで、実際には加速結界っていうのが使えるらしいから……実際には万全の態勢で襲撃に備えられるって寸法だ」

「それも、兄さんのためなんだ」

「っていうよりは大将たちの敵の炙《あぶ》り出しだな。フィー姉を取り戻そうって連中の、な。だが、結果的に俺のためになるのは間違いない」

「……ボクも付いてっていい？」

クーリは瞳を上げてジークを見つめる。

ジークよりも魔力を持ち、制御にも長《た》けているクーリ。

本来なら戦いに活かせるはずの彼女の才能は、失った脚を補うために使われてしまっている。

そんなクーリが兄の役に立てるのならば……と言い出したことだった。

元々、クーリはジークが統夜の元へ贈ろうとしていたことも知っている。

「……あー。うん。そうだな。構わないぞ。大将は色ボケにしか見えなくても、結構イイトコロもあると思うし……スゴイ奴だとおもう」

問いかけられたジークは、クーリから目を逸らして……遠くを見た。

クーリの視線はジークから離れない。

「大将の国。皆楽しそうだった。そりゃ見えない所で泣いてる連中も居るのかもしれないけどな……。あんまりそんな空気はなかった。そういうところなら……クーを取られちまうのは悔しくないといえば嘘になるんだが……。クーも今より笑って過ごせると思う」

「本当は兄さんの隣に居られるのが一番なんだけど。兄さんのことが好きだから」

クーリは潤んだ瞳でジークを見つめた。

ほんのりと頬を染めて一歩踏み出す。

ジークはその瞳を見つめ返し……頭に手を置いてクーリの歩みを止めた。

そのまま優しく頭を撫で……。

「俺もクーのことは好きだぞ。だから誰にもクーをやらない！　って言いたいところだけどな」

「……鈍感」

ジークの笑顔に誰にも聞こえないような小さな声でクーリは呟いた。

胸の所で握りしめた指はゆるく解かれ……軽く頭を振って兄の手から逃れる。

「……統夜のところへ行ったらボクは彼のモノにされちゃうかな」

「多分な。でも、俺としてはそれも良いかって思ってる。大将ならクーを大切にするだろ。フィーネ姉も見た目の扱いは酷かったがちゃんと一線は守ってたみたいだしな」

クーリはジークの瞳を見つめ……諦めたように息を吐いた。

その瞳は本気でクーリを想っている瞳だ。

だからこそ……クーリは胸の苦しさを感じた。

「もっと反対されるかと思ってた」

「クーが行きたいと言ったのなら、送り出すつもりだったんだよ。俺の所より、大将の所のほうがずっと安全だ」

「ボクのため、なんだね」

クーリは寂しさを覚えつつも自分が大切だからこその決断を嬉しく受け止めることにした。

「ボクも統夜たちと行けば……ボクを狙う連中も一網打尽にできるね」

「ああ、でも気をつけろよ。大将のところのほうが安全といっても限度はあるからな。自分から厄介事に首を突っ込まないようにしろよ」

「わかってる。兄さんも気をつけて」

「クーもな」

クーリはまだ何か言いたそうな顔をしていたが……そのまま部屋を出て行く。

残されたジークはため息を吐いて水を煽《あお》る。

そして、乱暴に壁を叩いた。

「クーリ。ダメな兄ですまえねぇ。だけど、今の俺じゃお前を守りきれる自信はねぇんだ。だから、少しでも安全な所に居て欲しいんだよ……」

ジークの唸るようなつぶやきは誰にも届かず……虚空へと消えていった。

＊＊＊＊＊

「兄さんのバカ……」

ボクは目元の涙を拭いながら統夜の部屋に向かう。

これから彼の部屋に向かって、同行させてほしいって頼まないといけない。

彼と一緒に行けば、多分抱かれることは避けられないと思う。

せめてその前に……ボクの初めてを貰って欲しかったのに……。

「ううん。こんなの……気持ち悪いよね」

ボクと兄さんは実の兄妹。

妹が本気で兄に恋をするなんておかしいに決まってる。

でも……、兄さんはいつでもボクを守ってくれて、支えてくれて……。

そんな人は、今まで兄さんしか居なくて……。

痛む胸をぎゅっと押さえながら歩いていると……急に痛みが走った。

「あっ……痛っ………‼」

がく、と義足の膝をついて……あるはずのない……けれど確実に感じる痛みに蹲《うずくま》ってしまう。

こうなったら痛みが治まるまでじっと耐えるしか無い。

本当は兄さんに居てほしいけれど……。もう……。

「何してる？」

「クーリさん⁉」

ボクが引かない痛みに蹲っているとノエルと統夜がやってきた。

ノエルが治癒術で痛みを取ろうとしてくれているけれど……この痛みに治癒術は効かない。

なぜなら……もう存在しないはずの脚が、痛いんだから。

「大丈夫……ちょっと脚が痛くて……いつものことだから……じっとしていれば良くなるから」

「え……でも、その脚って……」

「幻肢痛って奴か。どの辺りが痛む？」

「え⁉　あ、あの……この辺……」

今まで義足の所が痛む、と言っても信じてはくれなかった。兄さんですら。

ノエルみたいな反応が普通だとおもう。

でも統夜は信じてくれたようで……。「戸惑うボクに構わず統夜が脚を撫でてくれる。

「この辺か？」

「えっと……もう少し下……信じてくれるの？」

「昔、聞いたことがあってな」

とうの昔になくしたはずの脚を撫でてくれる統夜。

ノエルも戸惑うように統夜を見ている。

でも……痛みが引いていく。

感覚なんて無いはずなのに、落ち着いていく。

「……ありがと。落ち着いたよ。でも……今まで信じてくれる人なんて居なかったのに……」

「異世界の知識ってやつだ。それと脚に流れていた魔力が乱れていた。そっちが原因だったかもしれないな」

兄さんもボクが落ち着くまで抱きしめていてくれることはあっても、義足を撫でてくれることはなかった。

……統夜は本当に凄いのかもしれない。

失恋したばかりのボクに、統夜の優しさは甘い毒だった。トクンと鼓動が高鳴ってしまう。

そして……彼にお願いをしなければいけなかったことを思い出す。

「……お願い。統夜。ボクも連れてって欲しい！」

＊＊＊＊＊

湯船で汗を流し朝食を済ませた俺たちは出発の準備を進めていた。

既に結界術を使い体力はすっかり回復してある。

ジークへは事前に策を伝えてあった。

クーリもついてくると言い出すのは予定外ではあったが想定の範囲である。

これから俺たちは転移魔方陣を使わず、馬車でルージュ領へ向かう。

問題は……。

「その義足、あるのはそれだけか？」

「うん。あるのはこれだけ」

クーリの付けている木製の義足がこれ一つしかないということだ。

俺の元いた世界で使われていたカーボン製の義足なら多少の激しい動きにも耐えられるだろう。

だがこれは普通の木。耐久性には大いに不安がある。本来は外へ出ることも躊躇われるほどだ。

戦闘に巻き込まれてしまえば、かなり高い確率で壊れる。自力での移動が困難となったクーリは最高の人質になってしまうだろう。

「……ダメ？」

「いや、なんとかなる。……この義足はこのまま使いたいんだな？」

「うん。これでもいろんな思い出が詰まってるから」

頷くクーリ。それなら……と。

「皆、出発前に一仕事するぞ。ちょっとクーリを押さえてくれ。魔力の流れの調整と体液の採取をするからな」

「た、体液……？　え、ちょっとまさかっ……！」

怯えたクーリをにっこりと笑ったテッタが押さえつける。

「大丈夫、ちょっと痛いだけだから」

「それ、大丈夫って言わないっ！」

ノエルが優しく頭を撫でて落ち着かせようとする。

「大丈夫です。痛みは癒してあげます。……すぐ慣れますよ」

「ノエルっ。なんか怖いよっ！　それに痛いこと前提!?」

フィーネもまたクーリを押さえつける。

「大丈夫、一瞬で済むわよ」

「安心できる材料がなんにもないんだけどっ！」

俺は自分の髪の毛を一本引き抜いて針状にする。

その光景にクーリが顔をひきつらせる。

「イヤァァァっ。兄さん、助けてぇぇぇ!!」

クーリの悲鳴が響き渡った。


「うぅ……怖かった。ひっく。ひっく……」

「ちょっと脅しすぎたか」

クーリの血を少し採取した俺は魔素を生成すると、クーリの使い魔としてスライムを作り出した。

そしてクーリの義足の上からスライムを纏わせて……補強に使っていく。

「クーリ、使い魔の契約は今説明したとおりだ。今まで脚に流していたのと同じ感覚でスライムのほうへ魔力を流してみてくれ」

「う……うん。こうだよね」

クーリのイメージに従いスライムが脚の動きを再現していく。

こうして見ていると、クーリは魔力をかなり無駄に消費していたようだ。

「そんなに魔力を流さなくても大丈夫だ。使い魔との感覚のつなぎ方はわかるか？」

無駄に魔力を使いすぎていた影響なのか、魔力の流れにも乱れがある。

俺は針を打ち込んで魔力の流れを整えながら、アドバイスをする。

「うん……でもなんか変な感じ。脚だけ全部身体になったみたいで……」

「なら……そのまま全身と一体化できるようにスライムを操作してみろ。そのほうが違和感は少ないはずだ。あまり敏感な場所は覆う必要はないぞ」

クーリが制御するスライムが、彼女の全身を覆っていく。

最初は冷たい感触のスライムにひゃっと声を上げている。

しかしすぐに体温と変わらない発熱をするようになる。

要するに俺のスライムスーツをクーリにも身につけさせた格好だ。

「相変わらずとんでもない発想だね、トーヤ」

「こうでもしないとこの世界の連中の身体能力についていけないからな」

テッタの賛辞に俺は苦笑して応える。

クーリの魔力の流れは落ち着いていた。

全身を覆ったであろうスライムは、擬態の能力で普通の肌と変わらない様子を見せる。

それは脚も同様で……見た目は普通の脚と変わらないように見えるようになった。

「うん。なんだか馴染《なじ》んできた。すごい、これすごく楽になった。これなら……うん。魔術も使えそう！　統夜って……ホントにすごかったんだ」

ベッドに座ったクーリが脚を上げたり下げたりしている。

「それでも無茶はするなよ。そこまで耐久力は高くないからな」

「えっと、立ってみて良い？」

「ああ。構わないぞ」

俺はクーリの手をとってやる。

クーリは恐る恐る立ち上がり……、靴をはいて歩いて確認する。

万一のときに備えてスライムの制御権はいつでも奪えるようにしてあるが大丈夫そうだな。

「ありがとう！　統夜……。こんなの……夢みたい……」

クーリが満面の笑みを浮かべ抱きついてくる。

頭を撫でてやるとはっとして……頬を染めて離れた。

「……まぁ、トーヤらしいよね」

「統夜様は……やさしいですから」

テッタとレラの苦笑が耳に届く。

何を言いたいかはだいたいわかるが。

「それじゃ、ジークのところへ挨拶に行くぞ。それからルージュ領へ移動だ。準備は良いな」

皆の荷物はまとめてテッタが影術で収納してある。

こういうとき彼女の能力は便利だと思う。

そうして俺はジークへの挨拶を済ませ……ルージュ領へ向かったのだった。

＊＊＊＊＊

統夜たちが去った後。ジークは複雑そうな顔で座っていた。

「どうしたんですか？　ジーク様。思い通りになったことを喜ぶべきではないですか？」

「そうなんだがな……」

「自分の手で助けてやれなかったことが悔しいのじゃろ。ジーク。それは、わしもなのじゃがな」

ルクルと共にいるのはダークエルフのリンテ。

小柄で少女のようにしか見えないが見た目に反して長い時を生きている。

失った手足が痛む事があるとは聞いていたがその対処方法までは知らなかったのだ。

「……クーの痛みは結局気のせいだ、としか思ってなかったからな。なんつーか。マジで大将に惚れそうだ」

「本人の前では言わぬようにな。あっという間に手籠《てご》めにされるのがオチじゃな」

「わかってるよ。母さん」

優しげな表情を浮かべるリンテに向けてジークはそう告げる。

リンテは苦笑しつつ持ってきた書類を机の上に置く。

その書類の山にジークはげんなりとする。

「クーのことはもうアヤツに任せるしかあるまいて。さて……ジーク。やることは多いぞ」

「わかってる。はぁ……こんなに書類が多いとは……」

「私も手伝いますから、ね。ジーク様」

ルクルとリンテに囲まれてジークは書類と格闘を始めた。

彼の目の前には問題が山積みである。

だが、一つ小さく前進したものはある。

こうして一つ一つ確実に進んでいけば……いつかはきっと。

そんな彼に届いた報告は……獣王国での不穏な動き……であった。

第十七話　馬車の旅

「凄いな……」

「ん？　どうしたの？」

「いや、凄い馬車だなと思って」

「一応、レラっていうお姫様が居るんだから、みっともない馬車には乗せられないしね」

「テッタも一応、姫じゃなかったか？」

目の前にあるのは立派な箱馬車だった。

馬は四頭。

人間界で見慣れている馬より、体格は遥かに大きい。

堂々とした風格は、並の魔族よりよほど強そうである。

見た感じ、道はちゃんと整備しているようだ。

此処から約二日ほどかけてテッタの実家のあるルージュ領へと向かうことになる。

馬車の中に入ると意外と広い。

騎手はアムとフィーネが交代で担当する予定となっている。

「うぅ……人間を乗せて騎手を務めるなんて……はぁ……本当に堕ちたわね……」

「姉さん、私がやりましょうか？」

「ノエルは賓客よ。任せられるわけ無いじゃない」

フィーネは案外そういうところ、しっかりしているらしい。

先にレラ、テッタ、シルク、ノエルと順番に乗る。

クーリは戸惑ったように見上げている。

俺は先に乗るとクーリの手をとってやった。

「あ、ありがと」

「気にするな。座り心地は大丈夫か？」

少し頬を染めたクーリは馬車に備え付けられたソファに座る。

柔らかく弾力があるソファは乗り心地重視のものだろう。

「うん。大丈夫」

「レラ、ノエル。そっちも問題ないか？」

「はい。大丈夫です。統夜さん」

「問題ありません。統夜様」

俺の質問にノエルもレラも応えてくれる。

「問題あったら……トーヤの膝の上に乗せてくれる？」

「ああ、良いぞ？」

「えっ、本当に⁉」

俺の発言にテッタが驚いている。

顔を赤くしてちらちらと俺の膝の上を見ているが……。

「来るか？」

「いっ、いいっ、大丈夫っ……（は……恥ずかしすぎるから……）」

小さなつぶやき声もしっかり聞こえたが……そこは気にしないことにしよう。

「それじゃ、出すわよ」

「出発ですぅ‼」

そうして、馬車は動き始めた。

結構ちゃんとした衝撃吸収構造をしているのか乗り心地は良い。

馬車は一度街を通ってからルージュ領へ向かう。

窓から見える街の光景は、人々が多種多様な姿の魔族であることを除けば人間界とほぼ変わらない。

「お、あれはなんだ？」

俺は街の中に居る二足歩行の恐竜みたいな生き物を指差した。

人が乗っていたり、荷車を引いていたりする。

「ああ、『騎竜《きりゅう》』だね。竜、って呼んでるけど実際にはでっかいトカゲの一種なんだ。馬より足が遅いけど性格は温厚で力があるから重宝されてるよ」

テッタが説明してくれる。

「トーヤ、魔界って聞いてもっとおどろおどろしい雰囲気を想像していたんじゃない？　確か、最初に呼び出されたときには外に出なかったんだよね」

「ああ、空が紫色に見えること以外はなんというか。普通だな」

「この辺りは、ね。水も豊富だし森もあるし。ただ、こういう場所はほんの一部にしか無いんだよね。魔界の大半は雨があんまり降らない荒野になってるんだ」

「なるほどな。土地の奪い合いが起きてたのか」

力の強い者が全てを手に入れる、という思想も魔界の厳しい環境から生まれたものなのだろう。

水や食料に恵まれた人間界の土地を求めたのも頷ける。

「うん。今でこそ落ち着いてるけどね。昔は争いが絶えなかったらしいよ。ルクルちゃんの結晶族みたいにかなり数を減らしてしまった魔族は珍しくないし」

いろんな姿形の魔族の中で、より数を増やし繁栄できたのが、獣魔、海魔、淫魔、そして魔竜なのだろう。昔は吸血鬼なんかもいたのかもしれない。

そんな会話をしながら馬車は進んでいく。

最初のうちは順調。

街を離れれば森が見えてくる。

索敵はアムが最も得意とするところだ。

彼女に任せておけばそうそう奇襲を受けることはないと思うが念のため俺も警戒しておく。

テッタの情報によれば森の先にある荒野が襲撃に適した場所だという。

森を抜ける前に一度泉の湧く場所で馬を休ませることにした。

まだ早いかもしれないが休憩はこまめに取るべきだろう。

「襲撃されたら全力で走ってもらわないといけないかもしれないもの。よしよし。ゆっくり休むのよ」

フィーネが馬を優しく撫でている。

元々はフィーネの飼い馬だったはずだ。

彼女に馬はよく懐いている。

ちょっと意外な一面を見たかもしれない。

「以前は馬に乗って狩りに出かけることもあったんですよ」

「それって、ノエルも一緒に、か？」

「はい。ロナさんも一緒で……最初のうちは大変でした」

フィーネもノエルを過保護に扱っていたとはいえ、ずっと軟禁状態だったわけではないようだ。

時々ノエルも連れて出かけていた……ということはノエルは馬に乗れるのか？

本人には悪いが颯爽と馬を操るノエルの姿は想像できなかった。

それでも基本的にはフィーネの監視下にあり、何もできない従者、という立場だったようだが。

「この森にも時々息抜きに来ていたんですよね」

「ええ、もっと前には……ジークやクーたちともね。そうよね？」

「うん。フィーネ姉さまには昔、よく助けて貰ってた。そのときは……まだノエルは居なかったね」

ノエルの言葉にフィーネが頷き……、クーリが答えた。

「ジークたちとフィーネは、仲がよかったのか？」

「ええ。私の父様も母様も健在だった頃だもの。クーリもまだ脚を失ってはいなかったわね」

「嬉しかったんだよ。『羽無し』のボクを差別せずに助けてくれて」

「フィーネにもそんな時期があったんだな」

「……母様が亡くなるまでは、ね」

フィーネが俯いたので軽く身体を抱き寄せて撫でてやる。

一瞬戸惑ったようにしながらもすぐに力を抜いて身を任せてくる。

小刻みに震える身体からトラウマが呼び起こされてしまったことを感じる。

「フィーネ姉さま、あれ以来男の人苦手だったはずなのに……それも人間相手なんて変わるもの、なんだね」

「私の場合は変えられたのよ。かなり強引にね。でも、今は悪くないと思っているわ。クーリも変えられてみたらどう？」

俺に縋りつくように服を握りしめたままフィーネがいたずらっぽくクーリに笑いかける。

クーリの動きが一瞬止まり、俺と目が合う。

見る間にクーリの頬が赤く染まり……ぷいと目線を逸らされた。

「ヤ、ヤダ。怖いもん」

「私も最初はそう思っていたはずなのに……今ではこんなに心が落ち着くなんてね」

クーリに見せつけるように身体を密着させるフィーネ。

テッタはやや面白くなさそうだが。

「クーリ。脚は大丈夫か？　慣れない旅だ。脚が痛んだりもするかもしれないが……」

「今は平気だよ。むしろ調子がいいくらい。地面を感じられるって……もう二度と無いと思ってたのに」

クーリは問題なさそうだ。

地面に座っているがその脚は見た目にはもう義足とはわからない。

クーリの脚は、ノエルの再生術でも回復させるのはもう無理だ。時間が経過しすぎている。

コガネの『時間回帰』であれば取り戻せるかもしれないが……かなりの年月を戻してしまうことになる。

その場合、どんな反動があるかわからない。

実際、コガネの手で幼少期まで肉体を戻されてしまったサニエルは記憶が混濁しているようで、言動も幼くなってしまっている。

クーリをそんな目には合わせられない。

「トーヤのおかげだね。そういえば、クーリに戦える力をあげるってコトだったけど……もしかして……アレ？」

「ああ、そうだ。今のところ扱えるのは俺とフィーネくらいだったが……クーリも魔術の制御技術そのものはかなりのものだとおもうからな。十分扱えると思う。今のうちに少し覚えておくか？」

「それなら結界を展開しますね。万一にでも見られるわけにはいきませんから」

ノエルが時間ごと空間を隔離する結界を展開する。

俺とアム、テッタで結界内に不審人物が居ないか確認してから……テッタに『ソレ』を取り出してもらう。

それなりに大きさがあるのでテッタの影に収納してもらっていたのだ。

元々、ジークに提供する戦力の予定だったものでもある。

「……凄い。これ、本当に動かせるの？」

「ああ、やってみろ。操作方法は……」

そうやってクーリに操作方法を教えてやる。

最初は戸惑いながらぎこちなく動かしていたが……すぐに慣れたようで自由に動かせるようになっていく。

……俺より上手じゃなかろうか。

「統夜……これ、凄い、凄いよ！　戦える、これなら、ボクでも戦える！」

「それはあくまで試作品だからな。まだまだ調整が必要なんだが……」

「ううん。すごく扱いやすいよ。ボクの義足よりずっと！」

クーリが『ソレ』に乗り飛んだり跳ねたりしている姿を複雑そうな顔で見ているのはレラだ。

レラには『ソレ』は忌まわしい記憶でしかないだろう。

落ち着きを取り戻したフィーネはクーリの練習に付き合っているので、今度はレラの頭を撫でてやる。

「統夜様……。すみません。アレを見るとやはりあの日々を思い出してしまって……」

「仕方がないさ。むしろそんなものに頼らないといけない所が俺の不甲斐《ふがい》なさだな」

「いいえ、使えるものは何でも使おうとする統夜様の姿勢は悪いものとは思いません。ただ……お願いがあります。抱きしめてください。ぬくもりを感じさせて……んっ……」

レラの身体を抱き寄せると優しく口づけをしてやる。

舌は絡ませずただ唇を触れ合わせるだけのキス。

レラも背中に手を回し……ぎゅっと縋り付いてくる。

甘えん坊が多くて困りモノだが……そう仕向けたのは自分であるし自業自得である。

「統夜様。私のご主人様。あの日々もこうして統夜様に役立てるための日々だったと思えば……大丈夫です。ただ、もう少しこうしていさせてください……。傍らに置いて頂けると思わせてください」

「守ってやるさ。最後まで責任もってな」

「あの……少しだけで良いんです。抱いてくれませんか？」

俺はノエルに目配せすると、こくと頷き返してくれた。

理解のある従者で助かる。

俺はそのまま少し離れた場所へとレラを連れて行く。

そして、レラの忌まわしい記憶を忘れさせるように、俺は身体を重ねたのだった。


休憩を終え、馬車は再び動き始めた。

レラは嬉しそうに腹部に手を当てている。たくさん注いでやったからな。

クーリははしゃぎすぎたのか、俺に寄りかかってすやすやと寝息を立てていた。

身動きが取れない。

「ふふ。すっかり懐かれたね」

「良いことだろう？」

「でも……のんびりできるのもあと少し……かな？」

「どうやらそのようだな」

森を抜けて馬車を走らせていると、植物が減り赤茶けた岩がそびえ立つ地形へと変わっていく。

荒野だ。

そして……空気が変わったことを感じる。

埃《ほこり》っぽいだけじゃない。

張り詰めた……ピリピリとした空気……殺気、と呼ばれるようなものが周囲から伝わってくる。

そんな空気の中、進む馬車。

状況が変わるのはもうすぐ。

戦いは直ぐ傍まで近づいて来ていた。

第十八話　襲撃

「マスター囲まれているですぅ。数は……約三〇。少ない、ですぅ？」

「フィーネを倒した『黒騎士』が居ることがわかっている割には少ないな。あるいはフィーネが味方してくれると思っているのか……」

「どっちかというと威力偵察の部隊じゃないかな？　寡兵《かへい》で仕掛けて相手の戦力を推《お》し量《はか》る。なんて基本中の基本だからね」

馬車はやや急ぎ足で進んでいるが、どうやらこの前に待ち伏せがありそうだ。

フィーネに片付けて貰えば楽だろうが、できれば温存しておきたい札だ。

「ひとまず気づかないふりをしようか」

「んん。このまま振りきれるなら振り切ってしまったほうがいいと思うんだけど……どんな相手なのか……情報も欲しいしね。立ち止まって戦うつもりなら相手を油断させたほうが良い……かな。その分、馬車は動かせなくなると思ったほうがいいね。車輪にやりを突き入れられたらソレで止まっちゃう」

俺の提案にテッタがやや渋い顔ながら頷く。

この先の展開を考えて迷っているようでもある。

「それなら……いつでも戦えるように準備していたほうがいいわね。ノエル、防壁を使えるようにしておきなさい。アムは理術を使えたわね。いつでも使えるように準備なさい。レラはなにか術を使えたかしら？」

「レラは、魔術防壁を使えます。理術は申し訳ありませんが……」

フィーネが戦力を確認していく。

俺は後方援護に徹したほうがいいだろう。

『アレ』を持ち出せば前線で戦える自信はあるがあくまでも切り札だ。

自分用に調整したものは自分の影空間に収容してある。

テッタのものより容量は小さいのでそれを運ぶだけで手一杯なのであるが。

「シルクは接近戦は任せるの！」

「ああ、頼りにしているぞ」

更に先に進むと……岩や丸太で道が塞がっている。

仕掛けてきたか。

「どうするの？」

「馬車を止めよう。ノエル、不意打ちへの対処は任せたぞ」

「はい、統夜さん」

「了解ですぅ、マスター！　止めるのですぅ！」

馬車がゆっくりと岩の前で止まる。

クーリが違和感を感じたのか目を覚ました。

すぐに馬車の周囲を、『騎竜』に跨《また》がった魔族たちが取り囲んでいく。

フードで顔を隠しているが、背中が大きく盛り上がっている。

所々から見える素肌には鱗が生えていた。

これは魔族至上主義を捨てられない竜族、と見て良さそうだ。

「『黒騎士』の馬車だな？　そこに『堕竜姫フィーネ』、それと『羽無し』が居るはずだ。こちらに引き渡してもらおう」

「……囲まれたの？　ボクを狙って……」

「このくらいなんの問題ない。ちょっと行ってくる。シルク。良いな？　ノエル、レラ、守りは頼むぞ」

「このくらいは楽勝ですの」

「気をつけてください。統夜さん」

怯えた様子を見せるクーリの頭に手を置いて……『黒騎士』に変身した。

本来の俺より一回り体格の大きな身体。身長もちょっと盛って一八〇センチほどはある。

正体を隠した俺は、代表らしき男の前に立つ。

その後ろから白い狐の少女が続く。

「……何者だ？」

「貴様に答える必要はない。さあ、答えはっ……ごほぉっ!!」

武器も魔術の準備もしていない俺の姿を見て油断していたのか、悠長に構えていた目の前の男の鳩尾《みぞおち》にシルクの拳《こぶし》が突き刺さる。

神速で踏み込まれた男は反応もできずに崩れ落ちた。

「ただの襲撃者なら、遠慮する必要はないな。後でじっくりと聞き出してやろう」

「なっ⁉」

「遅いのですぅ‼」

「あー、やっぱりこうなっちゃうよね。……ノエル、結界は？」

「もう展開しています。この人たちは逃げられません」

素早く飛び出したアムが理術で編み出した双剣を構えて襲撃者へと飛びかかる。

リーダー格の男が倒されたことで動揺したところへ畳み掛けるようにシルクが踏み込んでいく。

シルクの身体能力は更に向上しているようにみえる。

小柄な体軀《たいく》を活かし、懐《ふところ》へ一気に踏み込み、その拳で突き抜く。

体内の魔力で強化された拳は鎧など簡単に打ち砕く威力を持っている。

その白い閃光のような動きに、馬車を取り囲んでいた賊は次々に沈められていく。

「ば、馬車を狙え！　護衛と無理に戦う必要はない！　目標を優先するんだ！」

「させません、『竜鱗』！」

赤い魔力を纏い『騎竜』を馬車に突撃させる者もいる。

だが、ノエルが編み出した黒い盾は彼らを弾き飛ばす。

黒い瘴気を使いこなせるようになったノエルの盾術は、より一層強固になっている。

フィーネの馬鹿力までは、まだ受け止められないようだが。

仮にノエルの盾術を突破できたとしてもフィーネが控えている。彼らに勝ち目など、最初からなかった。

気を失った彼らはテッタの影に縛り上げられていく。

我に返って逃げ出そうとしてももう逃げることはできない。

程なくして全員を制圧することができた。

『騎竜』はそのままどこかに逃げていった。そのまま野生に帰ってしまうのか、自分で戻るように訓練されているのか……。

「……すごい」

クーリがその光景にぽかんっとしている。

俺は外に出て注意を引いただけでほぼ何もしていないのだが。

「シルク。よくやったな」

「このくらい、朝飯前なの。って、触っちゃダメなのっ！　な、撫でちゃダメなのっ……ひぅっ……ダメだって……言ってるの」

俺が褒めるように頭を撫でてやるとびくっと震え……言葉では嫌がっているものの身体は素直に撫でられている。尻尾も嬉しそうにぶんぶんと振っていた。

倒れた男たちのフードを取ってやると、やはり全員魔竜族だった。

女はいない。『黒騎士』が女たらしという噂は伝わっているらしく男なら情報を吐くことも無いだろうと踏んだのだろう。

確かに俺は男を抱く趣味はない。だが、いつまでも欠点を放置すると思ったら大間違いだ。

俺は此処に来る直前にコガネから教わっていた肉体変化の術を彼らに施す。

俺が実際に使うのは初めてだ。

下っ端《ぱ》らしい男から順番に試していく。

「あ、あっ！　……何を、何をしている！　こ、この私を誰だと……」

「知らんな。名乗る機会は与えた。だが、名乗らなかった以上、ただの賊だろ？」

「こ、この国では捕まえた盗賊は無傷で国に届ける義務が……」

「そんな法律あるわけないわ。盗賊をどうしようとその人の勝手よ」

喚《わめ》き散らす竜族の男にフィーネが冷たく告げる。

「フィ、フィーネ様！　わ、我らは貴女を助けに……」

「私は……もう魔竜王ではないわ。彼の雌奴隷となっているのを心から喜んでしまっているのよ。もう……彼なしでは生きていけないわ」

フィーネは、目を閉じて軽く頭を横に振った。

望みが絶たれた男はおとなしくなり……魔術による肉体変容を施される。

具体的には筋力の低下、及び男性ホルモンの抑制、女性ホルモンの増大、Y染色体の除去。……と小難しく言ってみるが、一言で表現すれば女体化である。

「な、なぁっ……!?　なんだこれはっ！」

「さて、誰の差し金か教えてもらおうか。ああ、答えたくなければ答えなくてもいいぞ。まだまだ尋問できるやつはたくさんいるからな？」

俺が周囲を見渡すと一様に怯えた表情を浮かべる。

彼らの目の前で屈強な竜人の男が、華奢《きゃしゃ》な竜少女に変えられてしまったのだ。

「ああ、ちなみに普通の方法ではもう元には戻らないぞ。根本から変質させたからな。俺でも戻せん」

「な、なんてことをしてくれる!!　こ、この悪魔!!」

肉体の変質は一方通行。一度変化させたら戻せない危険な能力だ。

元に戻すには『時間回帰』を使うしか無い。

簡単に試すわけにいかなかった理由も此処にある。

「さて、襲いかかってきた連中に遠慮する必要など何処にある？　答えてもらうぞ？」

「だ、だれが話すものか……、な、何をしている！　その汚いものをしまえ！　ま、まさか……」

「女は、身体に聞くのが一番だからな」

「や、やめろ、そんなことをしてタダで済むとっ……ぎ、ぎゃぁぁぁああ!!」

外見は美少女になっているので抱く分には問題ない。

濡れてもいない処女マ○コにつっこんでやったのだ。

嫌悪感に顔を歪ませている元男に容赦なくチ○ポを突き入れる。

「ぐぅ……やめろぉ……この私になんてことを……、こ、殺してやるぞ……。ぽっとでの男程度が……代々続く……ぎゃぁああ!!　いだいっ……いだいっ……うごくなぁっ!!」

「俺はお前らの本当の目的以外は興味が無いんでな」

「言わない、言わないぞっ……どんなに責められようとも私はっ……!!」

「構わない、別の奴に聞くだけだ。そら、受け取れ。精液を注がれるなんてめったにできない体験だぞ」

「や、やっ……やめろぉぉ!!」

絶叫する女に構わず精液を注ぎ込んでやる。

一方的な強姦に精液を注がれてぐったりとする女。

開かれた脚からはどろりと精液がこぼれ落ち……破瓜の血で濡れている。

「……さて、次は誰にするかな？」

俺が立ち上がると、ひぃっと震え上がる声がした。

彼らの事情はすぐに別の女体化された男が白状したが俺は襲撃者全員を女体化させてやった。

俺は隷属させる気はなかったので、彼らは全員テッタの部下たちによって引き取られ堕天使やテッタの部下の孕み奴隷にされることになる。

影の結界への送還が終わってから……ノエルの結界を解除した。

「彼らが黒幕とはね。テッタが予測していたからナジャスにスフリムはまだわかるけれど、『獣王』まで出てくるなんて。あの筋肉バカ、なにを考えているのかしら。戦争でも仕掛けるつもり？」

「『獣王』はともかく他の二人は知っているのか？」

俺が聞き出した内容は彼らの目的はフィーネの奪還、及びクーリの確保。そして……フィーネを倒した俺たちとの戦闘。

フィーネは奴隷に堕ちたとはいえ、確かな血統を受け次ぐ竜姫。

再び戦力にすることは叶わなくとも、子を孕ませ次代の当主に育てられればいいと考えていたようである。フィーネのためとか言いながら肉便器にする気満々だったというわけだ。

清々《すがすが》しいほどのクズである。

クーリは当然ジークに対する牽制。さらに『羽無し』クーリに残された両腕まで奪い、化け物に犯されては孕まされ、生まれたらその子にも孕まされ……と生き地獄に突き落とすつもりだったようだな。

そのことを聞いたクーリはカタカタと震えていた。

また、俺たちは正体不明だが、生かしておくと厄介だということで殺すつもりのようだ。

何よりフィーネを倒したもの、として強者《つわもの》との戦いを望む『獣王』が出ているのだとか。

彼らはテッタの推測通り斥候《せっこう》であり、この先には本隊約一〇〇〇が待ち構えている、とも。

迂回《うかい》しても相手に回りこまれてしまい、より不利な地形で戦うことになってしまうらしい。

その指揮をとっているのがナジャスとスフリム。

彼らは……。

「ボクの脚を奪った奴ら、だよ」

「ついでに魔族至上主義の筆頭とも言える連中ね。彼らを叩ければジークにとってはかなり有利になるでしょうね、ただ……問題は……」

「『獣王』か。強い相手と戦いたいってなんだそりゃ。戦闘狂ってやつか？　勘弁してくれ」

「ぶっちゃけ、単純な力と速度ならフィーネちゃんより上だね。正直……万全のフィーネちゃんでも引き分けに持ち込むのがやっと、って所じゃないかな」

「……おいおい、フィーネより強いのか？」

フィーネとテッタの話により俺は若干ゲンナリとする。

クーリの脚を奪った連中と一緒に行動している、ということはかなり差別意識もありそうだな。

「こっちの隠し玉も全部出してようやく勝ち目が見えてくると思ったほうがいいね。ああ、もう。

また力でゴリ押しなんて……。正直、戦わずに一気に駆け抜けたいところだけど、戦闘は避けられそうにないんだよね」

「出し惜しみはなし、か」

テッタが頷く。

となると……ノエルも全力を出すべきか。

「いけるか？　ノエル」

「はい。統夜さん」

ノエルは力強く頷いた。あれからも漆黒の瘴気を扱えるように練習を重ねたノエルはかなり安定して『竜化』をできるようになっている。他にも新しい『竜魔法』を身に付けていた。

フィーネという師匠ができたのも大きいだろう。

しかし、それもどこまで通用するかは未知数だ。

不安を覚えるが……此処は強気にいくべきだろう。

「それにしてもそのナジャスとスフリムっていうのはどんな連中なんだ？　フィーネの知り合いみたいだが」

「……一応昔なじみよ。許嫁《いいなずけ》、と呼ばれていた頃もあったわね」

はぁ、とため息をつきながらフィーネが教えてくれる。

彼らはジークと同じように近縁の一族出身の兄弟。

力の弱かったジークよりも力が強い、という理由でフィーネの許嫁とされていた時期があったという。

だが……。

「父は当時はまだ人間と手を取り合うことも構わないと考えていたわ。私もその考えに賛同して……差別は良くないものだと考えていた。一方で彼らは魔族至上主義の筆頭を両親に持っていてね。その思想に染まっていたわ。『羽無し』であるクーリは彼らが虐待する相手として格好の的だった。私は何かとクーリを庇《かば》っていたのだけれど……」

「……ある日、フィーネ姉さまの隙をついた彼らにボクは連れさられ……裸足で毒草の草原にとりのこされたの。ボクは翼を持たなかったから……飛べなくて……」

「……そんなことが……。だから姉さんは、私をクーリさんの二の舞いとならないように隷属化までして傍に置いていたんですね」

クーリは激痛をこらえてなんとか帰ってきたものの……脚は毒にやられ、腐りかけていた。

結局切断するしかクーリが助かる方法はなく……クーリは両足を失った。

当時にノエルのような腕の良い再生術が使える術師がいたらまた違ったのかもしれないが、『羽無し』の治療を引き受けてくれるような術師は居なかった。

怒り狂ったフィーネは完膚《かんぷ》なきまでに彼らとその両親を叩きのめし、婚約を破棄した。それで決着がついたと思っていたらしいが……。

「……ちょっと待て。もしかしてフィーネが誘拐されたのはその後か？」

「うん？　そうだけど……って……まさか。彼らが母様を殺した連中を手引きしたっていうの？

魔族至上主義者で人一倍人間嫌いなのに？」

「盲点だろ、人間嫌いの連中が人間を使うなんて。だが、結果的にフィーネもフィーネの父親も魔族至上主義の思想に染めることはできてる」

「……そういえば、改めて婚約をしてほしいと申し込みもあったわ。もう私より弱い奴には興味が無いと言ってきっぱり断ったけれど」

フィーネは母親を失い、ジークとクーリはフィーネたちの加護を得られなくなったために閉じこもるしかなくなった。

ゆらり、とフィーネが纏う空気が変わった。

ちりちりとした……殺気が溢れフィーネの身体から漆黒の瘴気が立ち上っていく。

「……細かいところは気になるけれどストーリーとしてはおかしくないわね。結果的に、彼らの敵を私と父様が排除してしまったことになるもの。でも……もしもソレが真実なら……」

フィーネが馬車を降りた。つかつかと道を塞ぐ岩と丸太の前に歩いて行く。

そして……黒い瘴気を纏った拳で……岩をぶん殴る。

岩も丸太も纏めて彼方へと吹き飛ばされ……道は開かれた。

「すり潰すわ」

とっくに終わったと思ったフィーネの復讐。

それがまだ残っていたとすれば。

フィーネが毅然《きぜん》として応える。

「統夜、お願い。ボクにも『アレ』を使わせて。戦わせて！『羽無し』と嘲笑《あざわら》って……ボクをこんな姿にしたあいつら、許したくない」

クーリがまっすぐに俺を見る。

俺は一度目を閉じてから……瞳を見つめ返す。

「ああ、だが、殺すなよ。そんな連中には……死ぬほうがマシだと思ってもらわないとな」

「……うん！」

クーリがぱあっと嬉しそうな笑みを浮かべた。

「はぁ、仕方がないね。こうなったらアタシたちが全力でサポートするよ」

「助けるの！」

「マスターの意志に従うですぅ!!」

「レラも……できる限り支えてみせます」

「私の身体も心も……この力もすべて統夜さんのものです。思う存分、使ってください」

相手にはフィーネと同等かソレ以上の化け物がいる。

だが、戦う理由ができた以上逃げるわけにもいかないか。

俺も準備を整えた。

本番はこれから、だった。

閑話　迷宮都市での時（書き下ろし）

魔竜王であった私が統夜に敗北し、奴隷となってから数日が過ぎた。

家事を今までしたことのない私は、統夜の護衛が主な役割となっている。本来なら食事の準備や身の回りの世話をするべきなのだろうが、今はまだ勉強中だった。

「……暇ね。はやく来ないかしら」

今日、統夜はレムが整備を進めている迷宮都市へ足を運ぶ予定となっている。同行を頼まれた私は部屋で待機していた。

ノエルは治療院の手伝いに出かけ、ロナも用事があるらしい。久しぶりの一人きりだった。

こうして退屈な時間を過ごしていると、頭に思い浮かぶのは統夜の姿だ。私を待たせて何をしているのだろうと考えてしまう。流石に他の誰かを抱いているわけではないだろうけれど……。

テスタやアンジェと楽しそうに話をしている統夜の姿を想像すると、ちくり、と胸の奥が痛んだ。

「フィーネ、いるか？　待たせたな」

「……!!　ご、ゴシュジンサマ！　遅いわよ！　まったくもう……待ちくたびれたじゃない」

待ち望んでいた声と共に扉がノックされる。嬉しさがこみ上げてくるがあくまでも不機嫌そうな声を返す。そして、姿見で服や髪に乱れがないか確認してからゆっくりと扉を開けた。

そこには普段着姿の統夜がいる。ちょっとだけ、どきっとしてしまった。

「それは悪かったな、フィーネ」

「本当よ。まあ、ゴシュジンサマも忙しいのでしょうけれど」

私は不機嫌を装ってそのまま部屋を出る。今日は珍しく統夜一人らしい。

「今日は一人なのね。いつもならテスタやアンジェと一緒なのに」

「ああ、今日はフィーネと二人きりになりたかったからな」

「んなっ!?」

そういえば、私は統夜と二人きりになったことが殆どない。いつもノエルかロナが一緒だからだ。

しかも二人きりで街へ出かけるなんてデートみたいじゃない！

急に心臓がドキドキしてきた。ああもう！　こういうとき、どうすればいいの!?

「ほら、行くぞフィーネ」

「あ……。わ、わかったわ……」

立ち止まってしまった私に統夜が手を差し伸べてくれる。私は飛び出してしまいそうな心臓を押さえつけながら、おずおずと自分の手を重ねた。こうしてみると統夜の手は意外と大きく感じる。

統夜が私の手を優しく握ってくれると鼓動がますます早くなり、耳まで赤くなっていると自覚できてしまう。

私はそのまま統夜の手に引かれ、歩き始めたのだった。


何層も重なっている迷宮都市の内部は、例えるなら大型の蜂の巣だ。

上層部は農地利用が多く、中層部は食料を販売している商店や職人街が中心。下層部は住居が中心で公園や教育機関を整備する予定らしい。

私たちが訪れたのは、その中でも中層部に位置する商業区域。店に並ぶ商品の大半は魔天領から持ち込まれたものなのだろうが、とても活気に満ち溢れていた。街中を歩く人々の大半は左右異なる翼を持った魔天族。その中にちらほらと戸惑いながら店を見て歩く人間やエルフが居る。

短期間でマステリア領の街中と比べても見劣りしないほどに発展していることに驚くべきなのだろうが今の私にそんな余裕はない。

掌から伝わってくる統夜の体温にドキドキしっぱなしだった。

「さて、フィーネ。せっかく此処まで来たんだ。何か欲しいものはあるか？」

「え、えっと……その……」

統夜が話しかけてくれるけれど、統夜と二人きりという状況に緊張した私は上手く答えられない。何か話さなければ、と考えれば考えるほど、しどろもどろになってしまう。

「……それどころじゃなさそうだな。よし、フィーネ。ちょっとここで待ってろ」

「あっ……！」

そんな私の様子に苦笑した統夜が手を離して歩いていってしまう。体温を感じられなくなると急に心細くなった。周囲に居るのは私よりずっと弱い者ばかりのはずなのに……。

エプロンドレス姿の私は目立つのか、周囲からちらちらと視線を向けられている。私が元魔竜王だと気付いている者も居るだろう。居心地が悪い。

胸元をきゅっと握りしめて俯いた私の目の前に、半分に切られた果実が差し出された。

「ほら。フィーネ。何処かに座って食べるか。よく冷えてるらしいぞ」

「あ、ありがと。ゴシュジンサマ」

素焼きの器に乗せられ、木の端材を使って作られたであろうスプーンが刺さっているそれを統夜から受け取る。そのまま木の近くに備え付けられているベンチに統夜と一緒に座った。

赤い果肉を一口掬って食べると、冷たさと優しい甘さが口の中に広がっていく。

自然と緊張がほぐれて笑みが浮かんでしまう。

「美味しい……」

「そうだろ。気に入って貰えたようでなによりだ」

私の隣に座る統夜も同じものを食べているようだ。統夜の顔にも笑みが浮かんでいる。

「統夜は果物が好きなのかしら？」

「ああ。甘いものは好きだぞ」

「そうなの？　ちょっと意外ね」

統夜に甘いものが好きそうなイメージは無かった。でも、思い出してみれば食卓に果実があれば必ず食べていたような気がする。子供っぽい一面を知れて、少し嬉しい。

「ようやく緊張がほぐれてきたようだな。いつものフィーネらしくなってきた」

「……それってどういう意味かしら。全くもう。ゴシュジンサマが悪いのよ？　あんな不意打ちするんだもの」

統夜とデートしているのだと意識すると、恥ずかしさがこみ上げてくる。

顔を見つめていられず、手元の果実へと意識を集中させた。

「そういえば、この都市の名前は決まったの？　ジークから言われていたでしょう？　いつまでも『ロクハ村』じゃ格好付かない、って」

果肉を口に運びながら……思いついた疑問を口にする。

統夜の治める新しい国。その名前は考えついたのか、と。

「ああ、いくつか候補はあったんだけどな。『エンデヒューマ』って名前にしようと思ってる。天使も魔族も人間も暮らす国にしたいって想いを込めてな」

「へぇ……『エンデヒューマ』ね。悪くないと思うわよ。じゃあ、これからゴシュジンサマはトウヤ・エンデヒューマ・フジムラと名乗るのかしら？」

「それは勘弁してくれ。今まで通り藤村統夜でいくさ」

「あら、残念ね。案外悪くないと思うのだけれど……」

からかうように告げると、統夜は珍しく本気で嫌がっているようだ。今まで翻弄されていた仕返しができて少し気分が良くなる。

「王様なんてガラじゃないからな。さて、緊張もほぐれただろ？　行こうか」

「……ええ。これはどうすればいいのかしら？」

手元には食べ終わった果実の皮と素焼きの器。マステリア領であれば器は砕いて、果実の皮や木のヘラと一緒に道路の目立たない茂みなどに捨てるのが一般的なのだけれど……。

「……それは聞いてなかったたな。一緒に購入したところに聞いてみるか。皮とヘラはゴミ箱行きで良いはずだが……」

「肝心なところは抜けているのね。まったくもう」

統夜の様子に苦笑しながら立ち上がり、統夜と一緒に店へ向かった。話をしてみると店側で処分してくれるらしい。

果汁で少しべたつく手を水場で洗い綺麗にする。それから改めて統夜と手を繋ぎ、街の中をゆっくりと歩き始めた。

大きい手……。恥ずかしさはあるけれど……なんだか安心する。

この感じは、そう……。

「……こうしていると、なんだか父様のことを思い出してしまうわね。よくこうして手を握ってくれたわ」

「……いい父親……だったのか？」

統夜が遠慮がちに聞いてくる。私が父様を殺してしまったことを知っているので気を使ってくれているのだろう。

実際、胸の中には後悔と懐かしさの入り混じった感情が湧き上がっていた。私は少しだけ力を入れて統夜の手を握り返す。

ただ、なんとなく……統夜には父様のことを知ってほしいと思う。もしかしたら、私がただ父様のことを話したいだけなのかもしれないけれど……。

「母様が亡くなって封印されるまでは……間違いなく尊敬できる人だったわ。黒い鱗の立派な魔竜族だったのよ。父様の母親……私にとって、祖母にあたる人はダークエルフだったから種族の偏見もあまり持っていなかったしね。昔ながらの貴族連中はそれを快く思って居なかったようだけれど」

「フィーネの父親って混血だったのか」

「ええ、そうよ。だけど圧倒的な力を持っていたから誰も文句は言えなかったらしいわ。『竜化』

に覚醒したノエルを迎え入れても問題ないと判断できたのも、前例があったからだもの」

妾の子である父様が正妻の魔族の子だったジークの父親を退けて魔竜王となれたのも、実力があってこそ。その後、ジークの父親は自分の子を父様のような存在にして権力を握るためにダークエルフの女性を妻にしたらしい。けれど結果は……。

「……そんな事情があったんだな」

「こうして思い返してみれば、父様が魔族の誇りを捨てて人間を愛しても不思議ではないの。人間の血も受け継いでいたのだから。でも、あの時の私にはそんなこと考えられなかったわ」

感情が高ぶって、つい統夜の手を握る力が入ってしまう。

そんな私の頭を統夜が撫でてくれた。心が落ち着いてくる。

「フィーネは目の前で母親を殺す人間の姿を見ていたんだ。仕方がない部分もあっただろ。むしろよくノエルを殺さなかったな」

「……最初は……ノエルも殺すつもりだったわ。でも、殺せなかった。母様に似ていたというのもあるけれど……。父様の血に濡れた私を見て怪我をしているのだと思ったんでしょうね。治癒術を施そうとしたの。私がノエルを殺そうとしているとも知らずに……」

あの頃からノエルは優しい娘だった。その姿を見た私は我に返り……ノエルから父様を奪ってしまったことを後悔した。落ち着いて考えれば殺さなくとも済む道はあったかもしれないのに。

せめて、ノエルだけは護ろうと決心して……。

「ノエルらしいな。昔から変わってないんだな」

統夜があまり見せたことのない柔らかな笑みを浮かべた。本当にノエルを大切に思っているのだろうと考えると……少しだけ胸が苦しい。

「ええ。根っこのところは変わっていないわね。……私がこういうのもおかしいけれど……ノエルを泣かせないで」

「努力はさせてもらうさ。フィーネも泣きそうだしな」

「わ、私はっ！　……そうね。私もきっと泣いちゃうわね」

統夜と話していると心が軽くなっていくのを感じる。

今だけは、強がりを言うのは止めてもう少し素直に甘えてみようと思う。

「なら、ますます努力しないとだめだろうな。フィーネのためにも」

「……ありがとう。ゴシュジンサマ」

きっと統夜は苦笑しているんだろう。

すごく恥ずかしくてドキドキする。

でも、こんな風に二人きりになれる機会なんて滅多にない。

思い切って腕を絡めて統夜へと身を任せた。

「……あれ、統夜さん？　それに……姉さん……？」

「……っ!?」

ノエルの声が聞こえて来たのはその瞬間だった。

私は思わず身を固くしてしまう。

「ノエルか？　こんなところで会うなんて珍しいな」

「私は治療院で使う薬が足りなくなりそうなので買い出しに来たんです。統夜さんと姉さんは

「……？」

ノエルの視線が痛い。

イタズラが見つかった子供のような気分、とはこういうことだろう。

でも統夜から離れるのも嫌でぎゅっとしがみついてしまう。

「俺は此処の見回り、フィーネは俺の護衛だ。とはいえ、二人きりだしデートみたいなものだけどな」

「姉さん、ズルいです……。私だって最近はあまり二人きりになれないのに……」

ノエルが頬を膨らませた。良心が痛むけれど、今は統夜を譲りたくない。

困った表情を浮かべた統夜はノエルの頭へ手をのばすと撫で始めた。

「悪いな、ノエル。この埋め合わせは後でちゃんとさせてもらう。だから今はこれで我慢してくれ」

「……統夜さんもズルいです。何も言えなくなっちゃうじゃないですか……。わかりました。今は……これで我慢します」

「ああ、必ず、な」

「約束ですからね？」

ノエルは素直に統夜へと身を任せ、心地よさそうに頭を撫でられている。

その姿を見ていると、私も頭を撫でて欲しくなってしまう。

「もちろんだ。さて、ノエル。そろそろいいか？　フィーネが羨ましそうにしているんでな」

「わ、私は別に……」

「そうですね……。名残惜しいですけれど、我慢します。まだ仕事も残っていますし。統夜さん、姉さんをよろしくお願いしますね？」

私が強がりを言う前にノエルは統夜からゆっくりと身を離していく。

そして、笑みを浮かべて手を振ると歩いて行ってしまった。

なんだか悪いことをしてしまったように感じて、胸が痛む。

「ノエルの言葉に甘えることにしようか。フィーネ」

それでも、統夜に頭を撫でてもらえると安心できる。もっと甘えたくなってしまう。

私は統夜の言葉に頷きで応えたのだった。

この後、私は統夜に連れられて一緒に見て回った。

店先で売られている唐揚げを一緒に食べたり、公園で休んだり、ちょっと恥ずかしいことをされたり。なんだかんだで楽しい時間を過ごせた。

この日以来、統夜は時々私を商業区に連れて行ってくれるようになった。

他の皆にはしていないことのようで……特別扱いしてもらえているようで嬉しい。

後日、買い物中のクーリとノエルに見つかってちょっとした騒動になるのだけれど……たまには統夜を困らせるのもいいだろう、と私は思うのだった。

俺が淫魔術で奴隷ハーレムを作る話

Nノクスノベルス 既刊シリーズ 大ヒット発売中!!
ゾンビのあふれた世界で俺だけが襲われない①〜②
［著］裏地ろくろ ［イラスト］サブロー
隠したチート能力で、危険ゼロ!
気が付くと頼りにされている
崩壊世界探索ライフ!!
NPCと暮らそう!①
［著］惰眠 ［イラスト］ぐすたふ
チート《改造》ファイルを
駆使し、ボッチ男が
目指す異世界
ハーレムライフ!
緋天のアスカ①〜②
〜異世界の少女に最強宝具与えた結果〜
［著］天那光汰 ［イラスト］218
異世界転生で
宝具創造!
見習い剣士を最強の女勇者に!!

ノクスノベルス 既刊シリーズ 大ヒット発売中!!
クラス転移で俺だけハブられたので、同級生ハーレム作ることにした①
[著]新双ロリス [イラスト]夏彦（株式会社ネクストン）
「このクラスから出て行ってくれないか」
異世界転移後すぐに追放された主人公。
女を自分のものにできる特殊スキルの使い道とは……
草原の掟①～②
～強い奴がモテる、いい部族に生まれ変わったぞ～
[著]名はない [イラスト]AOS
奪え!!
富も女も名声も。
――それが草原の掟。
遊牧民《ノマド》成り上がりファンタジー開幕!!
信長の妹が俺の嫁①～②
[著]井の中の井守 [イラスト]山田の性活が第一
パラレルワールドな
戦国時代を生き抜く
大人気歴史ファンタジー!

ノクスノベルス

俺が淫魔術で奴隷ハーレムを作る話 3

2017年2月20日　第一版発行

【著者】
黒水蛇
【イラスト】
誉
【発行者】
辻政英
【編集】
中村吉論
【装丁デザイン】
ウエダデザイン室
【印刷所】
図書印刷株式会社
【発行所】
株式会社フロンティアワークス
〒170-0013 東京都豊島区東池袋3-22-17
東池袋セントラルプレイス5F
営業 TEL 03-5957-1030　FAX 03-5957-1533

ノクスノベルス公式サイト
http://nox-novels.jp/

※本作は、「ノクターンノベルズ」（http://noc.syosetu.com/）に掲載されていた作品を、大幅に加筆修正したものとなります。